KB115517

궁예 – 미륵용화세상을 꿈꾸다

서연비람은 조선 시대 왕궁 내, 강론의 자리였던 서연(書筵)에서 강관(講官)이 왕세자에게 가르치던 경전의 요지를 수집하여 기록한 책(비람備覽)을 말합니다. 서연비람 출판사는 민주주의 국가의 주인인 시민들 역시 지속 가능한 과거와 현재, 미래의 이치를 깨우치고 체현해야 한다는 믿음으로 엄선한 도서를 발간합니다.

역사와 문학 비람북스 인물 시리즈

궁예 −미륵용화세상을 꿈꾸다

초판 1쇄 2023년 05월 31일
지은이 강선
편집주간 김종성
편집장 이상기
펴낸이 윤진성
펴낸곳 서연비람
등록 2016년 6월 29일 제 2016-000147호
주소 서울시 강남구 남부순환로 2909, 201-2호
전자주소 birambooks@daum.net

ISBN 979-11-89171-52-0 44810
ISBN 979-11-89171-26-1 (세트)

값 9,800원

역사와 문학

비람북스 인물시리즈

궁예

미륵용화세상을 꿈꾸다

강선 장편소설

서연비람

차례

머리말

이 땅의 선지자 궁예

궁예와 처음 만난 건, 내 나이 열 살 때였다. 황무지를 개간하겠다며 솔가해온 아버지 덕분이었다. 6·25전쟁의 포연이 멎은 철원 땅은 그때 폐허였다. 한탄강변 산자락과 들판에는 가시철조망과 불발탄이 녹슬어가고 있었다.

아버지는 철원의 대득봉(大得峰, 628m) 기슭에 정착했다. 궁예가 양길의 도움으로 치악산 석남사에서 출군하여 명주, 고성, 인제, 양구, 화천을 거쳐 철원으로 진격하던 길목에 놓인 산봉우리였다. 당시에는 궁예가 "이곳에서 큰 교훈을 얻은 데다 훌륭한 장수들까지 얻었으니, 저 산이야말로 대득봉일세."라고 말했다는 전설까지는 알 수 없었다.

마을사람들은 그 폐허를 파 일궈 씨앗을 파묻었다. 전쟁 중에 고향을 지킨 토박이도 있었고, 피란했다가 귀향한 이도 있었고, 아버지처럼 황무지를 개간하려고 이주해온 타향사람도 있었다. 토박이 어른들은 아이들에게 심심풀이 삼아 옛날이야기를 풀어놓았다.

"비겁한 놈의 친구가 되는 것보다 정직한 놈의 원수 되는 게 낫다. 독사와 전갈은 피할 수 있지만 비겁한 놈은 피할 수 없다. 천년도 넘는 아득한 옛날, 궁예가 한 말이란다."

"궁예는 애꾸였다. 어렸을 때 신라 왕실에서 외눈박이 궁예를 잡으라고 했는데, 군사들이 궁예를 꾸애꾸애 하다 보니, 외눈박이가 애꾸가 돼버렸단다."

"궁예는 귀족과 천민의 구분을 없애고 백성들이 골고루 잘살게 보살폈단다. 그래서 백성들이 미륵황제라 불렀단다.

"원주 치악산에서 군사를 일으킨 양길은 힘이 장사였고, 잠잘 때도 한쪽 눈을 교대로 뜨고 있었단다. 그래서 후백제의 견훤이 여러 번이나 자객을 보냈으나 해치진 못했단다."

"궁예가 저 아래 강물을 쳐다보며 물줄기가 계곡 깊숙이 흐르기 때문에 들판을 적실 수 없음을 한탄했는데, 그때부터 한탄강이라고 부르게 됐단다."

소년의 꿈을 채워주고도 남을 만큼 얘기는 흥미진진했다. 말 타고 철원의 산야를 누비는 궁예의 전설을 좇으며 상상의 날개를 펼치느라 내 소년기는 심심할 틈이 없었다. 그때부터 소설가의 꿈을 키웠으니, 나는 궁예에게 단단히 빚을 졌던 셈이다.

그러나, 내가 중학생이 되었을 때 배우게 된 교과서와 삼국사기는 토박이 어른들의 얘기와는 딴판이었다. 궁예는 포악한 인물일 뿐이었다. 나는 혼란과 충격에 빠졌다.

나는 숫자로 박힌 현대사 4·19, 5·16, 12·12, 5·18, 6·29의 현장을 한 금씩 통과하면서 성장하였다. 이긴 자의 손으로 쓴 역사의 기록이란 윤색되고 왜곡될 수밖에 없다는 사실에도 눈뜨게 되었다.

비로소, 고려 왕실의 수충정난정국공신이었던 김부식이 역사를 기록하기에 합당한 인물이 아니었다는 심증을 갖게 되었다. 궁예와 의형제를 맺은 덕분에 남다른 총애를 받으며 승승장구했던 왕건이었다. 그 누구보다도 큰 은혜를 입었던 왕건의 '은혜를 원수로 갚은 패륜과 모반'을 정당화시켜야만 했던 삼국사기의 저자 김부식은, 가능한 한 궁예를 가혹하게 폄훼할 수밖에 없었을 것이다.

놀라운 일은 또 있었다. 매사에 실리보다 명분을 소중히 여기는 우리 민족이건만, 유독 궁예의 억울함에 대해서만은 외면했다. 천년이 지났건만, 백성들의 용화세상을 열망했던 궁예를 재평가하겠다고 나서는 이는 없었다. 오로지, 철원의 대득봉 기슭에서 토박이 어른들에게 궁예의 전설을 들으며 소설가의 꿈을 키웠던, 내 빚갚음의 몫으로 남고 말았다.

나는 미친 듯이 궁예의 흔적을 찾아 헤맸다. 어느 것 한가지도 쉽지 않았다. 궁예가 백성들의 용화세상을 실현했던 쇠둘레 단풍벌은 철원-금화-평강을 잇는 철의삼각지 한복판, 휴전선 철책선 안에 갇혀 있었다. 궁예의 죽음이 삼국사기와 다르다는 결정적 증거인 '궁예황제의 능침' 또한 철원에서 원산으로 가는 추가령의 삼방협 길목, 북한 땅에 갇혀 있었다.

수많은 역사책도 다를 게 없었다. '김부식의 삼국사기는 올바른 사서가 될 수 없다'는 견해를 밝힌 학자는 단재 신채호 선생을 비롯하여 여럿이었으나, 연대표를 좇다 보면 슬그머니 삼국사기로 되돌아가 버리곤 했다. 길 없는 어둠 속에서 끝까지 나를 이끌어준 이정표는 철원 토박이 어른들의 옛이야기뿐이었다.

궁예가 신분을 따지지 않고 능력에 따라 인재를 등용하는 나라 고려를 세우자, 그때까지 신라에서 골품제도에 갇혀 불만을 키웠던 육두품 이하 귀족들이 몰려온다. 신라에서는 진골이 아니기에 높이 쓰이지 못했던 그들을, 고려에서는 차별하지 않고 고위관직에 등용한다. 나라의 기초가 다져지는 사이에 기득권 세력으로 자리 잡은 그들은, 이번에는 자신들이 고려의 진골이 되어 자자손손 영화를 누려야 한다고 주장한다. 사리사욕에 눈먼 그들은 왕건을 앞장세워 사민평등을 고집하는 궁예황제를 몰아낸다. 왕건 시대의 고려가, 왕권이 약화된 호족연합 형태였다는 사실이 그 증거다.

2022년 10월 22일
원주 토지문화관에서 강선(본명 강병석)

백마산성[1] 솔숲을 뚫고 말 한 필이 빠르게 올라왔다.

"종뢰선사님, 오랜만에 뵙습니다. 선종스님[2]도 안녕하신가?"

왕륭이 호기롭게 인사를 건넸다. 흥교사[3] 법당에서 글공부를 하고 있던 최우달과 왕건이 나란히 나왔다. 아들 왕건을 바라보는 왕륭의 얼굴에 흐뭇한 미소가 번졌다. 예전의 백마산성 좌장[4]이 아니었다. 어느덧 늠름한 풍모가 몸에 밴 송악성 성주였다.

지난해에는 왜구 출몰을 알리는 봉화가 잦았다. 올여름에는 힘깨나 쓰는 지방 호족들이 너도나도 장군 깃발을 올

---

1 백마산성(白馬山城): 한강 건너 북쪽 황해북도(옛 경기도) 개성직할시 개풍군 흥교면 흥천리에 있는 백마산(해발 150m)의 산성.
2 선종(善宗, 착한마루)스님: 신라왕실의 추적을 피해 세달사로 출가했던 궁예(弓裔)의 법명.
3 흥교사(興敎寺): 황해북도(옛 경기도) 개성직할시 개풍군 흥교면 흥교리에 있던 절. 서라벌 세달사의 후신(後身).
4 좌장(座長): 마을의 촌장.

린다는 풍문이 돌았다. 사실여부 확인할 틈도 없이 가을이 왔다. 송악성에서도 일이 터졌다. 하룻밤 사이에 송악군 태수와 개성군 태수가 자취를 감췄다.

인근 고을 좌장들이 한자리에 모였다.

"어쨌든 새 군태수5가 부임할 때까지 공무를 살필 관장은 있어야 하오."

"난세올시다. 게다가 잠시 맡았다가 뺏어낼 자리외다."

"그렇소이다. 권한은 없고 책임만 따르게 될 임시 관장이니, 이쪽저쪽 잇속 챙기기 다툼에 말려들어 욕먹기 딱 좋은 자리외다. 누가 나서겠소이까."

"송악군과 개성군을 합칩시다. 관아를 송악성 하나로 줄이고, 성주를 세웁시다."

"명안이외다. 성주 자리를 누가 맡느냐가 또 문제올시다."

"저기 있는 백마산성 좌장 왕륭이 어떻소이까. 그동안 흥교사 무예도장에서 길러낸 무사들이 적지 않을 것이외다."

사람들이 임시라고 우습게 여겼던 송악성 성주 자리가 해를 넘기면서 뿌리를 깊숙이 내렸다. 왜구들에 대항하다

---

5 군태수(郡太守): 통일신라시대의 군수.

보니, 적잖은 군사들을 거느리게 된 결과였다.

"성주님, 불사는 잘 진행되고 있는지요?"

왕륭은 그즈음 송악성 안 비슬산 기슭에 절을 짓고 있었다. 신라 땅 제일의 풍수쟁이 도선대사가 만년을 보낼 사찰이라던가.

"잘되다마다요. 그러잖아도 법당보다 요사가 먼저 갖춰졌기로 우리 왕건이를 데려갈까 싶어 들렀습니다."

아들 이름에 성씨를 붙여야 할 까닭이 없으련만, 왕륭은 꼬박꼬박 왕건이라 불렀다. 아무튼 선종으로선 반가운 일이었다. 법명이야 착한마루라지만, 금당을 지키는 소나무처럼 착하게 한 자리에 뿌리박고 서 있을 수만은 없지 않은가. 그러잖아도 명주 땅 여러 사찰의 동무들 생각에, 하루에도 몇 번씩 궁둥이를 들썩이던 참이었다.

생각하기에 따라서는 섭섭하달 수도 있었다. 부모 입장에서야 자식에게 더 훌륭한 스승을 붙여주고 싶겠지만, 선생 입장에서는 제자를 내주는 기분이 썩 좋을 리 없었다. 무예사범인 선종보다도 학문을 가르치는 최우달 쪽이 훨씬 더할 일이었다.

"좋은 일이외다. 도선대사라면, 문무에 걸쳐 두루 걱정할 게 없으리다."

종뢰선사가 듣기 좋은 말로 어색한 기분을 파묻었다.

"지난번에 당부했듯, 최선비와 함께 한번 들르게나. 선사님, 난세인지라 성을 오래 비울 수 없으니, 평안히 계십시오."

왕륭이 선종에게는 청을 넣고, 종뢰선사에게는 인사를 남겼다. 최우달에겐 성주의 서사6 자리를, 선종에겐 성주의 비장7 자리를 맡으라는 얘기였다. 딴은, 송악성 안에서 그만한 요직은 달리 없었다.

한 계절이 지난 뒤, 선종은 먼 길 떠날 채비를 마쳤다.

"길을 어디로 잡았더냐?"

종뢰선사가 퉁명스러운 음성에다 서운함을 섞어냈다. 선종은 날아갈 듯 홀가분했다. 세상천지에 아무런 기반도 없으나 아무런 짐도 없었다.

"근자에 군사를 일으킨 장군들이 여럿이라지만, 그중 북원장군 양길과 죽주장군 기훤이 가장 세답니다. 양길은 잠

---

6 서사(書事): 관장의 휘하에서 주로 문서를 다루던 비서. 고려에서는 광평성의 시랑(侍郎, 정4품)에 해당하는 관직.
7 비장(裨將): 지방장관이 데리고 다니던 막료 무사(幕僚武士).

잘 때 번갈아서 한쪽 눈을 뜨고 있어 자객조차 넘보지 못한 다지요. 기훤은 겉멋이 잔뜩 든 농투성이인데 아전8들 농간에 걸려들었다가 파옥9을 했답니다. 화암사에 머물 때 안면을 튼 적이 있으니, 우선은 그를 찾아가볼까 싶습니다."

"미시령10에서 잡았다 풀어줬다는 도둑의 두목 말이더냐?"

"예. 문전박대는 않겠지요."

"이쪽에서 신세졌던 이는 다시 찾아도 좋으나, 은혜를 베풀었던 이는 일부러 찾아가는 게 아니라는 옛사람들 말이 있느니라."

종뢰선사가 이번에는 최우달에게 화살을 돌렸다.

"자네는 병장기라곤 바늘 하나도 다룰 줄 모르는 백면서생 아닌가. 왕륭에게 가서 서사 노릇이나 하면 밥걱정 없을 텐데, 어찌 험한 세상으로 나서는 겐가?"

최우달이 빙긋이 웃으며 받아냈다.

---

8 아전(衙前): 지방 관아에서 일하는 하급 관리.
9 파옥(破獄): 죄수가 빠져나가기 위하여 옥을 부숨.
10 미시령(彌矢嶺): 인제군 북면과 고성군 토성면을 잇는 해발 826m의 고개. 속초시의 관문.

"세상이 넓은데 어찌 병장기 다룰 줄 아는 사람만 소용에 닿겠습니까. 저 같은 맹물도 더러는 쓰일 데가 있을 테지요."

"사월이나 강돌이 기별이 닿으면 알릴 수 있게 자주 소식 전하도록 하여라."

"스승님, 그보다는 지금부터는 법명인 선종은 부처님께 돌려드리고 외할아버지께서 지었다는 고구려사람, 궁예로 되돌아가는 게 맞을 듯싶습니다만⋯⋯."

"궁예 잡자는데 목숨 걸었던 위홍이 죽은 게 벌써 언제냐? 그리 해라. 이젠 시비 걸고 나설 자가 없을 게다."

궁예와 최우달은 가을걷이가 한창인 들판을 휘적휘적 가로질러 닷새 만에 개산군 죽주산성11에 닿았다. 기훤의 본진은 견고했다. 성벽은 산골짜기 하나를 온전히 품어 안은 포곡형12이었고, 수비군사는 농투성이답지 않게 군율이 날카로웠다.

---

11 죽주산성(竹州山城): 경기 안성시 죽산면에 있는 둘레 1,688m, 높이 2.5m의 포곡형 토석성.
12 포곡형(包谷形): 골짜기를 품고 있는 모양.

"기훤장군을 만나러 왔소이다."

성안으로 연통을 넣었다. 수비군사가 용건을 꼼꼼히 적더니, 한마디를 보탰다.

"곧 무슨 연락이 올게요."

성문 앞에 우두커니 서서 기다리노라니, 오가는 군사마다 텃세한답시고 집적거리며 으르딱딱거렸다.

"죽주산성은 누구를 막론하고 성에 들어선 순서대로 벼슬이 정해지게 돼 있다. 장군을 만나러 왔다지만 너희들은 별수 없이 천 번째쯤이나 되는 졸병이라는 걸 똑똑히 알아둬야 헌다."

궁예가 고개를 흔들었다. 일찍이 완력으로 서열을 정하는 세상은 겪어봤으되, 순전히 성안에서 비운 밥그릇 숫자만 따지는 세상이란 금시초문이었다.

성문이 겹으로 셋이나 되었다. 처음 들어선 성문은 수비군사가 지키고 있을 뿐, 활짝 열려있었으나 두 번째와 세 번째는 달랐다. 아래쪽에서 수비대장이 신호를 보낸 후에야 문루에서 성문을 열어주게 되어있었다.

궁예는 그 주도면밀함에 혀를 내둘렀다. 성안에서 비운 밥그릇 숫자로 서열이 정해진다던 말도 이해되었다. 엄정한 군율과 세 겹으로 된 성문이야말로, 무예라고는 변변히 갖출 틈이 없던 농투성이들이 스스로를 지켜내기 위한 자구책 아니겠는가.

세 번째 성문까지 마중을 나온 기훤이 반색하며 환대했다.

"아이구. 선종형님 아니시우. 진즉 찾아뵐 것을 바쁘다는 핑계로 무심했소이다."

장군 명색에 어울리게 구색 갖춰 인사치레할 줄도 알았다. 그러면 그렇지. 사람대우란 나름대로 각각이리라. 궁예는 잘해봐야 천 번째쯤의 졸병이 될 것이라던 군사들의 말을 새삼 곱씹으며 기훤의 뒤를 따랐다. 장군 처소로 들어가는 대문도 차례로 세 개나 되었고, 경비 삼엄하기가 성문에 못지않았다.

"일찍이 명주 관내에서 신세졌던 선종형님이시오. 인사들 올리시오."

기훤이 소개를 마치자 너도나도 술잔을 건네며 꼬부라진 혀로 횡설수설했다.

"대장 칠성이외다. 선종형님의 명짜13는 일찍부터 듣고 있었소이다. 우리가 죽주산성으로 들어오게 된 것은, 못된

----

13 명짜: 명자(名字), 널리 알려진 이름.

벼슬아치 놈들과 아전 놈들의 행패 때문에 죽어나는 백성들을 살리자는 일이외다."

"대장 용팔이요. 내 술도 한잔 받으시우. 요즘은 백성들이 비 맞은 외잎처럼 싱싱하지만, 처음부터 그랬던 건 아니라오. 봄부터 가을까지 허리 끊어져라 농사를 지어봤자 나라에서 세곡 걷어가, 땅임자가 도조 가져가, 아전놈들 인정곡 뜯어가……. 검불밖에 안 남았다오. 지금에 이르러서는, 백성들이 제 땅에 씨를 뿌려서 제가 거둬다가 제 배를 불릴 수 있게 됐더라 이거요."

"대장 구룡이라 하오. 내 잔도 받소. 말하자면, 기횃장군님께서 개산군, 백성군, 적성군[14]을 평정한 뒤 백성들에게 농토를 고루 나눠줬소이다. 백성들이 충성을 바치니깐, 장군님을 모시는 우리도 신이 나는 것 아니겠소."

"대장 개똥이유. 잔은 초월이가 부어드려라. 초월이는 칠성대장의 누이요. 아직 처녀니깐 귀엽게 봐주시우. 핫핫하. 기왕 먼 길에 예까지 오셨으니 기횃장군 큰 뜻을 펼치게끔 힘써 도와주시우."

---

14 개산군, 백성군, 적성군: 모두 경기 안성군 관내.

제 입으로 대장이노라 밝히고 나서는 작자들이 술 한 잔에 잔소리 한마디씩 거들고 나섰다. 최우달이 너무 취하지말라고 눈을 끔벅거렸으나, 궁예는 돌아가는 꼴이나 지켜보자고 덥석덥석 잔을 비우던 끝에 불쑥 한마디를 던져봤다.

"장한 일들을 하였소이다."

"아무렴, 기훤장군님은 하늘이 낸 영웅이외다."

서너 명의 입에서 한꺼번에 대답이 터져 나왔다.

가관이었다. 투전판이나 기웃거리던 건달들이 장황하게공치사를 늘어놓고 있었다. 촌놈이 출세하면 괴춤 벗겨지는 줄 모르고 춤을 춘다더니, 기훤의 무리가 그 짝이었다.머리가 지끈지끈했다.

"물."

궁예가 잠결에 물을 찾았다. 누군가 그릇을 가져다 댔다.벌컥벌컥 냉수 한 그릇을 다 비운 궁예가 아차, 싶어 눈을번쩍 떴다.

"칠성대장의 누이 초월이올시다."

부끄러운 기색도 없이 대꾸했다.

"웬일이냐?"

"칠성대장이 선종오라버님께 시침15을 들라 했소이다."

궁예는 고개를 흔들었다. 궁리보다 몸이 먼저 초월이를

밀어냈다. 무안을 당한 목소리가 뾰족한 송곳을 세웠다.

"어쩌자는 셈이오?"

궁예의 목소리에 짜증이 실렸다.

"출가한 몸이다. 여인을 가까이할 수 없구나."

계집의 목소리가 잔뜩 꼬부라졌다.

"기훤장군에게 선종형님이 원래는 스님이었단 말을 듣긴 했소. 그러나 명산대찰의 큰스님들도 잘만 계집을 끼고 살던데, 아무래도 고잔개벼?"

"그럴지도 모르겠구나."

궁예가 실소하자, 초월이가 또박또박 따지자고 나왔다.

"나를 받아들이면 죽주산성의 대장이 될 것이나, 그렇잖으면 천 번째 졸병이 될 것이오. 그래도 좋소?"

"누가 그러더냐?"

"내 오라버니 칠성대장이 분명히 그랬소. 대장의 누이와 혼인하면 대장이 될 것이나, 그렇지 않으면 졸병이 될 수밖에 없다고."

---

15 시침(侍寢): 신분이 높은 사람을 모시고 잠자는 일. 신라는 철저한 신분사회로, 성골(부모 양쪽이 모두가 왕족), 진골(부모 중 한쪽만 왕족), 귀족(육두품, 오두품, 사두품)으로 나뉘었는데, 가능한 한 신분이 높은 사람의 핏줄을 이어받아야 했으므로 시침 풍속이 성행하였음.

궁예가 콧방귀를 뀌었다.

"네 오라비가 죽주산성의 진골이라도 되더냐?"

계집이 표독스럽게 씹었다.

"병신 고운 데 없다는 옛말 안 그르네, 애꾸 주제에."

거기가 인내심의 끝이었다. 뺨을 철썩, 올려붙였다.

2

"원종 보병대감이 장군에게 따지고 들다가 하옥되었소이다."

상주 관내에 자리 잡은 음리화정[1]. 군사 하나가 군막으로 뛰어들며 외쳤다. 그 소리가 흙바닥에 구르기도 전에 마병대감 애노가 안장도 없는 말에 채찍을 휘둘렀다.

"원종대감은 어디 있느냐?"

벽력같은 고함에 옥졸들이 길을 틔웠다. 애노가 칼을 뽑아 창살 하나를 빗겨 그었다. 원종이 빠져나오며 툴툴거렸다.

"일을 크게 벌일 참이던가?"

애노가 손끝으로 옥졸들에게 명했다.

---

1 음리화정(音里火停): 통일신라시대의 군사조직인 십정(十停) 중 하나. 십정은 음리화정(音里火停, 상주), 고량부리정(古良夫里停, 공주), 거사물정(居斯勿停, 완산주), 삼량화정(參良火停, 달성), 소삼정(召參停, 함안), 미다부리정(未多夫里停, 광주광역시), 남천정(南川停, 이천시), 골내근정(骨內斤停, 여주시), 벌력천정(伐力川停, 춘천), 이화혜정(伊火兮停, 강릉) 등 지방에 주둔했던 10개의 병영임.

"뇌옥[2] 문을 열고 여기로 데려와라."

죄 없는 죄수들이었다. 풀려난 군사들이 뇌옥 앞에 늘어 앉기를 기다렸다가 애노가 원종을 향해 돌아섰다.

"장군에게 뭘 따졌느냐?"

원종이 주먹을 내밀더니, 손가락을 하나씩 펼쳤다.

"첫째는, 요즘 들어 군사 숫자가 눈에 띄게 줄어들고 있다. 둘째는, 군사들에게 하루 두 끼씩만 주던 밥이 그나마 죽으로 바뀌었다. 셋째는, 먹은 게 없는 군사들을 더 혹독하게 닦달한다. 이것들을 물었을 뿐이다."

애노가 군사들을 둘러보며 물었다.

"원종대감이 죄인이라고 여기는 사람은 서슴지 말고 앞으로 나서라."

군사들이나 옥졸들이나 입을 다물고 고개를 떨어뜨렸다.

세상이 다 아는 보릿고개였다. 백성들의 곡식단지도 바닥난 지 오래였고, 각 관아의 창고도 텅 비었다. 백성들의 식량난은 진골 귀족들과 호족들이 소작료를 알뜰하게 챙겨 갔기 때문이고, 관아의 창고가 빈 것은 세곡을 거둬들이지

---

2 뇌옥(牢獄): 죄인을 가두어 두는 곳.

못한 탓이었다. 장군 영기의 말인즉, 상주 도독이 제때 군량을 보내주지 않는다고 했다. 군사들의 식사가 하루 두 끼로 줄어드는가 싶더니, 슬그머니 죽으로 바뀌었다.

"이걸 먹고서야 훈련을 어찌 받는단 말이냐?"

"장군인지 멍군인지 여기 와서 이걸 직접 먹어보라고 해라."

영기는 불평하는 군사들을 불문곡직, 뇌옥에 가뒀다. 끌려 나간 군사들이 병영으로 돌아온 일은 한 번도 없었다. 원종이 하옥됐다는 말에 애노가 기절초풍한 까닭도 거기에 있었다. 음리화정의 뇌옥이 유달리 큰 것도 아니었다. 뇌옥 안에 우물이라도 팠다는 것일까. 잠시 생각에 잠겼던 애노가 군사들에게 명했다.

"일단 막사로 돌아가라. 나와 원종대감은 죽기를 각오하고 시비를 가릴 것인즉, 너희들은 동료들에게 사실 그대로 알려라. 해 떨어지기 전에 어느 편에 설지 결정을 해서, 원종대감 편에 설 사람만 마병대 막사 앞으로 모여라."

여름 해가 느릿느릿 서산으로 넘어가고 노을빛도 차차 흐려지면서 숲속에 어둠이 깃을 틀기 시작했다. 장군막사 앞이 소란스러워지더니, 횃불을 앞세운 군사들이 움직였다. 바짝 긴장한 애노가 매복해 있던 군사들에게 영을 내렸다.

"공격 준비."

횃불이 열 칸 저쪽에서 멈췄다. 보병제감 환선길이 앞으로 나섰다.

"장군이 도망쳐버렸소이다."

원종이 화살처럼 튀어 나가며 맞받았다.

"뭐야, 장군이란 자가 도망을 쳐."

환선길이 꽁꽁 묶인 군사 하나를 원종 앞에 꿇렸다.

"뒤따라 도망치려던 비장을 잡아 왔습니다. 직접 물어보시지요."

신라는 골품3, 관등4, 골품에 따른 관등의 범위5, 관직에 따른 관등의 범위6가 복잡하게 얽혀있었다. 그렇건만, 장군의 비장이라는 작자는 고작 13등급 사지 주제에 9등급 급

---

3 골품(骨品): 성골, 진골, 육두품, 오두품, 사두품.
4 관등(官等): 1등급 각간, 2등급 이찬, 3등급 소판, 4등급 파진찬, 5등급 대아찬, 6등급 아찬, 7등급 일길찬, 8등급 사찬, 9등급 급찬, 10등급 대내마, 11등급 내마, 12등급 대사, 13등급 사지, 14등급 길사, 15등급 대오, 16등급 소오, 17등급 조위. 이찬을 이벌찬이라 부르는 등 다른 명칭들이 공존함.
5 골품에 따른 관등의 범위: 진골은 1등급 각간~5등급 대아찬, 육두품은 9등급 급찬~6등급 아찬, 오두품은 11등급 내마~10등급 대내마, 사두품은 17등급 조위~12등급 대사의 관직을 맡을 수 있었다.
6 관직에 따른 관등의 범위: 상대등, 시중, 병부령 등은 각간~대아찬의 관등이 맡고, 아홉 개 주의 도독은 이찬~급찬의 관등이 맡으며, 군태수는 아찬~내마의 관등이 맡는 식으로 매우 복잡하였음.

찬인 원종이나 애노에게도 고분고분 대하는 법이라곤 없었다. 원종은 기가 차서 말을 잃었고, 애노가 옆구리를 걷어찼다.

"장군님께서 머, 먼저 떠, 떠나면서 소인에게 지, 짐을 챙겨 갖고 오라는 며, 명을 내렸소이다."

애노의 발길이 더듬거리는 비장의 무릎을 찍었다.

"장군은 무슨 얼어 죽을 놈의 장군이냐? 그래, 영기란 놈은 어디로 튀었느냐?"

비장이 앉은자리에서 무릎을 싸쥐고 뒹굴었다.

"서, 서라벌 지, 집으로 가, 갔사외다."

원종이 앞으로 나서며 조용히 물었다.

"옥에 갇혔던 천여 명의 군사는 어디로 빼돌렸으며, 상주도독이 보내준 군량은 어찌하고 군사들에게 죽을 먹였는지 소상히 말해라."

목소리가 부드러워지자 비장의 몸 떨림이 멎었다. 대답도 신중해졌다.

"군사들 행방은 알 수 없고, 군량은 상주도독이 보내주지 않은 걸로 아오이다."

속이 벌컥 뒤집힌 애노가 다시금 비장을 걷어차려고 불같이 달려들었다.

"잠깐만."

원종이 애노를 가로막았다. 말 한 필이 먼지를 피워 올리며 달려왔다. 상주성에 갔던 전령이었다. 휙 돌아선 애노가 말이 채 멎기도 전에 채근했다.

"어찌됐더냐?"

군사도 가쁜 숨을 내뿜었다.

"상주성에서는 다음 달 치까지 모두 내줬다 하더이다."

애노의 되물음이 날아갔다.

"누구에게 내줬다더냐?"

군사가 비장을 가리켰다.

"이자에게 내줬다 하더이다."

비장을 막사 앞 나뭇가지에 거꾸로 매달았다. 애노가 물동이를 번쩍 쳐들어 비장의 얼굴에 확 끼얹은 뒤, 멱살을 바짝 움켜쥐었다.

"실토하겠느냐?"

"마, 말하리다."

"상주성에 가서 군량을 받아 어찌했더냐?"

"사벌촌의 촌주 우련7에게 가져다주었소이다."

"뇌옥에 갇혔던 군사들은 어디로 빼돌렸더냐?"

"상주장군 아자개에게 이백 명을 보내고 곡식 사백 섬을 받았소이다. 하지현8의 원봉장군, 진보현9의 홍술장군, 벽진군10의 양문장군, 고울부11의 능문장군에게 이백 명씩 보내고 곡식 사백 섬씩 받아서 서라벌 장군의 사가로 보냈소이다.”

소문이 다 사실이었다. 원종이 막사 안으로 들어가 벌렁 누웠다. 애노가 비장의 멱살을 밀쳐놓고 따라가서 원종을 다그쳤다.

“이렇게 자빠져있을 때냐?”

“장군이란 자가 도망쳐버린 마당에 나더러 어쩌란 말이냐?”

“지금이 기회다. 여길 뜨자.”

“어디로?”

“서라벌에서 먼 곳으로. 우리가 어느 나라 백성이더냐? 신라에서야 슬픈노비 애노이고, 으뜸일꾼 원종이지만, 조상들은 대륙을 호령하던 고구려사람 아니더냐?”

---

7 우련(祐連): 상주 지방 사벌촌(沙伐村)의 촌주.
8 하지현(下枝縣): 경북 예천(醴川).
9 진보현(眞寶縣): 경북 청송(靑松).
10 벽진군(碧珍郡): 경북 성주(星州).
11 고울부(高鬱府): 경북 영천(永川).

3

초월이 뭐라고 고해바쳤던지, 미명의 어둠에 칠성이 궁예를 덮쳤다. 명색 죽주산성 대장이란 자의 마구잡이 칼 솜씨가 바닥이었으나, 시침을 퇴짜 놓은 처지로 사람까지 해칠 수는 없었다. 앞뒤 가릴 것 없이 성벽을 타 넘는데, 새벽바람이 섬뜩하게 목을 휘감았다. 화들짝 깨어나는 기억의 한 끝이 성안에 두고 온 최우달에게 가 닿았다. 추격대가 쏟아져 나왔다. 산비탈을 돌자 내처 뻗어오던 길이 둘로 갈라졌다. 무턱대고 달리기만 할 일이 아니었다. 길부터 물어야 했다.

궁예의 눈길에 땅벌레처럼 꼬물거리는 한 떼의 사람들이 밟혀왔다. 오른쪽으로 뻗어간 길옆 산자락의 비탈밭이었다. 걸친 옷가지나 불그죽죽한 흙이나 구분이 안 되는 걸로 보아 추격대는 아닌 듯싶었다.

"예가 어딥니까?"

마침 손바닥을 탁탁 털며 밭둑으로 나서던 사내가 허리를 폈다.

"적성군 지경이오만, 손님께선 어디로 가시는 걸음이시오?"

"예서 죽주산성까지는 얼마나 됩니까?"

마음이 급한 탓에 제 궁금한 것만 묻게 되었다. 삼베수건 한끝으로 가슴팍을 훔치며 밭둑으로 나서던 아낙이 받았다.

"이십 리1 길이 빠듯해요. 손님께선 그리로 가는 길인감요?"

"떠도는 처지에 정처가 있겠소이까? 한데 이 추운 날씨에 웬 들일입니까?"

20리라는 말을 듣자 발목이 시큰해왔다. 궁예는 그 자리에 털퍼덕 주저앉아 발목을 주물렀다. 남녀 합쳐 20여 명이나 되는 일꾼들이 주섬주섬 밭둑으로 나와 둘러앉았다. 젊은 아낙이 허름한 보따리를 풀더니 꼭 달걀만큼씩 뭉친 주먹밥 한 개씩을 돌리고는, 궁예에게도 한 개를 내밀었다.

"보리 씨앗을 묻고 있지요. 손님께서도 요기를 좀 하셔요."

"제게 돌아올 몫이 있겠소이까?"

---

1 이십 리(二十里): 10리는 4km이므로 20리는 8km.

"일꾼 하나가 중간에 돌아가서 남은 것이니 걱정하지 말고 드셔요.

"그럼 고맙게 먹겠소이다."

제법 겸사를 늘어놓으며 받아들었으나 꽁보리밥이었다. 허기진 판이라 사양하지 않고 베어 물었으나, 설삶은 보리알이 요리 미끌 조리 미끌 술래잡기하자고 들었다.

씹는 둥 마는 둥 주먹밥을 삼키고 일어난 사람들은 하나둘 밭 아래 도랑으로 가 엉덩이를 치켜들고 물배를 채웠다. 궁예도 흉내 내듯 뱃속이 얼얼해질 때까지 물을 들이켰다. 배가 그들먹해지니 살 듯싶었으나 한편으로 은근히 부아가 치밀었다.

적성군 지경이라면 필시 죽주산성에 속해있는 백성들이리라. 쌀은 어디로 빼돌리고 일꾼들에게 겨우 달걀만 한 보리밥 덩어리를 먹인다는 말인가. 지난밤 장군 처소에서 기훤의 무리 앞에 차려졌던 산해진미를 떠올린 궁예의 말투가 곱지 않았다.

"기훤이란 자, 벼슬아치들의 시달림 받는 백성들을 구하자고 일어섰다더니, 말짱 헛말인 듯싶소."

궁예의 말을 못 들었을 리 없으련만 대꾸가 없었다. 목소리가 터무니없이 커졌다.

"나야 지나가는 객의 처지로 보리밥 한 덩이라도 얻어먹었으니 고맙기 그지없는 일이오만, 힘겨운 들일에 나선 일꾼들에게조차 양식을 아끼는 걸 보면 기훤의 탐욕이 벼슬아치들 못지않은 모양이외다."

입술에 빗장을 지른 듯 대꾸가 없더니, 아낙이 망설이다가 조용히 일러주었다.

"말을 함부로 하다간 봉변을 면치 못해요. 기훤장군 말이, 세상이 날로 어지러워지니 장차에 큰 전쟁이 있을 거라면서, 그때에 이르러서는 모든 백성이 죽주산성 안에서 지내야 할 것이니 곡식을 저장해둬야 한대요."

내친김이었다. 궁예의 입에서 거푸 막말이 튀었다.

"제놈들은 연일 잔치를 벌이면서 말이오?"

"아니, 그걸 손님께서 어떻게?"

"크흠."

남편인 듯한 사내가 큰기침을 놓자, 아낙이 중간에서 뚝 끊었다. 사내 딴에는 궁예의 말을 일일이 받들고 있는 아낙이 마음에 안 든다는 눈치였다. 어디에나 뼈이 제대로 박힌 사람은 있게 마련이었다. 옆에서 챙겨 듣고 섰던 사내가 말문을 열었다.

"이 사람아. 말이란 속에 넣고 있으면 안 되는 법이여.

손님 말씀 그른 데 없잖은가? 전쟁이 터지면 백성들을 몽땅 죽주산성으로 받아들인다는 말 다 헛소리 아닌가? 성벽 쌓기 부역에 뽑혀 가봤으니 알겠지만, 성안에 땅이 얼마나 되던가? 산골짜기 생긴 모양대로 쌓다 보니 꾸불꾸불 길쭉해서 그렇지, 산벼랑하고 골짜기를 빼놓으면 변변한 땅이 얼마나 되던가? 개산군, 백성군, 적성군 백성들이 들어서면 시루 속 콩나물처럼 빽빽할 텐데? 연줄 없는 백성들은 제 손으로 쌓은 성벽에 가로막힐 것이네."

말 상대를 찾아낸 궁예의 외눈이 반짝 빛났다.

"어르신 말씀이 맞습니다."

사내가 아예 궁예의 옆으로 옮겨왔다. 그러자 옆에서도 한마디씩 거들었다.

"손님께서 가는 길에 미륵부처님을 만나거든 빌어 주시오. 기훤의 행패가 심하니, 하루빨리 오셔서 백성들을 구해 주십사, 하고 말이오."

"당초에는 벼슬아치들의 패악이 자심하여 백성들이 떨쳐 일어났던 건데, 어느새 벼슬아치보다 나을 게 없는 건달장군의 세상이 되고 말았소이다. 미륵부처님이 오셔서 용화세상2을 만들어주시기를 바라는 수밖에, 소망이 없소이다."

"장군 거처에서 잡일 하는 백성들도 죽주산성 사람이외다. 뚜껑을 덮어놔도 냄새는 풍겨 나오게 마련이외다. 안다 해서 또 무얼 하겠소이까? 그런 말 입 밖에 냈다가는 반달성이라던가, 뇌옥에 갇히는 게 고작이니 모르는 게 약이지요."

"동네사람 하나는 새끼 밴 암소를 빼앗기지 않으려고 발버둥을 치다가 죽을 만큼 얻어맞고 갇혔소이다. 기훤장군 몸보신에 암소 배를 갈라 송치3를 꺼내다 바치겠다니, 억장이 무너질밖에. 벼슬아치들보다 눈곱만큼도 나을 게 없구나, 악을 쓰다가 잡혀갔지요. 죽어나는 것은 백성들뿐이니, 목이 빠져라 미륵부처님을 기다리는 겝니다."

남편의 제지를 받고 말을 끊었던 젊은 아낙이 한숨을 내쉬며 물었다.

"손님. 과연, 미륵부처님은 언제나 오신대요?"

방금 넘긴 보리밥 덩이가 얹힌 듯 가슴이 답답해 왔다.

---

2 용화세상(龍華世上): 사철 기후가 화창하고, 사람들은 병이 없으며, 탐하거나 성내거나 어리석은 사람도 없고, 귀족과 노비의 차별 없이 사이좋게 살아가는 백성들의 세상.

3 송치: 어미소의 배에 들어있는 송아지.

미륵부처는 언제쯤 오실는지, 궁예 역시 목을 늘이고 기다려오지 않았던가. 그러나 차가운 흙 속에 보리 씨앗을 묻듯, 누군가는 백성들의 가슴에 미륵부처의 씨를 묻어야만 했다.

"백성들을 억압하고 착취하는 진골 귀족들과 벼슬아치들이 사라지고 백성들이 차별 없이 살아가는 용화세상은, 미륵부처님이 만들어주는 게 아니올시다."

젊은 아낙이 화들짝 놀라며 되물었다.

"휘유. 그럼, 누가 만들어준대요?"

"백성들 손으로 이뤄내야 하오이다. 백성들이 힘을 합쳐 이 땅을 용화세상으로 바꿔놓으면, 그때에 비로소 미륵부처님이 오시게 됩니다."

한마디 말도 없던 아낙의 남편이 시비조로 나섰다.

"힘없는 백성들이 무슨 힘으로 그런 세상을 만든단 말이오? 미륵부처님은 어디서 뒷짐지고 어정대다가 백성들이 만들어 놓은 다음에야 나타난다는 말이오?"

대답이 궁해진 궁예를 힐끔 쳐다본 사내가 슬그머니 일어섰다. 어찌 됐거나 백성들은 씨앗을 묻어야 하고, 궁예도 발걸음을 떼어야 했다. 다시 세 갈래 길로 나서자, 궁예의 마음도 세 갈래가 되었다. 오른쪽 길은 한주성4에 가 닿고,

왼쪽 길은 서원경5에 가 닿으리라. 오던 길을 죽 되짚어가면 북원경6에 가 닿으리라.

생각의 머리만 남기고 꼬리를 잘라낼 수 없는 게 탈이었다. 오던 길을 되짚어가는 길. 명주 땅에서 몇 해씩이나 궁예를 기다리고 있을 화암사의 귀평을 비롯한 동무들에게 가는 지름길이었다. 최우달이 있는 죽주산성으로 되돌아가는 길이기도 했다.

"손님, 어느 쪽으로 가야 북원경이 가까울는지요?"

궁예가 갈피를 못 잡고 있는 사이, 왼쪽에서 인기척이 들려왔다. 몸에 가사를 걸친 젊은 승려 셋이었다. 버릇대로 합장하고 지름길을 가리켰다.

"곧장 걸어가면 되오이다. 한데, 스님들께선 어느 사찰에 계시는지요?"

세 사람은 먼 길 걸어온 뒤끝의 다리쉼을 할 셈인 듯, 털썩 주저앉았다. 그중 나이 지긋한 승려가 답을 내었다.

---

4 한주성(漢州城): 한주에는 경기, 충청도 일부 지역과 중원경(충주)도 포함되었으며, 한주성은 경기도 하남에 있었음.
5 서원경(西原京): 충북 청주.
6 북원경(北原京): 강원도 원주.

"우리는 무주성7의 증심사에 머물고 있었소이다. 한데, 견훤이란 자가 거느리는 군사들이 무주성을 치러 몰려와서는 아예 차고앉은 탓에 불제자들이 사방으로 흩어지게 됐소이다."

귀가 솔깃해진 궁예가 내처 물었다.

"견훤이란 자는 어떤 인물입디까?"

"가까이서 본 것은 몇 차례 안 되지만, 욕심이 대단한 자 같았소이다. 사람 아낄 줄 모르고, 마구 힘으로 다릅디다. 기강 세운다고 벌주기를 능사로 삼으니, 군사들의 기강은 섰는지 모르지만, 백성들 힘들기는 더하면 더했지 덜하지는 않았소이다."

궁예의 입에서 절로 탄식이 나왔다.

"실망이외다."

"왜 아니겠소. 이곳 개산군에서는 기훤장군이 일어났고, 북원경에는 양길장군이 도사리고 있다는 소문이던데, 이곳 사정은 어떻소이까?"

궁예가 비탈밭을 가리켰다.

---

7 무주성(武州城): 지금의 광주광역시.

"저기 있는 백성들이 말합디다. 기훤이란 자, 명분만 그럴듯했지, 못된 짓 하기는 신라 벼슬아치들보다 더하다고. 한데, 스님들께선 어디까지 가는 걸음이시오?"

앳된 승려가 천진스레 웃으며 대답했다.

"벌써 여러 해 전 금강산 화암사에 미륵부처가 나타나셨는데, 도적 떼를 감화시켜 불제자로 만들었다 하더이다. 소문에는, 이 땅에 용화세상을 열기 위해 내려오신 분이라 하더이다. 기왕 의탁해 있던 사찰을 떠나게 되었는지라, 의논 끝에 천릿길 멀다 않고 찾아가는 걸음이올시다. 아직 혈기가 있으니, 미륵부처님을 만나게 되면 용화세상을 만드는 일에 미력이나마 보탤까 싶어서 말이외다. 손님께서도 정처가 없으시다면 소승들과 동행하시면 어떻소이까?"

궁예의 말문이 딱 막혀버렸다.

애당초 귀평이 궁짜가 낀 화암사에 신도들을 끌어들이려는 욕심으로 퍼뜨린 헛소문이었다. 궁예가 대간령8 어름에서 기훤의 무리를 데려다가 화암사 인근에 정착시킨 일을 잔뜩 부풀리다 못해, 아예 미륵부처를 깎아서 세운 셈이었

---

8 대간령(大間嶺): 강원도 인제군과 고성군 간성읍 사이에 있는 고개.

다. 헛소문이 천릿길을 에돌아 흘러오면서 진짜 미륵부처가 되어 일어서는 사이, 궁예는 되레 기훤에게 쫓기는 신세가 되고 말았으니…….

헛소문을 바로잡아줄 틈이 없었다. 때맞추듯, 추격대가 세갈래길로 다가들었다.

"이놈들 꼼짝 마라."

군사들이 고함을 지르며 창끝을 들이댔다. 비탈밭에서 보리 씨앗을 묻고 있던 백성들이 우르르 달려왔다. 군사들 틈에 백성들이 섞여 들고 보면 몸놀림만 어려워지지 않겠는가. 궁예가 벌떡 일어서며 스님들에게 일렀다.

"나를 잡으러 나온 기훤의 군사들이오. 스님들은 꼼짝 말고 앉아 있다가 갈 길을 재촉하도록 하시오."

군사들이 한꺼번에 달려들었다. 물러서는 체하다가 뺏어든 창을 거꾸로 쥔 궁예가 허공으로 날아올랐다. 삽시간에 세갈래길이 빈 절간처럼 휑해졌다. 홀로 남은 대장이 거리를 좁혀왔다. 칼자루 쥔 손아귀가 가벼운 것도, 길이 한 자 반에 너비 치오푼밖에 안 되는 칼 그늘에 몸을 완벽하게 감추는 것도, 제법 무예를 익힌 솜씨였다. 궁예가 갑자기 몸을 돌려 비탈밭 너머로 뛰었다. 대장이 우르르 쫓아왔다. 모퉁이를 돌아 백성들의 눈을 벗어나자, 궁예가 홱 돌아섰다.

"내 이름은 궁예다만, 네 놈은 누구더냐?"

쫓아오던 대장이 움찔, 멈췄다.

"죽주산성 대장 원회요. 기훤장군 말로는 선종형님이라 던데, 궁예는 또 뭐요?"

귀에 익었다. 칠성이니, 용팔이니, 구룡이니, 개똥이니 하는 촌놈들 속에 제법 그럴듯한 이름도 끼어있던 기억이 살아났다.

"한때 법명이 선종이었다. 칼 잡는 솜씨가 농투성이는 아 닌데?"

"몇 해 전 골내근정이 불바다가 되고, 화랑 출신의 장군 이 역모의 누명을 쓰고 죽어간 김요의 난9을 아는지 모르 겠소. 그 휘하에서 보병제감으로 있었소이다. 동무 신훤과 함께 두 사람만 빠져나와 구사일생으로 살아났소."

"알만하군. 한데, 왜 하필이면 기훤에게 기어들었던가?"

"선종형님은 왜 죽주산성으로 기어들어 봉변당하게 됐 소?"

---

9 김요(金蕘)의 난: 신라 정강왕 2년에 왕족이면서 응렴(경문왕)의 후임 화랑이었 던 김요가 한주 관내의 골내근정에서 일으켰던 반란.

공연한 입씨름으로 시간 끌다가 백성들이 몰려오면 낭패였다. 입을 꽉 다문 궁예의 몸이 붕 뜨더니 허공에서 한 바퀴 휘돌았다. 원회가 손목을 감싸 쥐고 나뒹굴었다.

"나와 함께 갔던 선비는 어찌 되었는가?"

궁예가 창을 버리고 그 옆에 털썩 주저앉으며 물었다.

"옥에 갇혔소."

원회의 대꾸가 퉁명스러웠다.

"갇혔다? 왜?"

되묻는 궁예의 말투도 곱지 않았다.

"그야, 선종형님 잡자는 미끼 아니겠소? 선종형님 나타나지 않으면 아예 죽이겠다고 땅땅 벼르더이다."

궁예가 주머니를 뒤지다가 뚜벅 입을 떼었다.

"큰 공을 세워 보게나."

엉겁결에 노끈을 받아 든 원회가 알아듣고, 강다짐을 두었다.

"잡혀간 다음엔 낭패를 겪을 것, 그냥 도망치는 게 좋을 것이오.

궁예가 고개를 살래살래 흔들었다.

"최우달은 무예라곤 모른다네. 서두르게나."

4

궁예가 오라에 묶여 성으로 들어서자, 백성들이 마구 떠들어댔다.

"기왕에 성벽을 넘었거든 멀리 도망칠 일이지 왜 다시 잡혀온단 말인가."

"그야, 함께 온 동무가 잡혀 있으니 혼자 도망칠 수 없었던 게지. 그 의리가 가상하지 않은가?"

"난세에 무슨 얼어 죽을 의리란 말인가? 목숨을 부지하고서야, 의리든 뭐든 따질 게 아니던가?"

성벽보다 더 높은 뇌옥의 담벼락에 달린 통나무문 안으로 한 발짝 들어서자 30여 명의 죄수들 틈에 박혀있던 최우달이 내달으며 통곡했다.

"성벽을 넘었거든 사람을 모아 성을 깨뜨리고 억울한 백성들 살려낼 일이지, 하루도 지나지 않아 빈손 들고 잡혀오면 어쩐단 말이오? 흐흑흑."

관솔불을 든 최우달이 궁예를 토굴 속으로 이끌었다. 무른 땅 골라가며 파 들어간듯, 꼬불꼬불 50척은 돼 보였다.

최우달이 털퍼덕 주저앉았다.

"선종스님께선 무엇 때문에 차려주는 밥상 걷어차고 고초를 사들인 것이외까?"

뒤따라 엉덩이를 내려놓던 궁예의 외눈에서 불길이 확 일었다.

"계를 지켜 불제자의 도리를 하였을 뿐. 자네마저 그리 말하는 겐가?"

최우달의 얼굴이 확 붉어졌다. 여전히 정색하고 되물었다.

"도리라는 것도, 상황에 따라 달라져야 하는 것 아니더이까?"

궁예가 단호하게 잘랐다.

"나는 그런 어려운 말 모른다네. 도리란 변하는 게 아니라네."

최우달이 고개를 푹 꺾었다. 토굴 안에 가득 차오른 정적이 밖으로 넘쳐날 무렵, 몸을 일으킨 최우달의 볼에서 눈물이 흘러내렸다.

"평생 형님으로 모시겠소이다. 아우의 예를 받아주시오."

"함께 지내온 게 어제오늘이 아니거늘, 자네가 새삼스레 나를 희롱할 참인가?"

궁예가 비명을 내질렀다. 최우달이 입 안의 말을 우르르
쏟아냈다.

"방금 형님의 말을 듣고 막혔던 가슴이 탁 트였소이다.
도리란 변하는 게 아니라네. 그 한마디가 가슴팍을 때렸더
이다. 지난 몇 해, 가슴앓이했더이다. 왕릉 성주가 당부한
대로, 세상엔 옳은 도리란 없다, 상황에 따라 맞는 도리가
생겨날 뿐이다, 그리 말하고 나면 가슴에 돌덩이가 얹힌 듯
답답했더이다. 어린 왕건에게 한갓 시정잡배의 처세나 가
르치고 있다는 자괴감이 밀려들 때면, 진나라 시황제[1]처럼
분서라도 하고 싶었소이다. 저의 꿈도 형님과 다르지 않소
이다. 미륵부처님의 용화세상 만드는 데 신명을 바칠 것이
니, 아우의 예를 받아주시오."

날이 밝기 무섭게 원회와 신훤이 군사들을 이끌고 반달
성으로 들어섰다. 칠성이 망루에서 굽어보며 명을 내렸다.

"땡중놈의 옷을 벗겨서 잡아 묶어라."

칠성이 제법 위엄을 갖춰 문초를 시작했다.

"죄인은 고개를 들라. 기훤장군님의 당부도 있고 해서 호

---

1 진나라 시황제: 진시황(秦始皇). 분서갱유(焚書坑儒, 책을 불태우고 선비를 죽인
  다는 뜻)로 유명함.

의를 보였거늘, 네가 나를 원수로 삼자고 작정한 까닭을 밝혀라."

궁예가 덤덤하게 대꾸했다.

"원한 있을 까닭이 없잖소. 출가한 불제자라서 계를 지켰을 뿐이외다."

"허나, 죽주산성에선 죽주산성의 풍속을 따라야 하는 법 아니더냐?"

"계를 지키는데 때와 장소를 가리라는 부처님 말씀은 어디에도 없었소이다."

"네 눈엔 기훤장군이나 내가 금수나 축생으로 보이겠구나?"

말에 뼈가 들어있었다. 피해 갈 궁예도 아니었다.

"도탄2에 빠진 백성들을 구하겠다며 군사를 일으킨 것은 훌륭하오. 그렇건만, 죽산군, 백성군, 적성군 백성들은 여전히 굶주리고 있더이다. 백성들이 목숨처럼 아끼는 소, 돼지 빼앗기도 예사라고 하더이다. 어찌 축생보다 낫다 할 수 있겠소?"

---

2 도탄(塗炭): 몹시 곤궁하거나 고통스러운 지경.

칠성이 채찍을 아래로 던졌다.

"원회대장은 저 땡중놈이 잘못을 빌 때까지 매우 쳐라."

똑같은 대장이라지만 칠성은 기훤의 최측근이었다.

"이렇게 되리라 경고했으니, 원망하지 마오."

궁예는 원회의 나직한 말에 대꾸하지 않았다. 휘익, 딱. 채찍이 떨어졌다. 비명이 터졌다. 둘러선 죄수들의 비명일 뿐, 궁예의 것은 아니었다.

"더 세게 쳐라."

채근받은 원회가 채찍을 크게 휘둘렀다. 궁예의 입은 열리지 않고, 정신 놓친 몸뚱이가 옆으로 나뒹굴었다. 매질은 하루로 끝나지 않았다. 칠성은 아침마다 망루에 나타났고, 원회의 채찍을 맞고 기절한 궁예가 모로 쓰러진 다음에야 돌아갔다. 이틀, 사흘, 닷새가 지나도 궁예는 굴하지 않았다. 피투성이가 되어 하루 종일 헛소리를 내지르며 앓건만, 밤이 되면 멀쩡하게 정신이 돌아왔다. 죄수들의 사연을 챙겨 듣기도 하고, 미륵부처의 설법을 전하기도 했다.

"미륵부처님은 언제쯤 오시는 것이외까? 언제나 용화세상을 만들어 불쌍하고 힘없는 백성들을 구하게 되는 것이외까?"

죄수들도 목말라하고 있었다. 궁예의 목소리에 힘이 실렸다.

"용화세상은 우리 손으로 이뤄내야 하외다. 백성들의 힘을 한데 모아야 하오이다."

구렁이가 감긴 듯 부풀고 터진 몸뚱이가 토해내는 피투성이 설법이었다. 이튿날부터 죄수들의 음식이 한결 부드러워졌다. 잡곡에 섞인 쌀을 헤아리던 것이, 쌀에 섞인 잡곡을 헤아리게 되었다. 무짠지 한 토막뿐이던 반찬에도 더운 국물이 곁들여졌다. 모두들 고개를 갸웃거렸다. 궁예가 매 맞기 시작한 지 이레째 되는 날, 이슥한 밤에 원회가 최우달을 망루로 불러올렸다.

"궁예스님은 좀 어떠시오?"

궁예가 여느 날처럼 채찍을 맞고 기절했으니, 최우달의 심사가 좋을 리 없었다.

"왜? 아예 숨통을 끊어 놓으려고 그러시우?"

원회도 만만치 않았다. 시치미를 떼고 대꾸했다.

"뇌옥 수비대장으로서 묻는 거요. 죄수에게 무슨 일이 생기면 수비대장의 책임이니까 말이오."

최우달의 귀가 번쩍 띄었다.

"언제부터 뇌옥 수비대장을 맡았소?"

"오늘로 꼭 이레째요.

원회는 여전히 표정을 풀지 않았으나, 최우달은 깨달았다. 채찍질할망정, 이 사람은 궁예의 적이 아니다. 드나드는 수비군사가 있으니 입 밖에 낼 말은 못되었다. 최우달이 목소리를 예사롭게 바꿨다.

"음식이 좋아져서 기운을 차리곤 하지만, 언제까지 버텨낼지 알 수 없소이다."

"혹시, 양길이란 이름을 들어봤소?"

원회가 그 말에는 이렇다 할 대꾸를 내놓지 않고 엉뚱한 말을 했다.

"그야, 북원경에서 군사를 일으켰다는 장수 아니오?"

최우달이 퉁명스레 대꾸하자, 원회가 고개를 끄덕이며 혼잣말처럼 이어 붙였다.

"북원경이라지만 죽주산성에서 말 달리면 한나절에 닿을 거리지요. 한수 강물이 얼어붙으면 양길이 쳐들어온다는 소문이 퍼져있으니, 싸움이 벌어지면 화살받이로 써먹자고 뇌옥 문을 열게 될지도 모를 일……."

다음날도 그다음 날도 매질은 계속되었다.

궁예가 채찍을 견뎌내는 시간이 표나게 짧아졌다. 처음에는 두 식경이나 맞고도 끄떡없던 것이 한식경을 버티지 못하고 쓰러졌다. 정신을 돌이키는 시각도 점점 늦어졌다. 헛소리 내지르며 앓다가도 밤에는 깨어나더니, 밤새 앓는 소리 내다가 새벽녘에 정신을 놓치는 지경까지 다다랐다. 칠성이 끝내 죽이기로 작정한 듯싶었다.

보름이 속절없이 흘러갔다. 이제는 날이 밝고 해가 떠오른 다음에도 궁예는 뜬소리를 내지르며 정신을 차리지 못했다.

어느 날 아침. 반달성에 들어선 원회의 손에 채찍 대신 보따리가 들려 있었다. 그러고 보니, 망루에도 칠성의 흔적은 없었다.

"궁예스님은 좀 어떠시오?"

최우달에게 다가온 원회가 화난 목소리로 물었다.

"오늘은 아주 깨어나지 못할 모양이외다."

기운이 빠져나간 최우달이 심드렁하게 받았다.

"오늘부터는 불을 때라고 나뭇단을 들여 줄 것이오. 기운 차리는 약이니 받으시오. 드디어 강물이 얼어붙었소. 양길이 쳐들어올 모양이오."

원회가 보따리를 건네고는 어깨를 추스르며 휙 돌아섰다. 어설픈 그 어깻짓이 유난히 추워 보인다고 느낀 것은 최우달의 착각이었을까.

"잠깐 멈추시오."

까닭을 알 수 없는 감정에 명치를 후끈 치받힌 최우달이 원회를 불러 세웠다.

"왜 그러시우?"

으레 그럴 줄 알았다는 듯 멈칫하던 원회가 천천히 몸을 돌려세웠다. 막상 눈을 마주치게 되자 최우달은 뭐라 말문을 열어야 할지 난감했다. 뜻밖의 말이 튀어나갔다.

"기왕에…… 궁예스님을 만나보고 가지 않겠소?"

원회가 그리 마음먹었던 듯 선선히 걸어왔다. 두 사람은 죄수들이 못 박힌 듯 서있는 반달마당을 가로질러 토굴로 들어갔다. 날씨가 추워진 탓에 궁예의 거처는 깊었다.

"누, 누구요?"

가까스로 정신이 돌아온 듯싶었다. 최우달이 머리맡으로 다가앉으며 대답했다.

"원회대장이 약을 지어갖고 찾아왔소이다. 양길의 군사가 쳐들어와 싸우러 나가게 됐다면서……."

"원회대장. 오늘은……."

"이젠 다 끝났으니 안심하시지요. 칠성대장도 오늘은 싸움터로 나갔소이다."

원회가 옆으로 다가앉으며 대답하자 궁예가 오히려 위로하고 나섰다.

"원회대장, 그동안 고초가 컸을 것이오. 약은 고맙소."

당황한 원회가 손을 내저으며 드문드문 어렵게 말을 꺼냈다.

"아니올시다. 실은, 그동안 망설였던 일인데……. 골내근 정에 있을 때 김요원장군과 의형제를 맺은 적이 있소이다. 허나, 지키지 못했소이다. 오직 불길 속에서 빠져나와 내 목숨 부지하는 데만 급급하다 보니……. 오늘은 그렇듯 못 난 저를 아우로 맞아달라는 청을 넣자고 일부러 찾아왔던 길이외다."

궁예가 알아들었다는 듯, 빙그레 웃으며 고개를 끄덕였다.

"좋아. 오늘부터는 내 아우가 되게나. 두 사람 손을 좀……."

궁예는 원회의 손과 최우달의 손을 포개 가슴에 얹고는, 갑자기 잠이라도 몰려드는지 스르르 눈을 감았다.

원회가 주고 간 약을 달여 먹고서도 궁예가 몸을 회복하여 기운을 차리는 데는 무려 한 달이나 걸렸다. 채찍 자국이 덧나지 않고 아물어 붙은 것만도 다행이었다.

"와, 와. 양길이 쳐들어왔다."

흰 눈이 소담스럽게 내리 쌓인 날 아침, 성안 백성들의 함성이 들려오는가 싶더니 뇌옥 문이 덜컥 열렸다. 부신 눈을 끔벅거리며 밖으로 나와 바라보니, 성벽에는 활을 든 군사들이 까마귀 떼처럼 올라붙어 있었다. 으스대며 문루에 나타난 기훤이 아예 궁예 따위는 안중에도 없다는 듯, 먼 산을 바라보며 연설을 늘어놓았다.

"느이들은 죽어 마땅한 죄인이로되, 이 기훤장군께서 특별히 기회를 주기로 했으니, 분골쇄신3하기 바란다. 만약 느이들이 죄를 뉘우치고, 싸움에서 사소한 공이라도 세운다면 큰 상과 벼슬을 내리겠다."

거리가 먼 덕분에 피차 안색 살필 일은 없었다. 자청하여 죄수부대 대장을 맡은 원회가 대원들에게 그간의 사정을 설명했다.

"한수 강변에서 대여섯 번 맞붙었소이다. 양길의 군사들은 훈련받은 정예병이외다. 칠성대장을 포함한 대장 다섯이 죽고 오백이 넘는 군사를 잃었소이다. 어쩔 수 없이 농성하게 되었소이다. 성벽은 튼튼하니 화살이나 쏘고 돌이나 던지면 되오이다. 부디 몸조심을……."

---

3 분골쇄신(粉骨碎身): 뼈가 가루가 되고 몸이 부서지도록 노력함.

궁예를 비롯한 대원들은 나눠주는 대로 활과 화살이 든 전통 하나씩을 받아 들고 성벽으로 기어올랐다. 대나무가 흔한 고장이라 화살은 쓸 만했지만, 활은 아이들 장난감 같은 약궁이었다. 적군이 활 한바탕 저쪽 밭머리까지 밀려와 있었다. 비탈밭에서는 목 잘린 수숫대와 이삭 잘린 조대가 바람결에 몸을 맞비비며 서걱거렸다. 성벽 위 군사들이 활을 쏘긴 했으나, 마파람에 절반도 못 날아가 눈밭에 떨어졌다.

적진에서 말 탄 장수 셋이 나란히 나섰다. 장수들이 활시위를 놓았다. 바람을 업은 화살이 성벽에 닿지 못하고 눈밭에 떨어졌다. 장수들이 다시 화살을 날렸다. 이번에는 성벽 중간을 툭툭툭 때렸다. 장수들이 앞으로 움직였다.

"활 좀 빌려주게."

궁예가 들고 있던 장난감 같은 활을 던져놓고 손을 내밀었다. 원회가 선뜻 건넨 활시위를 서너 번 튀겨본 궁예가 한꺼번에 화살 세 개를 매겼다. 대원들이 무슨 일인가 궁금하여 고개를 돌리는 사이, 화살 세 개가 연거푸 허공을 꿰었다.

히이잉. 언뜻, 바람결에 말울음 소리가 실렸다. 장수들이 타고 있던 말 세 필이 앞발을 쳐들고 날뛰었다. 세 장수가 눈밭으로 나뒹굴었다. 제 주인을 떨어뜨려버린 말들이 질 풍처럼 달려왔다. 와, 와. 그제야 무슨 일이 일어나고 있는 지를 알아챈 군사들이 손에 땀을 쥐고 함성을 올렸다. 언제 부터 그곳에 나와 있었는지, 기훤도 망루에서 손차양하고 있었다. 성벽 아래에 다다른 말들이 멈춰 설 듯하더니 방향 을 틀었다.

"원회대장. 내가 저것들을 잡아오겠네."

말소리가 끝나기도 전, 궁예가 성벽 아래로 몸을 날렸다.

"앗, 멈추시오."

원회가 뒤늦게 고함을 내질렀다. 맨 꽁무니의 말에 사뿐 내려앉은 궁예가 고삐를 사려 쥐고 앞으로 내달았다. 놀란 말이 달리는 기세는 무서웠다. 앞서 달리는 두 필의 말은, 박차를 죄어 붙이는 궁예의 손끝에 잡힐 듯 잡힐 듯 애를 태웠다.

와, 와. 군사들의 함성이 연달아 터졌다. 그때였다. 다섯 발짝, 네 발짝, 세 발짝, 좁혀가던 궁예의 몸이 허공으로 붕 떠오르는가 싶더니 앞으로 건너뛰었다. 뒤따르는 말고삐를 그대로 쥐고 있으니 두 필은 잡은 셈이었다.

"와. 궁예스님 만세."

어디서 나왔는지, 궁예의 이름과 만세 소리가 성벽을 타

넘었다. 바로 그 순간, 앞의 말을 추격하여 옆으로 바짝 따라붙은 궁예가 비호같이 옆으로 옮아갔다.

"만세. 궁예스님 만세."

죽주산성이 떠나갈 듯 만세 소리가 울려 퍼졌다. 어느새 기훤이 서있던 망루가 텅 비어있었다. 견고하고 절차 까다롭기로 유명한 죽주산성 성문이 활짝 열렸다. 원회와 죄수부대 대원들이 구르듯이 달려가서 궁예를 맞았다.

"말들이 괴로워할 것이니, 화살부터 뽑아주도록 하게나."

고삐 셋을 한꺼번에 원회에게 넘기며 궁예가 당부했다.

"앗."

화살을 뽑으려던 원회가 비명을 질렀다. 화살 세 개가 세 필의 말 콧등 똑같은 자리에 그린 듯이 꽂혔고, 살촉은 불과 반 치쯤이나 될까싶게 살짝 파고들어 있었다. 대원들이 입을 모아 탄성을 터뜨렸다. 원회가 화살을 뽑아내며 거들었다.

"형님은 귀신이외다."

궁예가 성벽 위로 눈길을 주며 말했다.

"자네들이 활을 쏠 때는 멀쩡한 눈 하나를 감는데, 그렇게 하면 표적이 뚜렷하게 보이지 않던가? 그러니, 처음부터 눈이 하나뿐인 내가 자네들보다 조금 더 잘 보고 조금 더 잘 쏘는 것이야 당연한 일 아니겠나? 기훤의 귀에 들어

가서 좋을 게 전혀 없은즉, 여기 있는 대원들만 아는 걸로 함구하세나. 누가 묻거든, 어쩌다 화살 하나가 말을 건드린 모양이고 옆의 말들이 덩달아 날뛴 듯싶다고 둘러대게나."

싸움에 이겼으나, 죄수부대 대원들은 반달성으로 되돌아올 수밖에 없었다. 전처럼 문을 걸어 잠그거나 군사들이 번을 서는 일은 없었으나 뇌옥은 뇌옥이었다. 장군 처소로 불려간 원회는 아직 돌아오지 않았고, 남은 대원들도 시름없이 둘러앉아 있다가 하나둘 쓰러져 잠을 청했다.

궁예는 오랜만에 한바탕 힘을 쓴 탓인지 잠을 이루지 못했다. 끝없이 떠오르는 잡념을 쓸어 덮고 슬그머니 반달마당으로 나섰다. 이지러진 반달이 중천에 떠올라 빤히 내려다보고 있었다. 밤기운이 젖은 명주수건처럼 목에 감겼다.

사각, 사그락, 사각, 사그락. 눈 밟는 발소리가 들려왔다. 흰옷 입은 여인 둘이 푸른 달빛을 다져가며 다가오고 있었다. 달빛을 긷기 위해 하강한 선녀들인 듯, 물동이를 머리에 받쳐 인 걸음걸이는 나붓나붓 신비스럽기까지 했다.

"궁예스님이신지요?"

궁예가 정신을 가다듬었다.

"그렇소이다만."

대답이 건너가자 미끄러지듯 문안으로 들어섰다. 여인들은 물동이를 내려놓고 나란히 아미를 숙였다.

"소녀는 초월이옵고, 함께 온 이는 제 언니외다. 낮에 성벽에 올라가 궁예스님을 지켜봤나이다. 훌륭한 기상이었나이다. 소녀는 한없이 기쁘면서도 한없이 부끄러웠나이다. 제 언니의 말이, 이제라도 용서를 비는 게 사람의 도리라 하더이다. 그 때문에 이렇듯 야심한 밤에 언니를 앞세우고 찾아왔나이다."

비는 장수 목 못 벤다던가. 초월이가 고초를 겪게 된 빌미이기는 했으되, 따지고 보면 신라 천년에 굳어진 시침 풍속을 거부한 궁예의 고집 탓도 있지 않겠는가.

"용서하고 말고 할 게 무엇이 있겠소? 낭자는 시속에 따랐을 뿐인 것을……. 괘념치 말도록 하오."

"고맙사외다. 과연, 큰스님이외다. 미처 알아 뵙지 못하고 경망스럽게 굴었던 탓에 겪으신 고초는 어찌해야 할는지요……. 지금 장군 처소에서는 여러 대장이 모여 술잔치를 벌이고 있습니다. 제 언니가 정작 애쓰신 분들께 술을 가져다드리자고 하기에 조금 내왔습니다."

궁예는 순순히 받아들이기로 했다.

"낭자의 마음을 고맙게 받겠소이다."

그 말이 떨어지기를 기다렸다는 듯, 초월이 궁예의 턱밑으로 다가들었다.

"원회대장을 조심하셔요. 조금 전, 기훤장군이 따로 불러놓고, 당장에 궁예를 죽여라, 명하는 걸 똑똑히 들었소이다."

뜻을 헤아릴 새도 없이 초월이 제 언니와 나란히 눈길을 밟아 돌아갔다. 궁예가 잠든 대원들을 깨웠다. 얼음처럼 차가운 술이 뱃속으로 들어가 몸뚱이를 뜨겁게 데워놓는 이치란 무엇인가. 잔뜩 기가 죽었던 대원들도 서서히 활기를 되찾았다.

"여적 안 자고 모두들 깨어있었소이다 그려."

원회의 동무, 성문 수비대장 신훤이 들어섰다.

"마침 잘 오셨소이다. 앉아서 한잔 받으시우."

궁예가 반색하며 술잔을 내밀었다. 신훤이 선 채로 잔을 비우고는, 들고 있던 화살을 궁예에게 내밀었다. 화살 끝에 접힌 종이쪽이 매달려 있었다.

"궁예스님이 한번 보시겠소이까? 조금 전, 성문 기둥에 이게 날아와 꽂혔소이다. 펴 봐도 무슨 소린지 알 수 없어 장군처소로 가져갔으나, 한창 술판이 무르익은 판이라서 되짚어 나오는 길이외다."

화살에서 떼어낸 종이쪽을 펼쳐 든 궁예의 얼굴에 언뜻 번갯불이 스쳐갔다.

"뭐라고 적혀 있소이까?"

"응? 뭔 소린지 전혀 모르겠네."

최우달의 물음에 정신을 가다듬은 궁예가 얼버무리며 종이쪽을 건넸다. 암호 같은 일곱 글자가 적혀 있었다.

"양길장군은 강돌."

최우달이 강돌을 만나본 적은 없으나 흥교사에서 귀동냥한 일은 있었다. 단번에 알아채고는, 신훤에게 쪽지를 넘겨주며 이죽거렸다.

"누군가 성문 문루에 대고 쏴 보낸 걸로 본다면 필시 기훤장군에게 보내는 서찰이 분명할 것, 그걸 미리 돌려봤다고 벼락을 맞는 건 아닌지 모르겠소이다?"

눈치 빠른 신훤이 최우달의 말속에 든 뼈를 못 알아볼 리 없었다. 쪽지를 화살에 잡아매며 몸을 돌려세웠다. 원회의 술 취한 목소리가 그 앞을 가로막았다.

"크윽, 형님. 크윽, 궁예형님 어디 계시오?"

"궁예스님 여기 계시네. 어서 들어오게나."

나가려던 신훤이 물러서며 대답했다. 원회가 아무리 술에 취했다 해도 신훤의 목소리는 알아들었으련만, 불쑥 칼을 빼어 들었다.

"크윽, 궁예형님. 내가 형님의 목을 잘라야만 하게 됐소이다. 크윽, 나와서 목을 늘이시오. 크윽, 정히 억울하거든 크윽, 신훤의 칼을 빌려갖고 마주서시오."

신훤이 깜짝 놀라며 가로막았다.

"이 사람 원회. 술이 과했나보군. 우선 앉게나."

원회를 끔찍이 여기는 신훤이었다. 죽주산성에 들어온 이후, 신훤은 꿈 하나를 키워 오고 있었다. 성곽은 튼튼하고 백성들은 충성스럽건만, 기훤이나 대장들이나 주변머리라곤 없는 건달들이었다. 그렇다면, 하늘이 신훤에게 기회를 준 것이나 다름없잖은가. 신훤이 타는 입술에 침을 발라가며 궁리하는 사이, 궁예가 먼저 원회를 나무랐다.

"거기 앉아라. 기훤이 나를 죽이라 명했고, 네가 그리하겠다고 대답했다면, 마땅히 은밀하게 시행할 것이지, 웬 소란을 피우더란 말이냐?"

"큭, 크흐흐."

원회가 주저앉으며 울음을 터뜨렸다. 신훤이 군침을 삼켰다. 궁예의 칼을 빌려 기훤을 꺾는다면 손 안 대고 코 푸는 격이었다. 신훤이 목청을 가다듬어 부추기고 나섰다.

"궁예스님은 양길의 군사를 물리치는 공을 세웠소이다. 그런데도 기훤장군이 상을 내리기는커녕 오히려 해치고자 나섰으니, 참는다는 게 오히려 수치스러울 일이외다."

대원들도 저마다의 가슴속에 불씨처럼 남아있던 의기가 펄펄 살아났다. 낮에 귀신같은 궁예의 무예 솜씨를 직접 눈으로 보지 않았던가.

"궁예스님, 아예 기훤이란 자의 버릇을 고쳐줍시다."

"궁예스님, 용화세상은 백성들의 손으로 만들어야 한다고 말씀하지 않았소이까? 건달장군 기훤의 떨거지들, 싹 쓸어버리고 죽주산성 백성들을 구해냅시다."

울음을 그친 원회가 바짝 다가앉았다.

"골내근정에서 빠져나와 신훤과 함께 산야를 떠돌 때, 기훤의 소식을 듣고는 앞뒤 가릴 것 없이 달려와 충성을 맹세했소이다. 건달장군 휘하에서 속 터지는 일도 많았으되, 언젠가는 바로잡을 길이 있으리라 참아왔소이다. 더는 못 참겠소이다. 신훤의 말대로 건달패거리들을 쓸어냅시다. 형님이 앞장을 서주시오."

"자, 자. 원회대장. 안될 일을 헛되이 재촉하지 말고 술이나 마십시다."

최우달이 말허리를 싹둑 잘라내며 원회에게 술잔을 내밀었다.

"아니, 왜 안 된단 말이오?"

신훤이 잡아먹기라도 할 듯 눈을 부라렸다. 원회도 의아

스러운 눈길을 내쏘았다. 최우달은 일껏 앞으로 내밀었던 술잔을 제 입에 털어 넣고 나서 느릿느릿 대꾸했다.

"첫째는, 궁예스님이 불제자이니 살생을 못 하시오. 낮에 화살로 적의 장수들을 쏘지 않고 타고 있는 말을 쏘았으되, 그나마도 치명상을 피하여 콧등을 겨냥한 걸 보고서도 모르겠소. 둘째는, 두 사람은 어찌 됐든 기훤의 부하 아니오? 주인을 배반하는 일을 용납할 리 없소이다. 셋째는, 궁예스님은 비겁한 짓은 죽어도 못하오. 일껏 도망쳤으면서도 이 최우달 때문에 되돌아온 일을 생각해보시오. 허나, 방법이 아주 없는 건 아니외다만."

"아니외다만, 뭐요?"

조목조목 짚어가는 최우달의 말에 점점 풀이 죽어가던 원회가 화들짝, 말꼬리를 잡아챘다. 최우달이 궁예의 눈치를 힐끔 살피고는 신훤에게 고개를 돌렸다.

"오늘밤에 성문을 열 수 있겠소이까?"

"내가 성문 수비대장이니, 방법은 있을 것이오. 성문을 열어 어쩌겠다는 것이오?"

최우달이 신훤의 물음을 건너뛰고 궁예를 향해 돌아앉았다.

"궁예스님. 여기 백성들에게 들어보니 북원경에 있는 양길장군은 기훤과는 종자가 다르다고 하더이다. 양길장군을 찾아가서 군사를 빌리는 건 어떨는지요? 기훤에게 시달리는 죽주산성 백성들을 구하자고 한다면, 모른 척하지 않겠지요. 그때 원회대장이 선봉에 나선다면 모반도 비겁한 짓도 아니지 않겠소이까?"

긴말이 더는 필요 없었다. 성루에 올라간 신훤이 성문을 열었다. 궁예를 앞세운 죄수부대 대원들은 질풍처럼 내달려 미명의 새벽에 한수를 건넜다.

"신훤은 왜 따라오지 않느냐?"

강을 건너기 전, 궁예가 누구에게랄 것 없이 물었다. 얼굴에 수심이 낀 원회는 대답이 없고 최우달이 나섰다.

"따라오지 않을 것이외다. 꿍꿍이속이 있겠지요. 저 혼자 기훤에게 붙어 출세하고 싶다거나 아니면, 만만한 건달 무리를 내쫓고 죽주산성을 차지하자는 속셈이거나."

"사실이더냐?"

궁예가 원회에게로 시선을 돌렸다. 원회가 힘없이 끄덕였다.

"사실인 듯싶사외다. 성문 빠져나올 때 신훤이 중간에서 돌아오라 귀띔하더이다."

궁예는 더 묻지 않고 얼어붙은 강물 위로 말을 몰았다.

"궁예 아니더냐?"

산줄기를 잘라낸 산문을 넘어서자, 무설선사가 반갑게 맞았다. 궁예가 고개를 갸웃거리자 건너편 산기슭을 가리키며 껄껄 웃었다.

"예가 치악산 기슭의 신림1에 터를 잡은 석남사2니라. 네가 어린 시절 이곳에서 어미 사월이와 지냈던 일을 아주 잊었더란 말이냐?"

그제야 어머니 사월이와 스승 진공선사에게 들었던 기억이 살아났다. 할아버지 김윤흥이 미륵군사를 이끌고 서라

---

1 신림(神林): 강원도 원주의 치악산 남쪽 기슭에는 마을을 보호하고 지켜준다는 신성한 숲, 신림이 있다. 천연기념물 제93호로 지정된 이곳 성황림(城隍林)에는 각시괴불나무, 음나무, 졸참나무, 층층나무, 피나무, 가래나무, 쪽동백나무, 들메나무, 박쥐나무, 산초, 보리수, 광대싸리, 복분자딸기, 찔레, 노박덩굴, 으름덩굴 등이 우거졌는데, 신림면 성남리 주민들은 치악산의 성황신(城隍神)을 마을 수호신으로 섬기면서 수백 년 동안 매년 4월 8일과 9월 9일에 제사를 지내 왔다고 함.
2 석남사(石南寺): 원주시 신림면(성남리 절골)에 있던 사찰. 궁예가 처음으로 군사를 일으켰던 고려의 시발점임.

벌로 가면서 어린 궁예를 맡겼다던 석남사였다.

"일행을 데리고 요사로 들어가거라. 아침공양을 준비하
도록 하마."

넓은 요사가 절절 끓었다. 밤새 떨었던 탓에 잠이 밀려들
었다. 가로로 눕고 세로로 쓰러져 코를 고는데, 아침공양보
다 먼저 들이닥친 말소리가 벽을 뚫었다.

"허, 궁예 아니고는 활을 그리 잘 쏘는 자가 없으리라던
양길장군의 짐작이 꼭 들어맞았군 그래. 이건 바로 어제 잃
어버린 내 말이고 저건 또 원종 자네 말이 아닌가? 한데 화
살을 맞은 흔적이 없네그려."

"이봐, 애노. 여기로 와보게. 말이 공연히 날뛴 게 아닐
세. 화살이 모두 콧등에 박혔군그래. 거, 참 귀신같은 솜씰
세 그려."

"궁예가 가사를 걸쳤기 망정이지, 그렇잖았으면 화살이
자네들 목덜미를 꿰고도 남았을 게야. 핫핫하."

마지막의 목소리가 궁예의 귀에 익었다. 설핏 잠결로 휩
쓸려들던 궁예가 방문을 박차고 뛰어나갔다.

"강돌아저씨."

서른 살짜리 궁예가 어린애처럼 품으로 뛰어들며 목이
메었다.

"네 어미도 함께 왔느니라."

사월이가 궁예를 발견하고 그 자리에 딱 멈춰 섰다.

"어머니."

궁예가 달려가 안겼다. 덩치가 갑절은 큰 궁예를 안고 보니, 되레 사월이 쪽에서 안겨든 듯싶었다.

"아이구, 내 새끼야. 궁예야."

작은 손바닥으로 등을 두드린다는 게 키 작은 탓에 궁예의 궁둥이를 두드렸다. 그 우스꽝스러운 모습이 묘하게도 지켜보는 이들의 심금을 울렸다. 궁예가 원종과 애노에게 차례로 인사한 다음, 원회와 최우달에게 양길을 소개했다.

"일찍이 소문으로만 듣던, 잠잘 때도 한쪽 눈은 뜨고 잠든다는 천하제일의 양길장군이 바로 내 아버님이시라네. 인사드리게."

원회가 펄쩍 뛰었다.

"시치미를 뚝 떼고 있었소이까? 그래 가지고야 어찌 믿고 상종할 수 있겠소이까?"

사연을 짐작하는 최우달이 원회의 서운함을 달랬다.

"두 분의 스승이신 진공선사께서 강돌이라는 분이 양길장군이라는 사실을 일러주지 않은 채 열반하셨소이다. 까맣게 몰랐던 사실이, 어젯밤 신훤이 성문 기둥에서 회수해

온 화살로 밝혀졌소이다. 거기 일곱 글자가 씌어있었소이다. 양길장군은 강돌."

사월이가 뒤에 비켜 서 있던 딸을 앞으로 끌어냈다.

"채예야, 궁예오라비에게 인사드려라."

열대여섯 살이나 됐음직한 처녀였다. 양길이 궁예에게 일렀다.

"얼굴을 봤으면 됐다. 식구란 그런 것이다. 어미가 옷을 가져왔을 것이니, 법당으로 가서 가사를 벗도록 해라."

환속하라는 말이었다. 가사를 벗는 궁예의 가슴에는 수만 가지 감회가 들끓었다.

신라왕 김춘추가 삼한을 통일하긴 했으나 당나라 힘에 기댄 절름발이에 불과했다. 당나라 군사들은 백제 땅에 웅진도독부3, 고구려 땅에 안동도호부4를 설치하고 눌러앉았다. 김춘추의 왕위를 물려받은 김법민에게 계림주대도독이란 벼슬을 내려 변방을 지키는 신하로 삼았다.

김법민은 삼한 땅에서 당나라 군사를 몰아내기 위한 고

---

3 웅진도독부(熊津都督府): 서기 660년, 당나라가 충남 공주 지역에 설치한 통치 기구.

4 안동도호부(安東都護府): 서기 668년, 당나라가 평양 지역에 설치한 통치기구.

육책을 내었다. 신라 군사들은 낮에는 당나라 군사와 동맹하여 고구려 부흥전쟁을 펼치는 보장왕의 외손자 안승의 의병들과 싸우고, 밤에는 안승의 의병들과 연합하여 당나라 군사들을 공격했다. 견디다 못한 당나라가 안동도호부를 평양에서 요동으로 옮기고 대대적인 토벌작전을 벌였다. 당나라와 맞설 힘이 없는 안승의 의병들은, 고기잡이배를 타고 금마군5으로 남하했다. 신라는 안승의 망명을 허락하고, 보덕국6을 설치하여 왕에 봉했다. 고구려 유민들이 몰려들면서 보덕국은 이웃의 금마군, 대산군, 임피군으로 확장되었다.

세력이 커지자, 신라에서 회유책을 쓰게 되었다. 보덕국의 젊은이들을 왕의 직할부대에 배속시켰다. 안승을 서라벌로 불러올려 왕의 누이와 혼인시키고, 김씨 성과 소판 벼슬을 내렸다. 진골계급에 편입되어 2백여 년을 평화롭게 지내던 고구려 후손들은, 김윤흥의 딸 이슬낭자와 김응렴 사이에서 궁예가 태어나자 파란을 겪게 되었다. 김응렴의 아우 위홍은 형님의 왕권수호를 위해 궁예를 죽이기로 결

---

5 금마군(金馬郡): 전북 익산.
6 보덕국(報德國): 고구려 멸망 후 금마(金馬: 익산)에 설치됐던 고구려 유민의 나라.

심한다. 이슬낭자의 몸종 사월이의 도움으로 살아난 궁예는 도망자 신세가 되었고, 김윤흥을 비롯한 고구려 후손들은 궁예를 지키기 위해 미륵군사를 일으킨다.

궁예는 서라벌 세달사로 출가한 이래, 내리군7의 흥교사, 삭주성8의 석왕사, 북원경의 석남사, 송악의 흥교사, 명주의 화암사 등 수많은 사찰을 전전하며 성장했다. 석남사는 미륵군사를 이끌고 서라벌로 향하던 김윤흥이 어린 궁예를 맡겼던 사찰이었고, 위홍의 끈질긴 추적을 피해 송악으로 숨어들었던 강돌과 사월이가 되돌아와 혼신을 다해 닦아놓은 고려의 기반이었다.

하루 한시도 쉬지 않고 되짚어가며 꿰맞춘 내력이었다. 더는 도망치지도 피하지도 말자. 승복을 걸치고 중노릇 제대로 해본 기억은 없지만, 고구려사람 김윤흥의 손자로서 부끄럽지 않게 살아야겠다는 결심만은 잊어본 적이 없었다. 강돌아저씨가 양길장군이 되어 깃발을 들었으니, 선종도 궁예가 되어 무엇인가를 치켜들 때가 왔다는 말인가…….

---

7 내리군(奈李郡): 강원도 영월.
8 삭주성(朔州城): 강원도 춘천.

"그러니까, 궁예 네 말은 기훤을 쳐야겠으니 군사를 내달라 그 말이렷다."

"기훤이 쫓겨난 벼슬아치들보다 나은 게 하나도 없었습니다."

"원종대장이나 애노대장도 아는 일. 이제 너와 원회가 그곳에 없고 보면, 원종대장이나 애노대장에게 맡겨도 죽주산성 깨는 일은 여반장9이 아니겠느냐?"

"이리로 오기 전에 원회와 대원들에게 그리 약조했던 일인지라……."

양길이 원회에게 눈을 돌렸다.

"자네의 생각은 어떠한가? 내 생각에는 궁예나 자네가 잠시라도 몸을 붙였던 성을 직접 공격하고 나서는 일이 께름칙하고, 모양도 좋지 않아 보이네만……."

"장군의 분부에 따르겠소이다."

원회가 한발 물러서자 양길이 단안을 내렸다.

"원종대장과 애노대장이 죽주산성을 치도록 하오.

죽주산성은 그날로 떨어졌다. 죽주산성을 평정하고 돌아

---

9 여반장(如反掌): 손바닥을 뒤집는 것과 같이 쉽다는 뜻.

온 원종이 퍽 섭섭하다는 말투로 보고했다."

"기훤과 건달대장이란 것들은 이미 신훤의 손에 죽고 없더이다. 토굴에서 찾아낸 일만 석 곡식 중 절반은 백성들에게 나눠주었고, 나머지는 옮겨오도록 했소이다. 신훤이란 자는 입을 다물고 있었더라면 좋았을 것을, 허튼 공치사 줄줄이 늘어놓다가 애노대장의 칼을 받았소이다."

궁예는 바쁜 나날을 보내게 되었다. 3백여 명 석남도장의 무사들과 사귀랴, 발해 왕자 대위해에게 배웠던 기마술을 전수하랴, 기회만 생기면 치마폭에 싸놓고 노닥거리고 싶어 하는 사월이의 비위를 맞추랴, 누이 채예의 투정을 받아주랴, 짧은 겨울해가 언제 지는지 모를 지경이었다.

꽃 피고 새 우는 봄이 왔다가 가고, 긴 장마철도 꾸물꾸물 지나갔다. 농사철이 시작되면서부터 반년 동안 여러 군현으로 흩어졌던 군사들이 가을걷이를 끝내고 돌아왔다. 군사의 숫자가 불어났으니 부대를 다시 짜야 했다. 양길이 대장군에 오르고, 원종과 애노는 장군이 되었다. 중원경[10]

---

10 중원경(中原京): 충북 충주.

의 청길과 괴양군[11]의 신훤도 장군의 반열에 올라섰다. 궁예 일행도 벼슬을 받았다.

"궁예를 마병대장으로 삼고 원회와 최우달을 부장으로 삼는다."

무예를 모르는 최우달이 사양했으나, 받아들여지지 않았다.

"전쟁이란 칼과 활이나 창으로만 하는 게 아니라네. 넓은 학문의 소양을 바탕으로 군사를 움직일 계책을 공부하도록 하게나."

궁예는 그날부터 부하들과 침식을 함께했다.

"원래 인간이란 이웃집 무당 용한 줄 모르는 법이고, 가까운 집 며느리일수록 흉이 많은 법이외다. 군사들에게 군령이 먹혀들게 하자면, 거리를 두고 멀찍이 서서 신비스럽게 보일 필요가 있소이다."

원회와 최우달은 대장이 대원들과 너무 가까이하여 좋을 게 없다고 반대했지만, 궁예가 그들을 나무랐다.

11 괴양군(槐壤郡): 충북 괴산.

"이 사람들아. 내가 나선 까닭은 진골도 귀족도 없는 백성들의 용화세상을 이뤄보자는 것일진대, 군령이나 세우자고 스스로 진골 귀족처럼 행세하란 말이던가?"

시월상달에 양길대장군의 명이 떨어졌다.

"궁예는 마병대를 이끌고 나가 동쪽 여러 군현을 평정토록 하라."

궁예뿐 아니라 군사들 모두가 기다리던 바였다. 궁예가 진군명령을 하달했다.

"첫 번째 목표는 명주 관내 백오현12이다. 현령이란 자가 얼마나 악독하게 백성들을 핍박했던지, 이백여 명이나 되는 백성들이 고향을 버리고 유랑하다가 대간령에서 기훤을 만나 도적 떼로 변했을 정도다."

궁예의 첫 출진은 성공이었다. 현령이란 자가 토색질에나 힘을 썼을 뿐, 군사를 기르고 성을 쌓고 백성들을 돌보는 일은 소홀히 했으니 변변히 나서지도 못했다. 궁예가 새로 세운 좌장들과 백성들을 모아놓고 포고령13을 내렸다.

"모든 농토는 백성들의 것이며, 땅에서 나는 곡식은 씨

---

12 백오현(白烏縣): 강원도 평창.
13 포고령(布告令): 어떤 내용을 널리 알리는 법령이나 명령.

뿌려 가꾼 사람의 몫이오. 그 누구라도 농토를 소유할 수 없으며, 도조를 받을 수 없소. 이태 동안은 세곡을 받지 않을 것이오."

"와. 만세, 궁예대장 만세."

백성들의 환호성이 터졌다. 궁예는 말머리를 돌려 주변의 6개 군현을 점령했다. 동짓달 초닷새에는 울진군을 휩쓸었다. 소문이 말발굽보다 더 빨랐다. 궁예의 마병대가 온다는 소문이 돌면 백성들이 먼저 일어섰다. 현령과 군태수를 가둬놓고 맞아들이기도 했고, 현령과 토호들을 묶어 앞세우고 동구 밖까지 마중 나오는 고을도 있었다.

군사들의 사기도 드높았다.

"나선 길에 서라벌까지 단숨에 쓸어버립시다."

"기왕 바닷가로 나섰으니, 명주 관내로 밀고 올라갑시다."

궁예도 그러고 싶었다. 그 땅에서 눈이 빠져라, 기다리고 있을 친구들…… 귀평, 순식, 김대검, 모흔장, 장일의 얼굴이 눈앞에 삼삼히 떠올랐으나 엄중한 군령이 그리움을 가로막았다. 의논할 일이 있으니 군사를 돌려라. 궁예는 대원들의 아쉬움을 다독이며 회군했다.

"겨울철에 군사를 움직이면 힘없는 백성들만 고초를 겪게 마련이다. 허나, 해괴한 일이 있어 너를 불렀느니라."

양길이 서찰을 내밀었다.

양길을 비장 겸 북원장군에 봉한다. 백제왕 견훤.

궁예가 놀란 얼굴로 물었다.

"제멋대로군요. 한데, 견훤이란 자가 언제 왕이 됐습니까?"

"동짓달 보름날 전주성을 점령하고 나서 등극했다더구나."

"받아들이겠습니까, 아니면 군사를 내어 버릇을 고쳐주시렵니까?"

당장이라도 칼을 뽑아 들고 달려갈 듯 서두르자, 양길이 웃음을 머금고 제지했다.

"건넛마을 개가 짖는다고 마주 짖을 까닭은 없겠지. 허나, 우리로서도 최소한의 대응은 있어야 할 것. 공론에 부칠까싶어 기별을 띄웠느니라."

섣달 보름. 회의가 열렸다. 양길이 용건을 꺼냈다.

"견훤이 전주 관내까지 병탄14하고 백제국을 세웠다오.

한데, 내게 백제왕의 비장 겸 북원장군이란 직첩을 보내왔소이다."

성미 급한 애노가 치고 나섰다.

"견훤은 천하의 패권을 노릴 뿐, 백성 아낄 줄은 모른다 하더이다. 마땅히 군사를 내어 응징해야 하외다."

청길이 반대하고 나섰다.

"견훤이 상주 땅에 있는 제 아비 아자개와 동맹하여 군사를 일으킨다면 성가시게 되오이다. 견훤이 보낸 직첩을 받아두고 있다가 우리의 형세가 탄탄해진 다음에 토벌군을 내는 게 실리가 있을 것이외다."

신훤이 한껏 호기를 부리고 나섰다.

"머잖아 상주 땅과 웅주 땅을 두고 견훤과 다투게 될 것은 필지의 사실. 우리도 왕을 세웁시다. 견훤과 불가침 동맹을 맺고 천하를 분할하는 게 상책일 듯하외다."

양길의 볼이 꿈틀했다. 원종이 부드럽게 입을 열었다.

"세 분 말씀이 일리가 있소이다. 허나, 도탄에 빠진 백성들을 구하자는 우리가 지나치게 실리에 집착하는 건 모양

---

14 병탄(倂呑): 남의 영토를 자기 것으로 만듦.

이 좋지 않소이다. 더욱이, 우리도 왕을 세우자는 것은 성급한 일이외다. 명분에 손상이 가지 않는 실리를 살펴야 할 줄 아오이다."

의견이 분분하게 흩어지자 양길이 뒤로 미뤘다.

"지켜본 다음 처결토록 합시다."

이듬해는 늘어난 영토를 둘러보는 일, 각 고을을 다스릴 관장을 정하고 농사를 돕는 일, 불어난 군사들을 훈련하는 일에 떼밀려 바쁘게 지나갔다. 가을이 되었다. 추수를 끝내고 군사를 일으키려던 차에 아자개가 서찰을 보내왔다.

또다시 회의가 열렸다.

"상주성을 양길대장군 휘하에 받아주소서. 상주장군 아자개."

서찰을 들고 온 사신이 그럴 수밖에 없게 된 사정을 털어놓았다.

"백제왕이 되어 무주와 전주를 평정한 견훤이 아비를 모셔가려고 아우 능애를 보내왔소이다. 계모 남원부인이 자신을 해치자는 계교라고 넘겨짚고는, 능애를 옥에 가둔 뒤 뭇매질로 절반쯤 죽여 놓았소이다. 한데, 능애가 탈출했소이다. 죽어가는 아우를 대한 견훤이 당장 쳐들어오겠다고 펄펄 뛴다고 하외다."

남의 불행을 놓고 기뻐하는 건 도리에 맞지 않았으나, 상주와 붙어있는 탓에 늘 불안해하던 청길과 신훤이 쌍수를 들고 환영했다. 양길이 화제를 바꿨다.

　　"금년에는 기왕에 새로 들어오는 상주를 정비하는 것으로 끝내도록 하고, 돌아오는 봄에 어느 방향으로 군사를 움직여야 좋을는지 그것이나 의논해 보도록 합시다."

　　청길과 신훤은 입을 다물고 원종이 나섰다.

　　"한주성을 점령하고 기천군15, 가평군을 평정한 다음 견성군16에서 군사를 일으킨 성달이란 자를 토벌토록 합시다."

　　양길이 토벌군의 편성을 물었다.

　　"네 분 장군 휘하에서 각기 몇 명씩이나 낼 수 있겠소이까? 농사철이 시작되기 전에 싸움을 끝낼 것으로 잡고 결정해주시오."

　　신훤이 받았다.

　　"서라벌의 움직임도 지켜야 하니 백 명쯤이 좋을 듯싶소이다."

　　애노가 발끈했다.

---

15 기천군(岐川郡): 경기도 여주.
16 견성군(堅城郡): 경기도 포천.

"속전속결로 해치우자면 군사가 일천은 돼야 할게요. 각기 삼백씩 내도록 합시다."

자칫 언성이라도 높아질세라, 원종이 중재안을 내었다.

"이백 명으로 합시다. 대장군 휘하에서도 오백 명을 내면, 도합 일천삼백 명. 그쯤 되면, 누가 총사령을 맡아도 기일 안에 일을 도모할 수 있을 겝니다."

양길이 흔쾌히 받았다.

"좋소. 해동이 되는 입춘절까지 각기 이백 명씩 보내도록 하시오."

해가 바뀌어 정월 초닷새, 입춘이었다.

토벌군 1천3백 명이 양길대장군 깃발을 앞세우고 북으로 향했다. 총사령은 원종이 맡고, 궁예의 마병대가 선봉에 섰다.

한주 관내 골내근정은 폐쇄됐거니와, 남천정도 사라진 지 오래였다. 한주성에 주둔하고 있던 한산주서[17]의 군사 3천도 흐지부지 흩어지고 없었다. 군사들이 몰려온다는 소식을 접한 왕의식이 원종을 맞았다.

---

17 한산주서(漢山州誓): 신라시대 군사 조직인 오주서(五州誓)의 하나. 오주서는 청주서(菁州誓: 진주), 완산주서(完山州誓: 전주), 한산주서(漢山州誓: 경기도 광주), 우수주서(牛首州誓: 춘천), 하서주서(河西州誓: 강릉)를 이름.

세상이 어수선해지자 진골 출신 한주도독은 재빨리 서라
벌로 돌아가 버렸다. 왕의식은 한주성 인근에서는 알아주
는 호족이었다. 슬그머니 들어가서 군사를 배로 늘린 다음,
스스로 한주성주가 되었다. 서라벌과는 소식이 잘 닿지도
않거니와 한주 관내 다른 군현과도 교통이 끊겼으니, 시비
걸고 나서는 자가 있을 리 없었다.

원종은 한주성을 그대로 왕의식에게 맡겼다. 성을 차지
한 다음에는 장군 깃발부터 쳐드는 건달장군들과 달리, 신
라 왕실을 거역하지 않겠다는 자세를 좋게 보았다. 충분히
교만해질 수 있는 자가 그러지 않는다면, 양길을 거역하지
도 않으리라. 원종은 왕의식에게 이웃 수성군을 평정하라
이르고 북진을 계속했다.

기천군, 가평군을 거쳐 열흘 만에 견성군에 이르렀다.

견성은 글자 그대로 견고한 성곽이 자랑이었다. 한탄강
의 지류에서 수천 년 비바람에 씻기고 부대낀 단단한 돌멩
이로 폭 20척, 높이 20척짜리 성벽을 쌓아 올렸으니 사람
의 힘으로는 깨뜨릴 수 없는 견고한 성이 되었다. 하룻낮
하룻밤을 공격했으나, 성달은 이편에서 화살을 쏘건 성문
에 충차를 들이박건 일절 응답이 없었다.

"글자 그대로 견고한 성이로구나."

한발 늦게 당도한 원종이 물었다. 최우달이 견성천으로 이 끌었다. 겨울 가뭄 탓에 강바닥은 하얗게 드러나고, 물줄기 는 어지간한 도랑물만도 못했다. 최우달이 물줄기 하나를 옆 으로 따냈다. 경사진 모래밭을 흘러가는 물줄기의 속도는 유 연한 흐름을 이루었다. 물줄기 아래쪽에 제법 견고한 성곽 모형을 쌓았다. 성곽 정면에 돌과 모래와 마른 풀줄기를 섞 어 크고 견고한 둑을 쌓았다. 흘러가던 물이 둑에 가로막혀 작은 호수를 이뤘다. 물이 거의 차오르자 이번에는 성곽 위 쪽에 모랫둑을 쌓았다. 거기에도 작은 호수가 생겨났다. 최 우달은 성곽 반대쪽의 물막이 언덕을 훨씬 높여놓더니, 위쪽 의 모랫둑을 일시에 허물었다. 그사이 가득 차올랐던 위쪽 호수의 물이 아래쪽 호수로 쏟아져 내려왔다. 견고한 둑에 가로막힌 물줄기가 순식간에 성곽 쪽으로 범람하기 시작했 다. 일시에 빠른 속도로 흐르는 물의 힘은 맹렬했다. 성곽 한쪽이 맥없이 폭삭 주저앉았다. 수공을 쓰자는 최우달의 말 을 알아들은 원종이 강바닥과 견성을 번갈아 가리켰다.

"과연, 성벽 바닥이나 강바닥이나 별로 차이가 나지 않으 니 수공이 괜찮은 듯싶긴 하다만, 저 보잘것없는 물줄기를 어느 세월에 모은단 말이더냐?"

최우달이 빙그레 웃으며 대답했다. 이미 다 알면서 떠보는 줄 아는 탓이었다.

"지금의 절기가 어찌 되오이까? 며칠 있으면 우수가 닿지 않습니까? 그 무렵에 해마다 적잖은 비가 내리게 마련이고 보면, 둑을 쌓아 놓으면 물은 하늘이 채워줄 것이외다. 지금은 말라붙은 강바닥이 되레 군사들의 일을 덜어줄 것이니, 이 싸움은 아무리 늦춰 잡더라도 보름 안에 끝을 보겠소이다."

원종이 활짝 웃어젖혔다.

"과연, 최우달부장이 궁예대장의 군사18로 손색이 없군. 핫하하."

메마른 강바닥에 둑을 쌓았고, 닷새 뒤에 폭우가 내렸다. 견성이 허무하게 무너져 내렸다. 끝까지 저항하던 성달은 어디론가 도망쳐버렸다. 창고를 헐어 백성들에게 곡식을 나눠주고 다음 목표를 향했다. 전리품을 가득 실은 수레와 많은 군사가 움직이다 보니 행군 속도가 더뎌 저물녘에야 가평 땅에 이르렀다.

그날 밤. 막사로 궁예를 불러들인 원종이 물었다.

---

18 군사(軍師): 사령관 밑에서 군사작전을 짜던 사람.

"명주 관내에 뜻이 맞는 동무들이 있다고 했더냐?

"그렇사외다.

"동무들이 진골 귀족 없는 백성들의 세상을 위해 나서줄 것이 확실하더냐?

"그렇사외다.

궁예의 대답이 떨어지자 원종이 앉음새를 고치며 잘라 말했다.

"내일 날이 밝거든 곧장 명주 땅으로 떠나거라."

"……."

궁예가 미처 대답을 못 찾고 어물거리자, 원종의 말투가 간곡하게 변했다.

"양길대장군은 오랜 세월 너를 위해 기반을 닦아왔다. 허나, 지켜본 바와 같이, 단번에 네게 넘겨주기는 어렵게 돼 있다. 휘하에 있는 자들 대부분이 제 잇속을 챙기자고 모여들었을 뿐, 백성들이야 어찌 되든 관심이 없다. 뜻으로 모이지 못하고 밥을 좇아 모였기에 그 모양이다. 그런 자들과 갈라서기로 작정만 한다면 안 될 것은 없으나, 그네들은 당장에 견훤에게 붙을 것이다. 뜻을 펴볼 새도 없이 수많은 적과 맞서게 될 수도 있다는 말이다."

원종이 궁예를 그윽이 바라보다가 말을 이었다.

"견훤이 왕위에 올랐으니, 양길대장군이 왕위에 올라야만 하게 될 수도 있단 말이다. 마병대를 이끌고 산을 넘도록 해라. 그 마병대야말로 양길대장군이 정성을 다해 길러낸 일당백의 정예다. 명주를 수중에 넣거든, 여세를 몰아 한수 북쪽을 평정토록 해라. 수중에 열 개의 군현이 들어오거든, 양길대장군을 북원대장군에 봉한다는 첩지[19]를 보내라. 너의 세력이 커진 다음에는 청길, 신훤이 아니라 그 누구도 반발하지 못할 것이다. 지금까지 내가 한 말은, 양길대장군이 직접 결정한 일이다. 알겠느냐?"

말을 끝낸 원종이 품속에서 깃발을 꺼내주었다.

"양길대장군이 마련한 깃발이다. 네 어머니가 직접 수를 놓았다더구나. 명주 땅에 들어서거든 이걸 달도록 하여라."

비단 위에 오색 수실로 수를 놓은 장군기였다. 궁예가 두 손으로 받아 들고 펼쳤다.

"대장군 궁예."

궁예의 하나밖에 없는 눈에 주먹만 한 눈물이 디룽디룽 매달렸다.

---

19 첩지(帖旨): 국왕이 신하에게 관직, 관작, 시호, 토지 등을 내려주는 문서.

봄볕이 하루가 다르게 차디찬 대지를 데우고 있었다. 하룻볕에 골짜기 바위틈에 매달렸던 고드름 덩어리가 와르르 떨어져 내리는가 하면, 희끗희끗하던 응달의 잔설이 자취도 없이 사라졌다. 궁예의 마병대가 미시령을 넘었다.

"금세 돌아온다더니, 도대체 몇 년 만이우?"

마병대가 구름처럼 몰려온다는 소식을 듣고 부랴부랴 신선대까지 달려온 귀평이 불평부터 한 움큼 쏟아냈다.

"면목이 없네. 다른 아우들도 모두 잘 있는가?"

말에서 내리며 궁금한 일부터 되묻는데, 귀평도 제 궁금한 것부터 따지고 들었다.

"한데, 이 마병대 대장은 대체 누구시우?"

대장이나 대원이나 똑같은 옷에 똑같은 투구였다. 최우달이 나섰다.

"궁예스님이 대장이시라오."

귀평의 입이 금세 귀밑까지 찢어졌다.

"그렇다면 됐수. 막혔던 체증을 확 뚫어버릴 수 있게 됐으니, 늦긴 했지만……."

궁예의 궁금증이 한층 더해졌다.

"신흥사의 모흔장, 월정사의 김대검, 낙산사의 장일, 굴산사의 순식, 여전한가?"

"잘있수. 지나치게 잘 있는 놈이 있어 탈이 나긴 했지만서두."

쇠뿔 위에 달걀을 쌓자고 나설 만큼 꾀바르고 비위 좋은 귀평의 대답이 퉁명스럽게 빗나가자, 궁예가 추궁하고 들었다.

"대체 무슨 말인가?"

"순식이란 놈이 명주장군이 돼버렸다우."

더 물을 게 없었다. 화암사가 갑절은 커진 듯싶었다. 칭찬이 저절로 튀어나갔다.

"자네도 노상 놀고먹기만 한건 아니군 그래."

"아뉴. 이건 다 형님이 키워놓은 거유."

귀평의 겸사에 궁예의 말투가 거칠어졌다.

"칭찬하면 받을 줄도 알아야 하는 것 아닌가?"

"살아있는 미륵부처를 만나자고 각처에서 찾아든 불제자들 덕분인데, 어째서 형님은 내 말은 외로만 들수?"

사실이었다.

"미륵불, 미륵불, 미륵불……."

산문을 들어서자 불제자들이 마당 가득 엎드려 미륵부처를 외치고 있었다. 가슴이 철렁했다. 헛소문을 퍼뜨린 귀평을 요절낼 듯 노려보는데, 어느새 귀평도 시치미 떼고 미륵불을 따라 불렀다. 아니라고 변명할 길도 없었다. 궁예가 돌아왔다는 소문은 좌악 퍼져나갔다. 밤나무골 백성들이 달려왔다. 기훤에게 걸려들어 대간령 어름의 도둑 떼가 되고, 굴산사 향도대장 순식의 곡식을 탈취했다가 궁예에게 되잡혀 화암사로 들어온 불제자들의 식솔이었다. 노인들이 더 반갑게 궁예의 옷자락을 부여잡았다.

"이놈 죽기 전에 미륵님이 돌아오셨으니 걱정 없이 눈을 감게 됐구먼요. 이건 사 년째 공들여서 키운 암소구먼요."

"저는 산삼을 몇 뿌리 갖고 왔으니 미륵님 몸보신을 하셔야겠구먼요."

"산골짝에 다랑논을 일궈서 거둬들인 찹쌀하고 씨암탉을 가져왔구먼요."

오랜만에 그들을 대하는 궁예의 외눈에도 눈물이 그렁그렁 괴었다. 집안에서 제일 귀한 것을 골라서 가져온 정성이 앞의 눈물을 밀어냈다. 물리치자니 서운해할 것이고, 받자니 그들의 궁색한 살림살이가 눈에 밟혔다.

"망설일게 뭐유. 오는 정 고맙게 받고 값을 쳐주면 공평할 듯싶수."

원회가 의견을 내었다.

"여러 어르신네들 진정으로 반갑고 고맙소이다. 허지만, 궁예의 군사들은 이런 것 절대로 받지 않기로 맹세했소이다. 오늘만은 특별히 받기로……."

목이 메어 끝을 맺을 수 없었다. 말을 끊고 한동안 흐느꼈다. 귀평의 기별받은 동무들도 달려왔다. 김대검, 모흔장, 장일은 궁예를 잡고 울음부터 터뜨렸다.

"소식 없길래 형님 죽은 줄로만……. 흑흑흑."

술상을 앞세워 들어온 귀평이 지청구를 퍼부었다.

"반갑더라도 그렇지, 큰일을 시작할 사내들이 웬 눈물 바람? 기왕에 형님이 군사를 이끌고 나섰으니, 우리도 가사 벗어던지고 떨쳐 일어나야 할 판인데……."

모흔장이 문득 울음을 그치고 이어받았다.

"그럽시다. 그러자면, 이 자리에서 장군 추대부터 하는 게 순서일 것이오."

장일이 이어받았다.

"따질 게 무에 있소? 형님을 대장군으로 추대하고 신하의 예를 갖추도록 합시다."

한목소리로 이어받았다.

"좋소이다."

최우달이 그 순간을 기다렸다는 듯 간직하고 온 깃발을 꺼내 창끝에 매달았다.

"궁예대장군."

궁예 옆에 깃발을 세우고 최우달, 귀평, 장일, 모흔장, 김대검, 원회가 나이 순서대로 나란히 서서 신하의 예를 올렸다. 궁예가 정색하고 입을 열었다.

"고맙소. 오늘 형제들과 함께 백성들의 나라 용화세상을 열기 위해 목숨 걸기로 맹세하였으니, 이는 땅끝까지 이어질 것이오."

술잔이 두어 순배 돌아가자 최우달이 지필묵을 채비했다.

"궁예대장군을 추대했으니 이제부터는 부대 편성을 하도록 합시다. 휘하에 대장은 몇이나 두는 게 좋겠소이까?"

궁예가 뚜벅 입을 열어 대답했다.

"이 자리에 있는 형제들을 모두 대장으로 삼는 게 좋겠소."

귀평이 나섰다.

"신라 놈들 냄새나게 대장이 뭐란 말이우? 대장군은 어쩔 수 없다 치더라도, 귀족 없는 세상을 만들자고 일어선 군사들이니 벼슬아치 냄새는 지워야 하잖겠수?"

최우달이 대뜸 받아넘겼다.

"맞소이다. 집사 자, 윗상 자. 사상1으로 하는 게 어떻소이까?"

최우달이 궁예 아래에 여섯 사상의 이름을 차례로 적어 놓고 다시 물었다.

"귀평사상은 현재 휘하의 대원이 몇 명이나 되오이까?"

"미륵부처를 만나보러 찾아온 불제자가 부쩍 늘어난 탓에 전보다는 많이 늘어났으나, 그래도 이백오십 명밖에 안 되오이다."

"장일사상께선 몇 명이나 되오이까?"

"삼백 명쯤 되오이다."

"모흔장사상께서는요?"

"신흥사에 이 백, 진전사에 백오십, 도합 삼백오십 명이외다."

"김대검사상께서는요?"

---

1 사상(舍上): 집 안에서 윗자리라는 뜻. 궁예의 고려에서 처음 사용한 관직임.

"월정사에 삼백, 상원사에 삼백, 도합 육백 명이외다."

부르는 대로 숫자를 적고 난 최우달이 궁예에게 보고했다.

"이곳 향도대원의 숫자가 일천오백 명, 기왕의 마병대가 오백 명이니, 당장에 이천 명의 군세를 갖추게 되었습니다."

귀평이 말끝에 토를 달았다.

"순식이 배신하지 않았다면 그 휘하의 일천오백 명도 합세했을 텐데, 억울하우."

김대검이 귀평을 위로할 겸 궁예를 향해 입을 열었다.

"잃은 걸 아쉬워할 까닭이 뭐요? 우리끼리 순식을 응징하려고 여러 번 작정했으나, 정작 귀평 이 사람이 형님 돌아오실 때까지 참아두자고 말리는 바람에 내버려두고 있었소이다. 더 두고 볼 일 없어졌으니, 명주성을 칩시다."

이튿날. 향도대원들을 인솔해 오기 위해 동무들이 흩어진 다음, 귀평이 말했다.

"순식이란 놈에게도 파발을 띄우려다가 그만뒀수."

"……."

"놈이 나타날 리 없으니 헛걸음시킬 까닭이 없잖우. 놈이 모르고 있을 때 쳐들어가야 성을 깨뜨리기가 쉬울 테니, 미리 알려 화근을 만들 필요도 없지 않겠수?"

잠자코 있던 궁예가 입을 열었다.

"놈이 비겁하다 해서 우리까지 비겁하게 놀자는 말이더냐?"

"무엇 때문에 배반자에게 준비할 여유를 줘놓고, 사서 고초를 겪는단 말이우?"

"한때의 잘못만으로 동무를 버릴 수는 없는 일, 뉘우치도록 하는 게 도리 아니겠느냐? 의리 없는 놈의 동무 되기보다 의리 있는 놈의 원수 되는 게 낫다는 걸 순식이란 놈에게 가르쳐 주자꾸나."

"무슨 말인지 알아들을 듯싶기도 하우. 분부에 따르겠수."

귀평이 의외로 순순히 나왔다. 벼르고 별러 미륵부처 용화세상을 만들자고 군사를 일으켰건만, 그 첫 싸움으로 동무를 상대해야 한다니. 억장이 무너졌다.

명주성은 남대천변에 있었다. 궁예의 마병대가 달빛을 밟고 당도했으나 성 밖의 촌락까지 텅 빈 듯 불빛 한 점 없었다. 순식이 만반의 준비를 갖췄으리라. 궁예는 서남쪽 낮은 언덕 너머에서 숙영하기로 했다. 달빛을 받은 남대천이 물비늘을 반짝이며 성으로 흘러들고 있었다. 봄 가뭄 탓인지 흐르는 물은 보잘것없었다. 향도대원들이 속속 도착했다. 궁예가 군령을 내렸다.

"원회사상과 최우달사상은 마병대를 절반씩 나눠 명주성을 멀찌감치 에워싸고 돌며 적정을 살피도록 하시오. 나머지 사상들은 대원들과 함께 저 언덕이 있는 곳에 둑을 높이 쌓아 남대천을 막도록 하오. 순식이 지나가는 말로, 명주성 안에는 우물을 파도 짠물밖에 안 나오니 사철을 두고 남대천 물을 먹고 살 수밖에 없다 하였소. 저 언덕에 둑을 쌓으면 봄 가뭄에 백성들이 물 없이 얼마나 버텨낼 것인지……."

기껏 군령을 내리던 궁예의 말투가 성안의 백성들 걱정으로 바뀌었다. 들과 산은 푸르건만 비 한 방울 내리지 않는 봄 가뭄에 길바닥은 온통 먼지투성이였다. 마병대원들은 성을 한 바퀴 돌고 오면 남대천에 뛰어들어 철 이른 멱을 감았다. 사흘을 못 넘기고 명주성에 난리가 났다. 식수가 끊기자 목숨이 한갓 물 한 모금에 달렸다.

"대장군님, 성루에 방금 백기가 내걸렸소이다."

한낮이 기울 무렵. 성문이 열리고 머리 허연 명주도독이 꿇어앉아 항복을 청했다.

"순식은 어디 있소?"

궁예가 묻는데, 한 무리의 군사들이 성문으로 들어섰다.

"형님, 나 여기 있소이다."

귀평을 비롯한 동무들에게 들은 말이 잔뜩 있건만, 궁예는 무작정 달려가서 순식을 끌어안았다.

"반갑다. 이야기는 차차 하자꾸나."

"나도 반갑수."

궁예가 무조건 뒤로 미루자 순식도 토를 달지 않았다. 물만 풍족하지 못할 뿐, 명주성은 부유한 곳이었다. 막혔던 남대천이 다시금 성안으로 흘러드니, 기쁨에 넘친 백성들이 잔치를 벌였다. 명주도독 또한 창고를 열어 술과 음식을 넉넉히 풀었다. 궁예도 까다롭게 굴지 않았다. 군사들을 배불리 먹여 재우라 이르고, 자신도 권하는 대로 흥겹게 마시다가 대취하여 잠자리에 들었다.

창호지에 밴 달빛이 교교했다. 명주성을 수중에 넣은 것은 다른 군현을 얻는 것과는 달랐다. 만 가지 감회가 밀려들었다. 비로소 수천 군사를 거느릴 기반을 얻었다고 말할 수는 있으리라. 하지만…… 벌떡 일어난 궁예가 석장을 집어 들었다.

보초도 없고 동초도 보이지 않았다. 담 모퉁이를 돌 때까지도 아무 일도 없었다. 심중에 품고 있던 의심이 확 솟아오르면서 머리카락이 쭈뼛했다. 군사들이란 언제 어디서든 방비 태세를 갖춰야 하거늘, 분명히 인기척이 느껴졌다. 궁예는 머릿속으로 불찰을 자책하면서 중문을 확 밀어젖혔다.

"누구냐?"

"나, 순식이요."

빈손이었다. 우뚝 멈춰선 채 한편으로는 안심하고 한편으로는 스스로의 경솔함을 후회하면서 순식을 마주 보았다.

"날이 새기 전에 아퀴를 지어야 할 게 있소. 잠시 제 처소로 갑시다."

궁예로서는 동무를 의심부터 한 죄가 있으니, 순순히 따를 수밖에 없었다.

"긴말할 건 없소. 형님이 명주 땅을 다시 밟게 될 줄은 몰랐소. 무조건 항복이오. 허나 내게 기회를 주시오."

"한 번 형제가 됐으면 죽을 때까지 형제다. 뭐든 말해라."

"휘하의 군사 일천오백 가운데 일천을 내놓겠소. 나는 형님을 따라가지는 못하오. 당장은 명주군왕[2]으로 봉해졌던 김주원할아버지 이후 백 년 넘게 지켜온 세거지[3]를 지켜야

---

2 명주군왕(溟州君王): 신라 38대 원성왕은 왕위 계승에서 자기와 경쟁하다가 명주로 낙향한 김주원(金周元)을 명주군왕에 책봉하고 명주 일대를 식읍으로 내주었음.
3 세거지(世居地): 대대로 살아오고 있는 고장.

하오. 그런즉, 형님이 나를 명주장군으로 임명해주시오. 앞
길은 알 수 없지만, 명주 땅은 형님에게도 든든한 뒷배가
돼줄 것이오."

"좋다."

한마디면 족했다.

날이 밝았다.

궁예대장군. 깃발이 펄럭이는 연무장 가득 백성들이 모
여들었다.

"순식을 명주장군으로 삼는다."

궁예가 설명 없이 명을 내린 뒤, 두루마리를 펼쳐 읽었
다. 포고령이었다.

첫째, 진골 귀족 평민 노비의 구분을 없애고 백성들은 똑같
은 신분을 갖는다.

둘째, 사찰과 관아의 곡식은 백성들과 군사들에게 나눠준다.

셋째, 덕망 있는 노인에게 좌장을 맡겨 백성들을 보살피되,
이 년 동안 세곡을 받지 않는다.

넷째, 처자를 거느린 불제자는 사찰을 떠나야 한다.

- 궁예대장군

군사들을 아홉 개의 부대로 나눴다. 최우달을 본대사상으로 삼았다. 원회, 귀평, 장일은 마병대사상으로 삼았다. 김대검을 보병대사상으로 삼고 각기 보좌사상을 우두머리로 하는 보병대 넷을 휘하에 두었으며, 모흔장에게는 보급부대사상을 맡겼다.

다음날부터는 주변 관아를 평정하기 시작했다.

원회, 귀평, 장일이 소임을 마치고 돌아오는 데는 열흘이 걸렸다. 지산현[1]으로 나갔던 원회가 무사 한 사람을 데려왔다.

"홍유라 하는데, 낭도 시절의 동무외다. 대장군 휘하로 오겠다기에 데려왔소이다."

궁예가 기쁘게 맞았다. 군사들은 불어나는데, 장수는 부족했다. 보병부대를 이끌고 갔던 김대검도 돌아왔다.

---

1 지산현(支山縣): 강원도 강릉의 남부.

"모아들인 군량은 머잖아 부대가 북상할 것을 예상하여 동산현2에 두고 군마와 병장기만 가져왔소이다."

그랬는데도 마병대보다 닷새나 더 걸렸다. 궁예는 보병 대원들에게도 틈틈이 마술을 익히도록 독려했다.

"군사들이란 싸움을 통해서만 단합되는 법이다. 각처에서 모인 오합지졸도 싸움터에서 한 달만 함께 뒹굴고 보면 동기 간 같은 우애가 생겨나게 마련이다. 실전보다 더 좋은 훈련 은 없다. 사흘 뒤, 북쪽으로 떠날 것이니 준비하도록 하라."

화암사에서 휴식을 취한 뒤 내려진 군령이었다. 목표는 쇠둘레였다.

"마병대를 본진으로 하고, 보병대는 보급부대를 지원하 여 양곡 수레와 병기 수레를 호송하라."

마병대를 이끌고 미시령을 넘은 지 1년. 그 사이 14개 부대 3천5백 명으로 불어난 군세에 걸맞은 군령이었다. 궁 예는 최우달, 김대검과 함께 해변을 따라 북상하다가 금강 산을 에돌아 4천 척짜리 단발령을 넘었다. 보병대 걸음은 잘해야 하루 1백 리였다. 날이 저물면 야영하고, 험한 산줄

---

2 동산현(童山縣): 강원도 고성.

기를 넘어서면 휴식을 취하며 쉬엄쉬엄 전진했다.

"삭주 관내올시다. 머잖아 기성군3과 익성군4의 경계이외다."

한 굽이를 지나자 전초병5이 큰 소리로 외치고는 말머리를 돌렸다. 출발한 지 닷새만이었다. 시냇물 소리에 활기가 넘쳤건만, 띄엄띄엄 비탈밭을 파 일구는 백성들의 얼굴에는 그늘이 짙었다. 궁예의 입에서 한숨 섞인 푸념이 흘러나왔다.

"추위에 움츠렸던 미물들도 기지개를 펴건만, 백성들에겐 춘궁기라……."

김대검이 위로 삼아 이야기를 꺼냈다.

"월정사로 출가하기 전, 서라벌에서 들은 말이 있소이다. 당나라에 사신으로 갔다가 여러 날을 두고 걸어가도 끝이 안 보이는 중원의 드넓은 강산을 본 벼슬아치들이, 국경을 넘어오면서 한탄부터 한다고 하더이다. 우리는 땅이 좁은 탓에 들판이 넓어도 백 리에 이르지 못하고, 강이 길어도 천 리에 미치지 못하니 백성들의 삶이 곤궁할 수밖에 없잖

---

3 기성군(岐城郡): 북한 지역, 강원도 김화의 북부.
4 익성군(益城郡): 강원도 김화의 남부. 현재는 철원군 금화읍.
5 전초병(前哨兵): 전방의 경계 임무를 맡은 병사.

은가 하고 말이외다."

제 나라 제 땅을 폄훼하는 말로 오해받기 딱 좋은 말이었다. 김대검이 그러한 인물이 아님을 익히 아는 궁예가 부드러운 목소리로 받았다.

"벼슬아치들이 제 입장에서 바라본 짧은 소견일 게야. 발해국 첫 임금 대조영님의 아우 대야발이란 분이 쓴 단기고사라는 책에 이르기를, 조선의 남쪽 반도는 비록 땅은 좁으나 사철 기후가 각별하고 비바람이 순조로우며 토양이 기름져 오곡백과가 충실하게 여무는 고로 한 해만 풍년이 들면 삼 년 양식을 걱정할 필요가 없으니 부지런히 가꾸기만 한다면 백성의 살림살이가 요족하리라 했다네. 진골 귀족들이 백성들을 제집 마소만큼만 챙겼어도 얼굴빛이 저렇듯 어둡지만은 않을 게야."

높고 험한 산봉우리가 일행 앞을 막아섰다. 보급부대는 북쪽으로 우회하여 화강[6]을 건너도록 하고, 본진은 곧장 산비탈로 올라붙었다. 따사로운 봄볕 아래서는 빈 몸뚱이만도 한 짐이었다. 저마다 군량과 무기를 양껏 지고 있는 말과 군사들에

---

6 화강(花江): 강원도 김화읍 학사리에서 발원한 한탄강의 상류. 일제 강점기에 남대천으로 바꿔 불렀으나, 주민들의 노력으로 본래 이름을 되찾았음.

게 험한 길은 적보다도 버거웠다. 등성이에 올라서자 들판을 띠처럼 감아 흐르는 강줄기에서 아른아른 물 아지랑이가 피어올랐다. 어느덧 그림자가 발밑으로 숨어든 한낮이었다.

턱밑은 널따란 분지였다. 아름드리 적송이 듬성듬성 서 있는 구릉 언저리에는 키 작은 잡목들과 다복솔이 수북했다. 오른쪽 계곡에서 쏟아져 내리는 작은 폭포가 분지 위쪽에 호수를 파 놓았다. 넘쳐난 물줄기는 둘로 갈라지고, 좌우로 제각기 둔덕을 에워싸듯 감아 흐르다가 골짜기 입구에서 한줄기로 모여 들녘으로 빠져나갔다. 최우달의 입에서 감탄 어린 말마디가 튀어나왔다.

"천혜의 요새외다. 저 아래, 물줄기가 빠져나가는 곳에 성벽을 쌓는다면 저절로 훌륭한 성이 되지 않겠소이까?"

궁예가 고개를 끄덕이며 김대검을 돌아봤다.

"저리 내려가서 쉬어 가도록 합시다."

막상 내려가는 일이 쉽지 않았다. 둘러봐도 깎아지른 절벽뿐이었다. 칡을 끊어 밧줄을 꼬고, 줄사다리를 만들어 늘어뜨렸다. 분지로 내려섰을 때는 너나없이 뱃구레가 출출했다. 김대검이 군사들에게 명했다.

"쉬어 갈 것이니 불을 피우도록 하라."

적잖은 싸움을 벌였으나 늘 이기기만 했다. 서라벌로 돌아갈 궁리뿐인 벼슬아치들, 부황이 든 백성들, 무너진 성벽들, 숫자만 꿰맞춘 군사들이 대부분이었다. 멀리서 함성만 질러도 도망치기 급급했다. 싸움다운 싸움이 될 리 없었다. 싸우면 이긴다. 궁예는 그렇게 믿었다. 세상에는 시류에 휩쓸리지 않고 본분을 지키는 인물도 있게 마련이었다. 궁예는 그 점을 놓치고 있었다. 방심이 뒤따랐다. 군사를 두어도 좋을 곳과 두어선 안 될 곳을 살피지 않았다. 패배해본 적 없는 장수란 위험하기 짝이 없었다.

콰르르릉, 쾅. 우르릉 쾅. 오른쪽 산비탈에서 집채만 한 바위들이 굴러 내려왔다. 우당탕. 타당, 탕탕. 콰릉 쾅. 왼쪽 골짜기에서 머리통만 한 바윗돌들이 와르르 굴러 내렸다. 마음 놓고 밥을 퍼먹고 있던 군사들이 혼비백산하여 사방으로 튀었다. 앗. 어쿠. 아악. 악. 찢어지고 깨지고 터지는 비명이 산야를 메웠다.

"등성이로 올라붙어라. 높은 곳으로 올라가라."

김대검과 최우달이 고함을 질러댔으나, 군사들의 귀에 닿지 않았다. 무작정 내뛰던 군사들이 저희들끼리 부딪치고 엎어지다가 바위에 깔렸다. 그나마 용케 들녘으로 빠져나갔던 군사들조차 곧장 되짚어 쫓겨 왔다. 군사들을 토끼몰이하듯 죽음의 골짜기로 몰아붙이는 적의 기병대가 앞을 막아섰다.

궁예의 본대와 헤어져 화강을 건넌 보급부대는 깊은 골짜기로 들어섰다. 1천2백여 보병대원에 양곡 수레, 병기 수레를 끄는 말이 3백여 필이었다. 좁은 길에 한 줄로 늘어서고 보니, 행렬이 10리나 뻗쳤다. 보병들의 길과 수레의 길이 같을 수 없었다. 계곡이나 개천을 만나면 다리를 놓아야 했고, 좁은 길은 넓혀야 했다.

"전초부대는 대열보다 오 리쯤 앞서가도록 하고, 전초병을 그보다 오 리쯤 앞에 배치토록 하라. 후방 경계부대 또한 오 리쯤 뒤에 따르도록 하고, 경계병을 그보다 오 리쯤 뒤에 배치토록 하라. 하루에 백 리를 가도 좋지만 십 리밖에 못가도 좋다. 서두르지 마라. 조심하고 또 조심하라."

보급부대를 지휘하는 모흔장은 침착한 장수였다. 보병대에서 2백 명을 뽑아 전초부대와 후방 경계부대를 배치한 다음, 넓죽한 메기입을 꽉 다물었다. 전후 10리를 완전히 장악하여 위험에 대처하겠다는 결의였다.

엿새 만에 익성군 지경에 이르렀다. 전초부대를 이끌던 은부가 달려왔다. 설악산 신흥사 향도대 시절부터 모흔장의 부장을 맡았던 젊은 무사였다.

"가파른 바위산이 앞을 가로막았소이다. 수레가 넘을 수 없는 험한 길이외다."

말에서 내린 모흔장이 지도를 펼쳤다.

"산을 넘으면 익성군이고, 북쪽으로 우회하면 기성군이로군. 우회하면 길이 더 멀어지고, 날짜도 더 걸리겠군. 그렇더라도 수레를 메고 산을 넘을 도리는 없겠지."

"부상병들에게는 지름길을 허락할 수 없겠는지요?"

잠시 고개를 갸웃거리던 모흔장이 허락했다. 조심성 많은 모흔장이었으나 부상병들도 먼 길로 돌아가라고 고집할 도리는 없었다.

"좋소. 군사 삼백 명을 붙여줄 것이니 지대장이 인솔해서 익성군으로 넘어가시오."

식량 자루를 나누어 짊어진 군사들과 부상병들은 산길로 올라붙고, 수레의 대열은 남쪽으로 움직였다. 10리쯤 전진했을 때였다. 앞서가던 전초부대가 되돌아왔다.

"목책으로 앞길이 막혔소이다. 가까이 다가가 살펴본 전초병의 말에 따르면, 숲속에 기병대가 주둔하고 있다 하더이다."

오랫동안 모흔장의 휘하에 있었던 덕분에 조심성이 몸에 밴 은부가 말끝에 미간을 좁혔다. 이리를 피하려다 범과 맞닥뜨린 꼴이었다. 험한 산줄기를 피하여 에돌아 당도한 곳이 하필 기병대의 주둔지라니. 보병은 기병의 상대가 못되었다. 목숨 걸고 지켜내야 할 수많은 곡식 수레가 있고 보면 도망치기도 글렀다. 모흔장이 고개를 갸웃거렸다. 변방 중에도 변방인 기성군에 기병대라니…….

백에 하나쯤 있을까 말까 한 위험도 대비하는 모흔장이었다. 행렬을 멈추게 하고 부장들을 불러 군사를 배치한 다음, 은부를 앞세워 산허리에 올라섰다. 멀리 기성군 성곽이 아른아른 잡혀왔다. 산기슭에 기병대의 주둔지가 있었다. 눈어림으로도 목책 안의 마필이 5백 기는 될 듯싶었다.

"어쩐다?"

모흔장이 손차양하고 돌아봤다. 은부가 퉁명스레 받았다.

"저들을 수레 있는 곳으로 유인하라 그 말이외까?"

만족스럽다는 듯, 모흔장이 메기입을 벌쭉거렸다. 은부가 전초부대에서 추려낸 날랜 군사들을 이끌고 적진으로 달려갔다. 와아, 와. 목책에 바짝 다가간 군사들이 함성을 지르며 화살을 쏴 보냈다. 히잉, 히잉. 목책 안에 갇혀 있는 말들이 울부짖으며 날뛰었다. 훈련이 잘된 기병대였다.

금세 대오를 갖추고 추격해왔다.

은부의 퇴각에 맞춰 보급부대원들이 양곡 수레와 병기 수레에서 풀어낸 말에 뛰어올라 필사적으로 달아나기 시작했다. 추격해오던 기성군 군사들은 벌린 입을 다물지 못했다. 배곯는 백성이 흔한 기성군이었다. 수레의 숫자를 헤아리던 젊은 장수의 목소리도 잔뜩 들떠 있었다.

"적들은 수레를 끌던 말을 타고 도망쳤다. 훈련받은 기병대가 아니라서 빠르지도 못할뿐더러, 많아 봐야 삼백 기 정도다. 절반은 나를 따르고 절반은 양곡을 수습하라."

추격대가 멀어져가자 남은 기병대원들이 말에서 내렸다. 타고 온 말을 수레에 비끄러매긴 했으나 길이 문제였다. 기병대원들 모두 길 넓히는 일에 달라붙어야만 했다.

모흔장의 전초부대는 앞쪽 숲속에, 보병대는 좌우의 숲속에 매복해 있었다. 제아무리 용맹스러운 기병대라 하더라도 타고 있던 말을 수레에 비끄러맨 다음에는 기병대일 수 없었다. 고르지 못한 길로 수레를 끄는 일에는 서툴렀다. 양곡을 거저 얻게 되었다는 기쁨도 잠시뿐, 모두들 쩔쩔매게 되었다. 와아, 와. 매복 군사들의 함성이 일었다. 쉭, 쉿. 화살이 비 오듯 쏟아졌다. 앗, 악. 비명도 나뒹굴었다.

"무릎을 꿇어라. 항복하면 해치지 않겠다."

기성군 기병대원들은 숲속에서 뛰쳐나온 모흔장의 군사들 앞에 무릎을 꿇었다. 추격대도 마찬가지였다. 뒤쪽에 매복한 후방 경계부대는 칡으로 꼰 밧줄을 길 위에 늘어뜨려 놓고 기다렸다가, 말들이 가까이 다가들 때 당겨 올렸다.

히잉, 히잉. 전속력으로 달리던 말들이 퍽퍽 고꾸라지며 울부짖었다. 기병대원들의 다급한 비명도 사방으로 튀었다. 은부가 젊은 장수를 묶어서 모흔장 앞에 꿇렸다. 어이없이 패하게 된 영문을 모르겠다는 듯, 풀죽은 모습이었다. 모흔장이 메기입을 벌쭉거리며 물었다.

"네가 누구더냐?"

"삭주성에서 몇 해 전 기성군에 파견된 박유라 하오."

"무슨 벼슬을 했더냐?"

"열 번째 관등 대내마 벼슬을 받아 삭주성 마병대감을 맡고 있던 중, 기성군태수가 마병대를 만들겠다고 청원해서 파견되었소. 소임이 끝났기에 진즉 돌아가려 했으나 삭주성이 양길에게 점령된 탓에 머물러 있었소."

"기성군태수는 뭘 하자고 마병대를 길렀다더냐?"

"말갈의 기마종족이 출몰하는지라, 삭주도독에게 특별히 청을 넣었다 하였소."

일개 군에서 5백 기의 기병대를 갖췄다는 것은 대단한 일이었다. 군태수라는 자의 됨됨이에 부쩍 흥미가 당겼다. 모흔장의 목소리가 한결 부드러워졌다.

"보병대의 숫자는 얼마나 되더냐?"

"삼백 명쯤 되오."

"군태수가 진골 출신이더냐?"

"일곱 번째 관등 일길찬이오."

일길찬이라면 육두품이었다. 짐작이 갔다. 진골로 태어나지 못해서 군태수를 해먹고 있을망정 여간 똑똑한 인물이 아니니라. 모흔장이 고개를 끄덕이다가 불쑥 말했다.

"모두 풀어줘라. 가상하지 않으냐? 백성들을 위해 기병대를 길러낸 벼슬아치가 있다는 게 기쁘지 않으냐?"

부상병들이란 엄살도 많게 마련이었다. 지대장, 좀 쉬었다 갑시다. 산자락에 미끄러져 넘어질 때마다 죽겠다고 비명을 질러댔다. 그중 10여 명은 아예 부어오른 발목을 싸쥐고 주저앉곤 했다. 아구, 나 죽겠네. 에고, 죽인대도 더는 못 걷겠소. 목소리를 낮추시오. 타일러도 소용이 없었다. 본대가 넘어간 길이기는 했으나, 도중에 어떤 위험이 도사리고 있을지 알 수 없었다. 적들에게 비명이 먼저 달려가서는 안 되었다. 지대장은 군사 10명을 뽑아 전초병을 내보냈다.

"쉿, 모두 엎드리시오."

겨우겨우 산의 칠부능선에 이르렀을 때였다. 되짚어 내려온 전초병이 다급한 손짓을 보냈다. 지대장이 손짓으로 묻자, 전초병이 고개를 갸웃거렸다.

"이상하외다. 저 위에 낯선 군사들이 있소이다. 오십 명도 넘는 듯싶소이다."

"사로잡읍시다."

지대장이 호기를 부리자 전초병이 깜짝 놀라 되물었다.

"몽땅 말이외까?"

"그렇소. 부상병들은 그 자리에 엎드려있으라 이르고, 군사들은 짐을 벗어놓고 무장을 갖추라 이르시오."

30명의 군사들이 다람쥐처럼 산자락을 더듬어 올랐다. 능선 위 푸른 하늘이 손에 잡힐 듯 가까워졌다. 지대장이 전초병을 데리고 왼쪽 등성이로 올라붙었다. 먼눈에 익성군의 성곽이 들어왔다. 성곽을 감아 흐르는 시내에서는 아른아른 봄 아지랑이가 피어올랐다. 평화로운 들판이었다.

"저기, 저걸 보시오."

전초병의 손끝을 좇아 가까이로 눈길을 당기자, 점점이 움직이는 까만 점들이 걸려들었다. 기마병들이었다. 산 아래의 들판을 자욱한 먼지로 뒤덮고 있었다.

"저 아래를 보시오."

전초병이 비탈에 선 나뭇가지에 의지해 목을 늘이고는 턱밑을 가리켰다. 잡목들과 다복솔이 우거진 널따란 분지였다. 분지 한가운데에 궁예대장군 깃발이 서있었다.

"대장군은 포위됐소이다."

전초병이 이번에는 오른쪽 능선을 가리켰다. 아래쪽 군사들은 화살을 쏴 올리는 한편 벼랑에 달라붙고 있었다. 어떻게든 기어오르려고 애를 쓰는 듯했으나, 여의찮아 보였다. 벼랑은 가파르고, 낯선 군사들은 쉬지 않고 바위를 굴려 내리고 있었다. 대장군이 포위되었다는 전초병의 지적이 틀리지 않았다. 지대장의 신호로 군사들은 일제히 화살을 쏘았다. 아래쪽에만 정신을 쏟던 낯선 군사들은 바위를 안고 굴렀다.

사태를 수습한 그날 밤. 궁예의 군사들이 익성군 성곽을 에워쌌다. 성문 앞에 날카로운 목책을 촘촘히 빗겨 세웠다. 목책 뒤에는 화살막이 섶을 쌓고 궁노수를 배치했다. 사태는 역전되었다. 익성군 기병대에 포위됐던 궁예의 군사들이 되레 성을 포위했고, 기병대의 출입은 철저히 봉쇄되었다.

하루 이틀 사흘이 지났다. 이른 아침, 김대검이 궁예의 막사로 뛰어들었다.

"기병대가 쳐들어오고 있소이다. 앞이 아니라 뒤쪽에서 쳐들어오고 있소이다."

사실이라면 또 한 번 허를 찔리는 셈이었다. 궁예가 활을 쥐고 뛰어나갔다. 아침 햇살을 갈라 젖히며 일단의 기병대가 몰려오고 있었다. 성을 향해 진을 치고 있었기에, 뒤에

는 아무런 대비도 없었다. 군사들은 궁예의 명이 떨어지기
도 전에 땅바닥에 꿇어앉았다. 일전을 불사하리라. 말발굽
에 차일 때까지 싸우리라. 당당하게 싸우다 죽으리라. 군사
들은 묵묵히 활시위에 화살을 먹였다.

궁예도, 김대검도 달리 계책이 없었다. 체념하고 맨 앞줄
로 나가 활시위를 팽팽히 당겼다. 기병대가 우뚝 멈춰 섰다.
활 한바탕 거리 저쪽이었다. 세 명의 장수가 말을 몰아왔다.
그중 하나가 채찍 든 손으로 허공을 휘저으며 외쳤다.

"모흔장이오. 쏘지 마시오."

한달음에 달려온 모흔장이 궁예와 김대검을 얼싸안았다.
뒤따라온 두 장수가 말에서 내려 무릎을 꿇었다. 모흔장이
메기입을 벌쭉거리며 소개했다.

"기성군태수 검식과 기병대장 박유올시다. 보급부대 수
레가 우회하다가 기성군 기병대와 맞닥뜨렸지요. 대장군께
서 군사를 일으킨 까닭을 알려줬더니, 휘하로 들어오겠다
고 자청했소이다."

궁예가 두 사람의 손을 잡아 일으켰다.

"우리 군사들은 진골도 귀족도 없는 백성들의 세상을 열
자고 나섰소이다. 군태수 벼슬을 고스란히 버려야 함인데
그래도 좋다는 말이오?"

검식이 얼굴을 들어 먼 하늘을 쳐다보며 대답했다.

"제대로 된 나라의 군졸 자리가 돼먹지 않은 나라의 군태수 자리보다 마음 편하지 않겠소이까?"

그 한마디로 깊은 고뇌를 알아들은 궁예가 검식과 박유를 사상으로 삼았다. 궁예가 간략하게 그간의 일을 설명하고 계책을 물었다.

"내 경솔함과 자만심 탓에 적잖은 희생을 치렀소……. 목책을 세워 성을 포위하고 사흘이 지났소. 이제는 어쩌면 좋겠소?"

최우달이 검식과 박유를 돌아보며 물었다.

"두 분은 익성군태수와 교류가 있었을 게 아니겠소? 대체 어떤 자이외까?"

검식이 대답했다.

"익성군이나 기성군이나 말갈인7들 탓에 마병대를 기르지 않을 수 없지요. 익성군태수가 부임해온 게 불과 몇 달 전이니, 만나보지는 못했소이다."

곤경8을 겪었던 김대검이 받았다.

---

7 말갈인(靺鞨人): 6~7세기경 한반도 북부와 만주 동북부 지역에 거주했던 종족.
8 곤경(困境): 어려운 형편이나 처지.

"까짓 놈의 족보를 따져 뭣하겠소이까? 목책을 걷어내고 성을 깨뜨립시다. 섶을 엄폐물로 삼아 목책을 걷어낸다면 저들의 속셈을 읽을 수 있을 것이외다.

성루에 익성군 군사들의 모습이 나타났다. 조용히 지켜보기만 할 뿐 활을 쏘지는 않았다. 김대검이 속셈을 짐작할 수 없다는 듯 투덜거렸다.

"군태수란 놈의 뱃속을 알 길이 없구만. 대체 어쩔 셈인지, 되레 내가 답답허이."

목책을 걷어낸 군사들이 포위망을 뒤로 물리자마자 둥둥둥, 북이 울렸다. 성문이 활짝 열렸다. 5백여 기의 기병대를 선두로 3백여 명의 보병대가 열을 지어 빠져나오더니 햇살을 등지고 도열했다. 앞에 나선 젊은 장수가 목청을 높였다.

"대체 어느 도적이기에 며칠씩 성곽을 포위하는 무례를 범하느냐? 지금이라도 익성군 지경 바깥으로 물러난다면 모르되, 그렇지 않으면 단숨에 쓸어버릴 것이다."

화가 뻗친 김대검이 말고삐를 당겨 쥐고 나가며 외쳤다.

"궁예대장군 휘하의 김대검이다. 입으로 떠들 게 아니라 칼로 승부를 짓자."

젊은 장수의 뒤편에서 시커멓게 생긴 거인이 철퇴를 휘두르며 마주 달려왔다.

"오냐. 기성군의 용사 비룡께서 요절을 내주마."

철퇴가 허공을 한 바퀴 휘돌았다. 말 한 필은 쓰러지고 다른 한 필은 내달렸다. 순간, 달리던 말조차 앞발을 푹 꺾고 나뒹굴었다. 먼저 쓰러진 말 아래서 검광이 번쩍하더니 김대검이 일어섰다. 와아. 궁예의 진영에서 함성이 일었다. 철퇴를 든 거인도 벌떡 일어섰다. 와아. 익성군의 진영에서 함성이 일었다. 철퇴에 맞는 말의 등은 으스러져 있었다. 칼 맞는 말은 목이 절반이나 잘려 나가 있었다. 김대검이 칼을 고쳐 쥐고 돌아섰다. 비룡이 철퇴를 감아쥐고 마주 섰다. 쉭. 비룡의 철퇴가 허공을 갈랐다. 김대검의 정수리로 떨어졌다. 김대검이 한 바퀴 뒹굴었다. 퍽. 비룡의 철퇴가 또 떨어졌다. 야잇. 견디다 못한 김대검이 창자를 쥐어짜는 소리를 뱉으며 벌떡 일어섰다. 기세등등해진 비룡이 단숨에 거리를 좁혀왔다. 잠시 칼날을 곧추세우고 노려보던 김대검이 갑자기 몸을 돌리며 몇 발짝 떼었다. 비룡의 철퇴가 김대검의 목덜미를 향해 내리꽂혔다. 김대검의 손을 떠난 칼날이 비룡의 가슴으로 날아갔다.

아앗, 아악. 비명은 동시에 터졌다. 간발의 차로 철퇴를 피하는 순간 몸의 균형을 잃고 나뒹구는 김대검의 비명이었다. 허공을 때린 철퇴의 힘에 이끌리는 순간 가슴에 칼을 받은 비룡의 비명이었다. 물고기가 지느러미로 물살을 때리며 몸을 뒤집듯 퉁겨 일어난 김대검이 훌쩍 비룡의 목을 베어 들고 돌아섰다.

"멈춰라."

젊은 장수가 말 옆구리를 박차며 달려왔다.

"앗, 위험하다."

모흔장과 검식이 동시에 말을 몰아 앞을 막아섰다. 모흔장과 검식이 좌우에서 공격하건만 젊은 장수는 당황하는 기색이 없었다. 장검을 힘차게 휘두르며 한 합, 한 합 차분히 맞서왔다. 보다 못해 박유가 달려갔다. 3대 1의 싸움에 결판이 나지 않았다. 궁예의 입에서 감탄의 말마디가 터졌다.

"훌륭한 장수다. 아깝다."

최우달이 활을 내밀었다.

"셋이 하나를 못 당하는 까닭을 모르시외까? 어쩔 수 없는 경우 아니면 인명을 상하지 말라, 대장군께서 평소에 강조하시던 분부외다. 허나, 사로잡아야만 휘하에 거둘 수 있지 않겠소이까."

궁예가 힐끔 쳐다보더니 마지못한 듯 활을 받았다.

"회유하는 건 자네 몫일세."

피웅. 화살이 날아갔다. 동시에 궁예의 입에서 고함이 터졌다.

"그자를 사로잡아라."

날아간 화살은 어김없이 젊은 장수가 타고 있는 말의 콧등에 꽂혔다. 히이잉. 놀란 말이 앞발을 쳐들고 일어서는 찰나, 모흔장의 창 자루가 젊은 장수의 목덜미를 후렸다. 검식이 달려들어 말고삐를 바짝 잡아끌었다.

"익성군태수 신숭겸이외다. 무례를 용서하시오."

궁예가 손을 잡아 일으키며 웃음을 터뜨렸다.

"그대가 패배라고는 단 한 번도 해본 일 없는 궁예를 저 산봉우리에서 혼쭐을 내버렸군그래. 덕분에 의기양양하던 코가 석 자는 빠졌거든. 핫하하. 그렇더라도 이곳에서 큰 교훈을 얻은 데다 훌륭한 장수들까지 얻었으니, 저 산이야말로 대득봉9일세."

---

9 대득봉(大得峰): 철원군 갈말읍 문혜리와 김화읍의 경계에 있는 산(628m). 궁예가 고성, 인제, 양구, 화천, 김화를 평정하고 철원으로 진격할 때 보급부대는 높은 산봉우리를 우회하여 화강을 건넜으며, 본대는 곧장 눈앞의 산을 넘었다고 함. 궁예는 그 산을 대득봉이라고 부르고 그곳에 진지를 구축했는데, 훗날 6.25 전쟁이 끝난 뒤 그곳에 육군 수도사단사령부가 주둔하기도 하였음.

　고구려 때는 철원군 혹은 철두르이로 불리다가 신라 경덕왕 때에 철성군으로 바뀌기도 했으나 토박이 백성들에게는 내내 쇠둘레였다. 철원성은 광활한 쇠둘레벌 한가운데 우뚝 솟은 금학산 아래에 곰보돌과 흙으로 쌓아 올린 토성이었다. 한발 먼저 와있던 원회, 귀평, 장일, 홍유 등이 마중을 나왔다. 철원성으로 들어선 궁예가 여러 사상들의 경과보고를 들었다. 그중 귀평의 말이 귀에 번쩍 띄었다.

　"삭정군1 남부지역을 차지하고 있던 적의황의당2 무리가 발해국으로 달아나는 바람에 국경을 넘어 추격했으나 놓쳐버리고 말았소이다. 그때 발해국 백성들을 더러 만나게 됐는데……."

　발해라는 말이 거듭되자 궁예가 채근했다.

　"말을 끊지 말고 계속하오."

1 삭정군(朔庭郡): 북한 지역. 안변의 남쪽 고을.
2 적의황의당(赤衣黃衣黨): 붉은 옷 노란 옷을 입은 도적의 무리.

"남경남해부3에 산다는 사냥꾼 말에 따르면, 지난겨울 발해왕 대현석이 죽고 대위해가 뒤를 이었다 하더이다."

으음. 궁예의 입에서 신음이 새었다. 대위해가 왕위에 올랐다면……. 고구려 옛 땅을 하나로 합쳐 당나라보다 더 큰 나라를 만들자던 꿈이 망상으로 끝나지 않을 수도 있었다. 마음이 은근히 조급해진 탓에 군사들도 쉴 틈이 없었다. 마병대를 6개로 늘려 편성한 다음, 궁예가 거침없이 군령을 내렸다.

"마병대 사상들은 광평현4 주변의 고을을 신속하게 평정토록 하시오."

"김대검사상은 최소 칠천 명이 기거할 수 있는 막사를 짓도록 하시오."

"모흔장사상은 창고를 지어 그동안에 거둬들인 곡식과 물자를 간수하시오."

"최우달사상은 관청과 제도를 마련하되, 신라와 달리 백성의 편에서 기초하시오."

철원성에는 군막과 창고가 즐비하게 들어찼다. 어느덧

---

3 남경남해부(南京南海府): 발해의 5부 중 유일하게 한반도에 둔 행정구역. 강원 북부와 함경남도.
4 광평현(廣平縣): 철원 북쪽의 평강.

창고마다 곡식이 가득 찼다는 보고를 받는 감회는 각별했다. 관아와 호족들의 창고를 헐면 곡식이 쌓여있었다. 사찰의 창고도 마찬가지였다. 백성들이야 굶건 말건 무작정 긁어모은 곡식이었다. 세곡을 걷지 않기로 한 이태 동안 군량 걱정이 필요 없을 정도였다.

"진골 귀족이 없는 나라를 만드는 데 뜻이 있는 만큼, 벼슬의 높낮이를 정할 일은 못 되지만 관청과 관직은 있어야 할 것이외다. 우선은 군과 현을 정리하여 군으로 통합하되, 군태수보다는 군수라고 부르는 게 좋을 듯싶사외다."

나라의 꼴을 갖추자면 관청과 제도의 정비가 급했지만, 군과 현부터 정리하자는 최우달의 의견도 사리에 맞았다. 궁예가 선선히 대답했다.

"알겠소. 군현의 정리를 서두르고, 북원경의 양길대장군과 발해국 대위해왕에게 보내는 국서를 초하도록 하시오."

더위도 한고비 넘겨 아침저녁으로 찬바람이 불어오는 팔월 초닷새. 최우달이 여러 날을 두고 사상들과 일일이 의논해서 쓴 국서 두 장을 궁예 앞에 내놓았다.

발해국왕에 오르신 대위해대왕의 성덕이 사해에 고루 비치기를 축원합니다.   - 을묘년(895) 팔월. 고려국왕 궁예

북원장군 양길을 한남개국공 겸 북원 중원 상주 서원 대장
군에 봉함.　　　　　　　　　　- 을묘년 팔월. 고려국왕 궁예

　　"여러 사상과 의논을 거듭한 끝에 작성한 초안이옵니다.
국서란 막중한 문서인 까닭에 여러 날을 두고 고심했으나,
혹여 고칠 곳이 있으면 하교하십시오. 발해국으로 보내는
국서를 같이 쓰다 보니 이쪽의 국명을 고구려에서 구자를
줄여 고려라 하였고, 국서의 형식을 갖추자니 칭왕5케 되었
사옵니다."
　　최우달이 입을 여는데, 슬그머니 임금을 대하는 신하의
말투로 바뀌었다.
　　"그 모두가 여러 사상들의 의견이더란 말이오?"
　　최우달이 한껏 완곡하게 눅여내는 말투를 모를 리 없는
궁예였다. 국서를 쓰다 보니 국명을 적어야 했고, 형식을
갖추자니 칭왕케 되었다는 건 듣기 좋은 변명이리라. 죽주
산성의 뇌옥 반달성에서 처음 최우달의 절을 받았을 때, 장
차에 세울 후고구려의 이름을 고구려에서 구 자를 떼어낸

---

5 칭왕(稱王): 스스로를 왕이라 이름.

고려로 정하는 게 어떠냐고 물었던 것은 궁예였다. 최우달로서는 국서를 초하게 된 것을 기화로 조심스럽게 중론을 모았을 것이고, 이제는 왕위에 오르라고 은근히 재촉하는 셈이었다.

"북원경에는 원회사상과 귀평사상이 다녀오는 게 좋을 듯싶은데 어떻소이까."

두 사람이 대답을 내놓기도 전에 최우달이 활짝 웃으며 앞으로 나섰다.

"그렇다면, 발해국에는 여러 가지 문물을 살필 겸, 제가 다녀오겠소이다."

궁예가 막 허락하려 할 때였다. 성문 수비군사가 달려왔다.

"대장군님, 종뢰선사란 분이 찾아오셨소이다."

엉? 궁예와 최우달이 외마디 소리를 냈다. 기다리고 섰을 종뢰선사가 아니었다. 내가 대장군의 스승이노라, 종주먹을 들이대며 막무가내로 밀고 들어와 있었다.

"스승님."

궁예가 나서자, 젊은이들 셋이 달려와 넙죽 엎드렸다. 왕건과 종희와 김언이었다. 반갑기 그지없었다. 뒤따라온 최우달이 그들을 일으켜 세우는 사이 종뢰선사와 왕륭이 다가왔다. 일행을 맞아들인 뒤 여러 사상이 지켜보는 가운데 종뢰선사에게 절하고 일어선 궁예가 왕륭 앞에도 넙죽 엎드렸다.

"왕륭아저씨."

왕륭이 펄쩍 뛰었다.

"대장군께서 이러시면 안 되오이다. 오늘 이 왕륭은 주변의 여러 고을을 대장군께 바치고 충성을 맹세하려고 찾아왔소이다."

왕륭을 향한 궁예의 마음은, 어디까지나 왕륭아저씨였다. 어린 시절 신라왕실의 추적을 따돌리면서 송악의 백마산성마을까지 흘러들었을 때, 보살피고 지켜준 은혜를 어찌 잊는단 말인가. 왕건이 태어난 뒤로 조금은 서먹해지긴 했지만, 그야 인지상정 아니던가. 한때는 궁예가 왕건과 종희와 김언에게 무예를 가르치기도 했으니, 겹겹이 쌓인 인연이었다. 궁예가 자리를 수습하고 회의를 계속했다.

"스승님, 마침 회의 중에 오셨으니, 정담은 잠시 미루겠습니다. 지난겨울, 발해국에서 새로 대위해왕이 등극했다 하더이다. 축하사절로 최우달사상이 가겠노라고 나섰으나, 적임이긴 하지만 할일이 산적한 탓에 은근히 근심하고 있었습니다. 왕륭아저씨가 찾아가 주신다면, 대위해형님이 그 누구보다도 기뻐할 듯싶소이다만······."

갑작스러운 제안이었으나, 왕륭은 기쁘게 대답했다.

"맡기신다면 성의를 다하겠습니다."

궁예가 최우달을 바라봤다.

"국서를 전하는 소임에 합당한 벼슬로 어떤 자리가 좋겠소이까?"

최우달이 냉큼 받았다.

"예부터 나라 안에서 가장 상서로운 고장을 금성이라 부르는 법이니, 익성군을 금성군으로 바꿔 왕륭에게 금성군수를 겸하도록 하면 어떨는지요."

"좋소이다. 왕륭아저씨는 금성군수로 삼기로 하고, 왕건은 어찌할까?"

궁예가 되묻자, 최우달은 미리 정해두기라도 했던 것처럼 막힘없이 대답했다.

"왕건은 철원군수로 삼아 대장군 곁에 머물게 하소서. 그리고 종희와 김언은 수전에 능한 무장입니다. 우선 사상으로 삼았다가, 장차 수군을 맡기면 좋을 듯싶습니다."

달포 뒤, 원회와 귀평이 웃음을 머금고 들어왔다.

"양길대장군 내외분과 원종장군, 애노장군께서 국서를 받고 흡족해하셨습니다. 한데, 청길과 신훤이 양길대장군

더러 왕위에 오르라고 성화를 먹인다 하더이다."

발해국 상경용천부6에 갔던 왕륭이 국서를 내놨다.

"대위해왕께서 크게 기뻐했습니다. 발해국과 고려의 조약문 초안을 가져왔습니다."

발해와 고려는 옛 고구려를 뿌리로 하는 형제국가이니,
다음 세 가지 조약을 청하오이다.
첫째, 환난상구할 것.
둘째, 유무상통할 것.
셋째, 춘추상교할 것.

                   - 을묘년 구월. 발해국왕 대위해

환난상구란 어려움을 당하면 돕자는 것이요, 유무상통이란 물자를 교환하여 쓰자는 것이요, 춘추상교란 봄가을에 왕래하자는 뜻이었다. 궁예가 중원의 소식을 덧붙여 묻자 왕륭이 대답했다.

"지방 군벌들이 세력다툼을 벌이면서 번갈아 대궐을 침

---

6 상경용천부(上京龍泉府): 만주지방에 있던 발해 5부 중 하나이자 수도(首都).

범하는지라 당나라 소종황제가 산시성으로 피란을 갔답니다. 군벌들 중 주전충이 가장 강성하답니다."

철원성과 송악성 사이에 끼어 있던 장단현, 임강현, 임진현을 평정한 귀평과 장일이 돌아왔다. 고려의 영토가 동해에서 서해까지 뚫린 셈이었다. 궁예가 명을 내렸다.

"전승을 축하하는 잔치를 벌입시다. 준비를 서둘러 주시오."

부여의 영고와 고구려의 동맹을 이어받아 상달잔치를 열기로 정했다. 잔치 뒤풀이는 합동혼례로 이어졌다. 북원에서 달려온 사월이의 생떼 덕분이었다. 궁예와 채예, 왕건과 유천궁의 딸 유씨가 연을 맺었다. 왕건의 나이 19세, 궁예의 나이 34세였다.

쇠둘레벌에 봄이 왔다. 들판에서 초동들이 논둑 밭둑에 불을 질러 묵은 풀을 태우고 있었다. 오랜만에 금성군수 왕륭과 나란히 성 밖으로 나선 궁예가 물었다.

"땅이 풀렸으니, 지금쯤은 성을 쌓겠지요?"

왕건 얘기였다. 발어참성7을 쌓느라 왕건은 신접살림을 송악성에 차려놓고 있었다. 쇠둘레의 금성에서 발원한 화강과 마식령산맥에서 발원한 칠중하8가 도감포9에서 합류한 게 다달나루10,

즉 임진이었다. 북원경에서 흘러온 남한수와 삭주성에서 흘러온 북한수가 두물머리에서 합류한 게 한수였다. 임진과 한수, 두 가닥의 큰 물줄기가 정면으로 부딪쳐 몸을 섞는 교하11의 북녘, 송악성이야말로 궁예와 양길이 하나 되기에 최적의 땅이자 고려의 중심 아니겠는가. 궁예가 그곳을 점찍은 이유는 또 있었다. 평양장군 검용과 손잡고 요동을 되찾아야 하지 않겠는가.

"농사철 전에 서둘러야 하는 일이니, 지금쯤 많이 진척되었을 것입니다."

궁예는 왕륭의 대답을 건성으로 흘렸다. 새로운 농사법에 대한 기대 때문이었다.

"지금보다 갑절의 소출을 얻을 수 있는 농사법이 있다면, 시도해보실는지요?"

---

7 발어참성(勃禦塹城): 송악산 기슭에 있는 둘레 4km 정도의 궁예 왕궁. 궁예의 명으로 왕건이 쌓음.
8 칠중하(七重河): 파주 적성 부근까지의 임진강(臨津江) 옛 이름. 일곱개의 물줄기가 겹쳐 흐른다는 뜻.
9 도감포(都監浦): 연천군 군남면의 칠중하와 한탄강이 합류하는 지점. 일제 강점기 이전의 이름은 독안이[壺內]였으므로 지역 주민들이 옛 이름 찾기에 나서고 있음.
10 다달나루: 도감포 하류, 고랑포 직전에 있는 나루터. 다다를 임(臨), 나루 진(津)이라는 이곳의 이름에서 임진강(臨津江)이 유래되었음.
11 교하(交河): 한강과 임진강이 만나 서해로 흘러드는 곳, 파주. 통일시대의 수도로 꼽히기도 함.

궁예가 환히 웃으며 새로운 벼농사 방법을 설명했다.

"당장 올해부터 시행하겠습니다."

하필이면 그 봄에 지독한 가뭄이 들었다. 못자리에 볍씨를 뿌리고 다섯 치 크기로 자란 모를 옮겨 심을 때가 됐건만, 쇠둘레벌 논바닥은 바짝 말라붙은 채 쩍쩍 갈라져 있었다. 일찌감치 모내기를 끝낸 왕륭이 연일 찾아와 걱정을 함께했다.

"금성군은 화강이 얕게 흐르는 덕분에 보막이를 할 수 있었습니다. 허나, 강물이 벼랑 아래 깊숙이 흘러가는 쇠둘레벌에서는 대책이 없습니다."

궁예의 근심은 깊었다. 슬며시 후회하는 말을 입에 담았다.

"제가 경솔했던 탓이외다. 백성들이 가을에 무 배추를 뽑으면서 뿌리가 땅속 깊이 박혀있으면 닥쳐올 겨울이 혹독하게 추울 것을 짐작하지 않소이까? 제자리에서 싹을 틔운 볍씨는 가물 것을 미리 알고 뿌리를 땅속 깊이 뻗었을 것 아니겠소이까?"

궁예는 밤낮없이 화강 강변을 맴돌았다. 강물은 철철철 잘도 흘러갔다.

"대장군, 백성들이 이 강을 뭐라 부르는지 아십니까? 한탄강이라 한답니다. 대장군께서 밤낮 예 앉아 한탄을 하고 있으니, 그리된 것 아니겠습니까?"

왕륭의 그 말에는 대꾸가 없더니, 궁예가 옛 시절의 말투로 엉뚱한 것을 물었다.

"왕륭아저씨. 혹시 당나라에서 염초12를 들여오지 않았소이까?"

"염초라면 이문이 큰 물목, 송악성에 있을 것입니다."

궁예가 강 건너, 뾰족한 바위산을 가리켰다.

"저 바위의 높이가 얼마나 될 듯싶사외까?"

"족히 이백 척13은 될 듯싶습니다."

"그러면, 이쪽 강폭은 얼마나 될 듯싶사외까?"

"그 역시 이백 척쯤은 안 되오리까? 한데."

왕륭이 문득 말을 뚝 끊었다. 궁예가 고개를 끄덕이며 일어섰다.

"그럴듯하지 않사외까? 여기는 벼랑의 깊이가 다섯 길도 채 안 되는 곳, 바위를 곧장 쓰러뜨려 강물을 막는다면, 물 높이가 땅 높이와 거의 같아지지 않겠소이까?"

줄사다리를 타고 바위로 올라간 군사들이 칡을 꼬아낸

---

12 염초(焰硝): 화약의 원료.
13 이백 척(三百 尺): 1척은 30cm이므로, 1백 척은 60m.

밧줄을 수백 갈래나 묶어 늘였다. 바위 밑에 구멍을 촘촘히 뚫어 염초를 채워 넣었다. 강 건너에서 군사들과 남녀노소 백성들이 수백 갈래의 동아줄을 팽팽하게 당겨 잡고 늘어섰다. 궁예가 시위에 불화살을 먹이자 옆에 있던 왕륭이 불을 붙였다. 피융. 퍽. 콰르릉 콰쾅. 동아줄을 잡아당기던 백성들이 혼비백산, 엉덩방아를 찧고 나뒹굴었다. 궁예의 한 탄강에 폭포 하나가 일어섰다. 상달에 채예가 아들을 낳았다. 이름을 청광이라 지었다. 뒤따라 아들을 얻은 최우달은 이름을 최응이라 지었다며 벙글거렸다.

"농사철이 다가오기 전에 새로운 농사 요령을 널리 알려야 하겠습니다."

왕륭이 발 벗고 뛰었다. 송악에도 다녀오고, 명주에도 다녀왔다.

"저절로 퍼져갈 것을, 무리할 필요가 어디 있소이까?"

궁예가 말렸으나 왕륭은 듣지 않았다.

"처음에는 잘 믿기지 않았습니다. 하오나, 그 결실을 눈으로 확인한 바에는, 한 해라도 빨리 모든 백성들에게 알리는 것이 옳지 않겠습니까?"

왕륭의 나이 50이 넘었다. 겨우내 쉬지 않고 돌아다니더니, 봄에 모내기를 끝내놓고는 덜컥 쓰러졌다. 소식 듣고 달려간 궁예의 손을 모아 쥐고 왕륭이 당부했다.

"진즉 대장군의 뜻을 알아보지 못했소이다. 아들 건이를
아우처럼 아껴주시오."

왕건에게도 일렀다.

"한때는 네게 기대를 걸었던 적도 있었다만, 귀족도 노비
도 없는 용화세상을 만들자는 생각은 미처 못 해봤구나. 목
숨을 다해 궁예형님을 받들도록 해라."

왕륭의 관 뚜껑을 덮기 전, 궁예와 왕건의 정수리에서 잘
라낸 머리카락으로 맹세의 매듭을 엮었다.

궁예는 송악성으로 옮아가기로 했다. 이삿짐은 임진강수
운14을 이용하면 되었다. 봉래호수15 옆 안협16에서 칠중하
와 화강이 합류하는 도감포까지는 60석짜리 나룻배에, 도

---

14 임진강 수운(臨津江 水運): 『조선 하천 조사서』(조선총독부, 1929)에는 "임진
   강 하구에서 고랑포까지는 400석 분량의 곡식을 실은 선박의 운항이 가능했고,
   도감포를 지나 전곡까지는 적어도 60석을 실은 소규모 선박이 쉽게 이동할 수
   있었다."고 되어있음. 세월이 흐를수록 지표수(地表水)가 급격히 감소하는 추세로
   볼 때 궁예의 시대에는 강물이 훨씬 깊었고, 선박의 운항도 원활했을 것임.
15 봉래호수(蓬萊湖水): 강원도 평강군 고암산(780m) 아래에 있는 둘레 14.6km,
   길이 5.1km로 한반도에서 가장 큰 자연 호수.
16 안협(安峽): 철원읍 소재지 북서쪽. 만경산을 등지고 좌우에 남산, 구절산으로
   둘러싸인 고장.

감포에서 고랑포[17]까지는 120석짜리 황포돛배에 차례로 짐을 옮겨 싣기만 하면 되었다. 고랑포에서 송악성까지는 육로로 고작 30리였다.

궁예는 송악성에서 팔관회를 열고, 왕명을 내렸다.

"최우달을 광평성대감, 모흔장을 대룡부대감으로 삼겠소. 원회, 귀평, 장일, 김대검, 홍유, 검식은 장군으로 삼겠소. 왕건은 정기대감[18], 신숭겸과 박유는 보기대감, 종회와 김언은 수군대감으로 삼겠소. 광평성은 새로 정한 포고령을 반포하시오."

최우달이 포고령을 읽었다.

첫째, 백성의 신분을 나누지 않으며, 관직은 세습되지 않는다.
둘째, 농토는 백성들의 땅, 아무도 소출을 빼앗지 못한다.
셋째, 성과 군에는 일백 명 이내의 군사만 둘 수 있다.
넷째, 사찰은 장토를 갖지 못하며, 승려는 계를 지켜야 한다.

---

17 고랑포(高浪浦): 연천군 장남면 고랑포리에 있었던 나루터로 임진강 수운의 중심이었으며, 주변에 신라 경순왕릉이 있음.
18 정기대감(精騎大監): 마병대장의 다른 이름.

양길대장군 타계 소식을 들고 원종과 애노가 달려왔다. 원종이 자초지종을 말했다.

"아자개, 청길, 신훤 세 사람이 궁예의 버릇을 고치자고 성화를 부렸습니다. 삼십여 개의 성을 확보했으니, 양길대장군이 왕위에 올라야 한다고 조르기도 했습니다. 따지고 보면 자기들이 대선배인데, 새까만 후배가 감히 포고령이란 걸 반포하지 않나, 자기들더러 꼭 지키라고 협박하지 않나, 그냥 둘 수가 없다는 거지요. 양길대장군께서는 어쩔 수 없이 군사들을 이끌고 송악성을 향해 올라오고 있었습니다."

지친 끝이라서 원종의 힘이 달리는 듯싶어지자 애노가 나서서 말을 이었다.

"양길대장군은 급사하셨습니다. 마음고생이 심했던 탓입니다. 아자개 등 세 사람이 해거름에 당도한 비뇌성19에 들어가더니, 술에 취해서 죄 없는 수비군사들을 참살해버렸습니다. 그러고는 양길대장군은 안중에도 없다는 듯 길길

---

19 비뇌성(非惱城): 비뇌성이 안성의 죽주산성이라는 일설도 있으나 확인되지 않았음. 가평군 북면 적목리에는 강씨봉마을이 있는데, 궁예의 부인 강씨(姜氏, 양길의 딸)가 강씨봉(姜氏峰, 830m)으로 피란 와서 터를 잡고 살았다는 전설(『가평군지』 2006년)이 있음. 전설을 토대로 유추해본다면, 비뇌성의 위치는 가평 부근이고, 비뇌성전투에서 죽은 양길 역시 그곳에 묻혔을 것이며, 그 인연으로 궁예의 부인 강씨가 그곳에 정착했으리라는 개연성을 배제할 수 없음.

이 날뛰며 부하들에게 온갖 행패를 다 부렸습니다. 저와 원종이 몇 번이나 칼을 뽑았으나, 양길대장군께서 번번이 말리셨습니다. 술이 깨거든 타일러보고, 안 되면 그때 처결하는 게 옳다고 말씀하셨습니다. 날이 밝기만을 기다렸는데, 그 밤에 그만."

궁예가 두 장군에게서 눈길을 거두지 못했다. 원종장군이 받았다.

"위해를 당한 증좌는 찾을 수 없었습니다. 날이 밝자마자 저와 애노가 달려갔더니 마치 주무시는 듯, 눈을 뜬 채 미소를 머금고 영면하셨습니다. 아자개 등 세 사람은 그때까지도 인사불성으로 잠들어 있었는데, 어느 틈엔가 휘하의 군사들과 함께 사라져버렸습니다. 평소 아자개의 입버릇처럼, 양길대장군의 부하는 되어도 궁예의 부하가 될 수는 없다는 것이겠지요."

북원경에서 어머니 사월이가 달려오고, 송악성에서 채예가 달려왔다. 궁예가 입을 열었다.

"양길대장군을 고려 태조로 추존[20]하겠소."

---

20 추존(追尊): 왕위에 오르지 못 하고 죽은 이에게 왕의 칭호를 올림.

최우달이 조심스럽게 비집고 들었다.

"취지는 좋사오나, 처음부터 왕위가 성씨를 바꿔가게 되지 않겠습니까?"

궁예가 단호하게 잘라냈다.

"이 자리에서 맹세하겠소, 왕위도 다른 관직과 마찬가지로 세습되지 않을 것이오."

장례가 끝나자 궁예는 대장군 자리부터 메웠다.

"원종과 애노 두 분을 고려의 대장군으로 삼겠습니다. 두 분께서는 이후부터 칭신21하지 마십시오. 나라에는 두려움 없이 바른말 해 줄 분들이 있어야 합니다."

"있을 수 없는 처사입니다."

원종과 애노 두 대장군이 한목소리로 항변했으나, 궁예가 고개를 흔들어 지웠다.

---

21 칭신(稱臣): 스스로 신하라고 자처함. 신하로서 임금에게 복종함.

"대야성1을 치는 데 실패했던 견훤이 이번에는 뱃길로 서라벌 턱밑의 양주성2을 치려고 선단을 짠답니다."

최우달의 보고를 받은 궁예가 곤혹스러운 표정을 지었다.

"견훤이 언제쯤 배를 띄울 수 있을 듯싶다더이까?"

"농사철은 피해야 할 것이니, 해동 무렵 아니겠습니까?"

호시탐탐 서라벌을 넘보는 견훤의 속셈은 익히 아는 일이었다. 선비인 최우달은 대수롭지 않다는 투였으나 무장인 검식은 왕건을 돌아봤다.

"정기대감과 내가 마병대를 이끌고 가서 금강 남쪽의 비풍군, 황산군, 부여군을 휩쓸고 전주성을 위협한다면, 견훤이 군사를 움직일 엄두를 못 낼 듯싶소만……."

왕건은 입을 꼭 다문 채 생각에 잠겼다. 그럴듯한 계책이었지만, 금강을 건너갔다가 미쳐 날뛰는 맹수 같다는 견훤과

---

1 대야성(大耶城): 경상남도 합천.
2 양주성(梁州城): 경상남도 양산.

맞붙게 된다면 어쩔 것인지……. 명분이 있더라도 승산이 없는 일에는 앞장서지 말라는 게 도선대사의 가르침이었다. 그때문에 생각하는 시간이 갑절은 길었다. 속내 모르는 사람들은 왕건을 두고 신중하다 했고, 한편에서는 답답하다고 불평했다. 왕건의 침묵이 길어지자, 종희가 한 발짝 나섰다.

"대왕께서는 이번 기회에 수군에도 공을 세울 기회를 주시는 것이 어떨는지요? 견훤의 선단이 양주성을 향해 떠났다는 소식이 들리는 대로 우리 쪽에서도 군마를 실은 선단을 이끌고 내려가서 전주성의 배후인 무주성을 공략하면, 견훤이 양주성 함락을 목전에 두고 있다 하더라도 되짚어 오지 않겠습니까?"

궁예의 얼굴이 활짝 펴졌다.

"수군대감 종희와 정기대감 왕건은 해동 무렵에 무주로 내려갈 준비를 하시오. 굳이 맞서 싸울 필요는 없소. 섬과 해안을 돌면서 마필을 거둬들이되, 견훤의 회군 소식이 들리거든 지체 없이 철수하시오."

직접 맞붙는 싸움 아닌 말 사냥이란 말에 왕건도 동의했다. 이듬해 봄, 종희의 선단에 왕건의 마병대를 실어 보낸 궁예가 명을 내렸다.

"원회장군, 장일장군, 김대검장군은 예성강 북쪽에서 패수 남쪽에 이르는 여러 군현을 평정하시오. 검식장군은 곧장 북상하여 평양장군 검용을 만나시오. 귀평장군은 부장을 데리고 발해국에 다녀오시오."

"원종, 애노 두 분 대장군께서는 나와 함께 쇠둘레에 다녀옵시다. 서원경의 학자 아지태도 불러올리시고요."

송악성에서 쇠둘레까지는 강물을 거슬러 오르는 뱃길이었다. 배보다 말이 더 빠를 수밖에 없었다. 궁예와 말머리를 나란히 한 원종과 애노의 가슴에서 아지랑이가 뭉클뭉클 솟았다. 원종과 애노는 환갑을 눈앞에 두고 있었다. 신라 땅으로 잡혀 온 고구려 포로는 노비가 되었다. 노비의 후예가 낭도들의 짐꾼으로 국토순례길에 따라나섰을 때로부터, 병부의 별동대 하급무사를 거쳐 음리화정에서 장군 영기를 몰아내던 시절로부터, 양길의 휘하로 들어갔다가 미륵부처 용화세상을 꿈꾸는 궁예를 왕으로 세우기까지의 장면 장면들이, 앞을 다투며 스쳐갔다. 신라의 세습노비가 마침내 고려의 백성으로 살아났구나. 으뜸일꾼 원종과 슬픈노비 애노가 고려의 대장군이 되어 내 땅을 밟는구나. 진골 귀족도 노비도 없는 세상, 미륵부처 용화세상 위해 여생을 바치리라.

감회에 물드는 게 어찌 원종과 애노뿐이랴. 산길로 접어든 다음부터는 아지태도 말이 없었고, 마흔 살을 넘겨 한결

중후해진 궁예도 입을 굳게 다물었다.

"오, 저게 무슨 노랫소리란 말이오?"

궁예가 입을 뗀 것은 철원성을 눈앞에 둔 나지막한 언덕마루에서였다. 끊어질 듯 끊어질 듯 애간장을 태우는 종달새 울음 같은 흥얼거림이 이 숲에서 저 숲으로 흘러 다니고 있었다.

칩다꺾어 고사리, 어영꾸부정 활나물
한푼두푼 돈나물, 매끈매끈 기름나물
돌돌말아 고비나물, 칭칭감아 감둘레
집어뜯어 꽃다지, 쑥쑥뽑아 나생이
어영저영 말랭이, 이개저개 지치기
진미백승 잣나물, 만병통치 삽주나물
향기만구 시금치, 사시장춘 대나물

"산나물타령입니다."

귀를 기울이고 있던 원종이 대답하자, 궁예가 알 듯 모를 듯 고개를 갸웃거렸다.

"저 소리는 노래가 아닙니다. 허리가 휘도록 농사를 지어 땅임자와 벼슬아치들에게 빼앗기고 난 백성들이 보릿고개에 명줄을 이어가자면 산나물을 뜯어 나를 수밖에 없고, 그러자니 아낙네들이 저렇듯 산나물 이름을 달달 외워야만 합니다. 저 소리는 그러므로 이 땅의 아낙네들에게 지워진 슬픈 짐입니다. 장차에는, 백성들의 즐거운 노랫가락으로 바꿔야 할 대왕의 짐이기도 하지요."

마음속으로 충성을 다져가던 뒤끝인지라, 원종의 말투가 훈계조로 흘렀다. 철원성에 여장을 푼 궁예는 이튿날 아침에도 단출하게 나들이에 나섰다. 쇠둘레벌은 넓고 기름진 땅이었다. 들녘의 백성들을 살피던 궁예의 외눈에 문득, 눈물이 그렁하게 괴었다.

"대왕께서는 이 좋은 봄날에 웬 눈물을 다 보이십니까?"

애노가 큰소리로 물었다. 궁예의 대답이 푹 젖어들며 목이 메었다.

"갈포나 삼베옷이 고작이긴 하나, 백성들이 제법 옷차림을 갖추고 있는 게 볼수록 신기하외다. 서라벌의 왕족이나 진골 귀족들이야 당나라에서 들여온 색색의 비단옷이며 무명옷에 겨울철이면 솜까지 두툼하게 넣어 입건만, 백성들은 겨울 한철 아무렇게나 짐승 가죽을 뒤집어쓰고 살다가, 봄부터 가을까지는 남녀노소 가릴 것 없이 헝겊 쪼가리로 샅이나 가리고 지내는 짐승의 형용 아니었소. 이제는 길쌈을 해서 갈포옷, 베옷이라도 걸치게 됐다고 생각하니, 고맙기만 하외다."

흑흑. 원종이 소리 죽여 흐느꼈다. 애노의 눈에도, 고생이라고는 모르고 살아온 아지태의 눈에도 눈물방울이 그렁그렁 괴었다. 산천경개와 지형을 두루 살펴가는 걸음이라 고암산 아래 봉래호수에 닿았을 때는 해가 한나절이었다. 철원성에서 싸 온 주먹밥이라도 나눠 먹을까싶어 앉을 자리를 찾는데, 들녘의 백성들이 알아보고 달려왔다.

　"대왕님. 찬은 변변치 않지만 막 새참을 먹으려던 참이니, 함께 가시지요."

　기왕에 싸 온 주먹밥이 있으니 폐 될 일은 없었다. 왕과 백성들이 냇가에 둥그렇게 둘러앉아 제각기 새참 보자기를 펼쳤다. 간소하게 준비하라고 엄히 일러뒀던 탓에, 궁예왕의 보자기 속도 잡곡이 절반이나 섞인 주먹밥과 소금에 절인 무 몇 쪽뿐이었다. 백성들도 시커먼 주먹밥 한 덩이씩을 펼쳤다. 아낙이 그 옆에 보자기 하나를 더 끌러놓았다. 주먹밥의 갑절도 넘게 푸짐한 산나물이었다.

　"대왕님. 보기보다는 맛이 괜찮으니, 드셔 보셔요. 예전에는 주먹밥은 꿈도 못 꾸고 산나물로만 배를 채웠답니다. 그때는 산나물을 입에 넣으려면 원수만 같더니, 근년에 들어 곡식과 같이 씹게 되니 고소한 맛을 되찾았지요. 쇠둘레 백성들은 끼니때마다 대왕님의 고마움을 새기고 있답니다."

궁예가 아낙의 말에 정색을 하고 대답했다.

"하늘 아래 만물이 처음부터 임자가 따로 없는 법, 가꾸고 거둔 사람이 임자이거늘, 왜 내게 고마워한단 말이오. 인사는 미륵부처님께 드리시오."

살짝 삶아내어 소금으로 간이나 맞춘 산나물이 고소하면 고소한 대로, 쓸쓸하면 쓸쓸한 대로 저마다 독특한 향기와 맛을 내었다. 궁예는 사양하지 않고 한 움큼씩 집어 맛있게 씹었다.

"정말 잘 먹었소이다."

주먹밥을 다 먹고 냇가로 걸어간 궁예가, 죽주산성에서 도망쳤다가 보리 씨앗을 묻는 백성들을 만났을 때처럼 엉덩이를 하늘로 쳐들고 엎드려서 물을 마셨다.

흐흑. 느닷없이 아낙네의 입에서 흐느낌이 터져 나왔다. 옆에 있던 남정네가 당장 지청구를 놓았다.

"못된 여편네가 대왕님 앞에서 요사스럽게 뭔 눈물 바람이람."

아낙이 주먹으로 눈두덩을 비비며 느릿느릿 변명을 했다.

"너무 기뻐서 그런다우. 하늘 같은 대왕님이 천한 백성들하고 똑같은 주먹밥에 산나물을 잡수시고는, 궁둥이를 하늘로 쳐들고 엎드려서 냇물로 물배를 채우는 걸 보자니, 왈칵 설움이 치받는 걸 어쩌란 말이우."

왓하하. 훗흐흐. 원종과 애노가 통쾌하다는 듯, 한꺼번에 웃음을 터뜨렸다. 아지태가 슬금슬금 따라 웃자, 둘러앉은 백성들도 입귀를 씰룩거리며 따라 웃었다. 언뜻 고개를 돌리다가 백성들의 눈가에 괸 물방울을 훔쳐본 궁예가 먼 하늘을 쳐다봤다.

"거 산나물 타령이나 한자리해보시구려."

민망해진 원종이 슬며시 아낙을 부추겼다. 숫기 좋은 아낙은 사양하는 기색이 없었다. 잔기침으로 목청을 가다듬은 아낙의 입에서 축축이 젖은 노랫가락이 흘러나왔다.

바느질 골무초, 시집갔다 소박나물
오자마자 가서풀, 안줄까봐 달래나물
간지럽네 오금풀, 정주듯이 찔끔초…….

봉래호수는 둘레가 80리, 깊이가 80척에 이르는 거대한 자연호수였다. 2천6백 척짜리 고암산을 비롯한 주변의 여러 산골짜기와 광평현 쪽에서 흘러온 시냇물 줄기가 모두 봉래호수로 흘러들었다. 또한 봉래호수에서 발원한 단풍내는 드넓은 단풍벌3을 넉넉하게 적시며 금학산 아래 학저수

---

3 단풍벌: 궁예의 도읍지. 철원 북쪽 27리에 있는 풍천원(楓川原). 경원선 월정리역 북쪽의 들판.

지로 흘러갔다.

"두 분 대장군께서 보시기에 어떻습니까? 도읍으로 이만한 곳이 흔치 않을 듯싶습니다만……."

남쪽에는 학이 내려앉는 형상의 3천2백 척짜리 금학산의 자태가 웅장했다. 고암산에서 금학산까지, 봉래호수에서 광평현을 거쳐 멀리 금성군까지 들판이 아득하게 펼쳐졌다.

"서라벌, 송악성보다 열 배는 넓고 좋은 터인 듯싶습니다. 끝도 없이 펼쳐진 들판을 개간하면 백성들 살림살이를 풍요롭게 만들고도 남겠습니다. 무엇보다도 강줄기가 좌우로 닿아 있어 송악성 오가기에 편리한 뱃길이 장점인 듯합니다."

둘러보던 원종이 감탄했다. 애노의 대답도 뒤따랐다.

"과연, 한세상을 경영할 만한 터입니다. 발해국과 손을 잡고 옛 고구려의 광활한 영토를 되찾겠다는 대왕의 꿈을 펼치는 데 이보다 좋은 땅은 없을 듯합니다."

철원성으로 돌아온 궁예가 아지태에게 부탁했다.

"그동안 고려의 형편을 두루 살펴봤을 줄 아오. 서원경에 가서 새 성주와 의논하되, 미륵부처를 성심으로 섬기는 백성들로 일천 가구만 이곳으로 이주시키도록 주선하시오. 쇠둘레에 미륵부처 섬기는 백성들을 모아놓고, 미륵부처님 용화세상을 앞장서서 이끄는 도읍으로 가꿔보고 싶소이다."

아지태가 먼저 떠나자, 궁예는 원종, 애노 두 대장군과 마주앉았다.

"두 분 대장군께서 쇠둘레 대역사를 맡아주셨으면 고맙겠습니다."

쇠둘레벌에서 추가령을 넘어서면 발해의 남경남해부였다. 궁예의 속마음, 발해 땅으로 뻗어가고 싶다는 뜻을 짐작하는 두 대장군이 기쁘게 받아들였다.

"신명을 다하겠습니다."

궁예가 지도를 펼쳐놓고 손수 그림을 그려 나갔다.

"고암산을 주산으로 삼고 금학산을 안산4으로 삼아 대궐을 남향으로 안칩시다. 서라벌을 비롯한 대부분의 궁궐 역시 임금이 남쪽을 바라보고 신하가 북쪽을 바라보게 되어 있으니 그렇게 방향을 정합시다."

"예, 좋을 듯합니다. 하온데, 외성의 길이와 높이는 얼마로 정하면 좋겠습니까?"

---

4 고암산(高岩山)을 주산(主山)으로 삼고 금학산(金鶴山)을 안산(案山)으로: 궁예가 대궐을 지을 때 도선(道詵)대사가 금학산을 주산으로 삼고 고암산을 안산으로 삼았으면 국운이 300년은 갈 것이라고 예언했는데, '궁예가 고암산을 주산으로 삼고 금학산을 안산으로 삼았기에 국운이 30년으로 줄었으며, 금학산의 나무들이 죽지 않았음에도 3년 동안 잎이 피지 않았다'는 전설이 금학산 등산로 안내판에 적혀 있는 게 이채로움.

원종이 순순히 대답하고 되물었다.

"동서 삼천칠백십일 척, 남북 삼천오백 척, 둘레 일만 사천사백이십일 척이되."

궁예가 갑자기 말을 뚝 끊었다가 애노를 쳐다보며 물었다.

"신라의 진골 귀족들과 백성들의 집 담은 신분에 따라서 높이가 다르다고 들었습니다. 사실이외까?"

"그렇습니다. 진골의 집 담은 열 척, 육두품은 여덟 척, 오두품은 일곱 척, 사두품 이하의 백성들은 여섯 척 이내로 정해져 있습니다."

"좋습니다. 외성 성벽의 높이를 백성들과 맞춥시다. 폭 여섯 자, 높이 여섯 자의 돌담을 쌓도록 합시다."

"그리되면, 성의 크기는 당나라 장안성의 십분의 일에 불과하고, 성벽의 높이는 그 삼분의 일에도 미치지 못하여 서라벌 월성의 절반에도 못 미치오이다. 발돋움만 하면 성 밖에서 성안이 훤히 보일 테니, 성벽이 너무 낮지 않겠습니까?"

애노가 실망스러운 투로 받자, 궁예가 고개를 흔들었다.

"대궐이 넓어야 할 까닭이 없습니다. 진골도 귀족도 없는 미륵부처 용화세상을 세우겠다고 나선 고려국의 임금이 첩 살림 꾸릴 일도 없으니, 왕과 신하가 정무 보살필 자리만 있으면 족하오이다. 성벽이 더 높아야 할 까닭은 더욱 없습니

다. 담이 낮으면 집안이 밝은 법입니다. 나라의 기강이 바로
서 있다면 풀밭에 금만 그어도 넘을 수 없는 철벽이 되는
것이고, 나라의 기강이 흐트러지고 보면 열 길 철벽이라도
도둑이 제멋대로 넘나드는 큰길로 변하지 않겠습니까."

애노가 알아듣겠다는 듯 고개를 끄덕이자, 원종이 물었다.

"대궐에 들어설 건물 숫자는 얼마나 되는 게 좋겠습니까?"

"임금과 신하가 정무를 보는 전각 하나, 미륵부처를 모실
작은 사찰과 요사 하나, 광평성을 비롯한 신하들의 집무소
스무 채, 창고 오십 채 남짓, 후원에 왕과 신하들의 거처를
지으면 족하리다.

"다른 건 그렇다 치더라도, 신하들의 거처를 궐내에 짓는
단 말입니까?"

"그렇습니다. 정무를 보살피는 소임들의 거처는 궐 안에
두는 것이 여러모로 편치 않겠습니까. 집안 살림을 서로 도
와가며 보살피도록 말입니다.

"물자와 백성들을 동원하는 일은 어찌합니까?"

"물자는 주변의 산에서 구할 수 있는 재목, 흙으로 구울
수 있는 기와를 빼놓고는 송악성에서 조달하겠습니다. 백
성들을 동원할 때는 일일이 품을 따졌다가 농사철에 군사
들이 갚아주도록 하시지요. 이만 명 가까운 군사들이 있으

니, 이태면 넉넉하겠지요. 대궐 공사를 하는 틈틈이 군막도 짓고 백성들의 집도 세워야 합니다."

대궐과 철원성 사이 단풍벌에 동서로 네 개, 남북으로 여섯 개의 넓은 길을 내고 길과 길이 바둑판처럼 엇갈리게 했다. 군사들의 막사는 대궐의 서쪽 산비탈과 뒤편에 짓고 대궐의 앞쪽과 동쪽에는 백성들의 살림집을 짓게 했다.

궁예가 웃통을 벗어부치고 군사들과 함께 도성의 터를 닦기 시작하자, 백성들의 지경 노래가 쇠둘레벌을 가득 메우며 흘러갔다.

고려국 쇠둘레 단풍벌에 궁예대왕 지경이요
에헤라 지경이야
금학산 뻗은 정기
고암산이 받아안고
한탄강 실린 정기
봉래호수 품어안네
미륵하생 용화세상
고려국에 귀족없고
미륵부처 주재세상
고려국에 노예없네

지경이라 에헤라

지덕을 다져갈제

양친부모 천년장수

부부화락 천년해로

슬하자손 만세여

에헤라 지경이라……

수군대감 종희의 배 부리는 솜씨는 빼어났다. 도중에 비바람 폭풍우까지 만났건만 닷새 만에 크고 작은 병선 50여 척을 무주 관내 큰 섬인 뇌산군에 댔다. 땅은 넓고 기름져 백성들은 많았으나 방비는 허술했다. 왕건이 이끄는 마병대 3백 기가 뇌산성에 입성하는데, 한식경도 안 걸렸다.

"고려에서 온 왕건이다. 백성들에게는 해 끼치지 않고, 마필만 거둬가겠다."

뇌산군에는 소문대로 풀어놓고 기르는 말들이 많았다. 당장에 쓸 만한 준마만 골라내도 1천 필이 넘었다.

"종희, 안 되겠다. 우리를 뭍으로 옮겨놓고, 너는 마필을 싣고 송악성에 다녀와라."

왕건의 제안을 곰곰 따져본 종희가 마지못한 듯 승낙했다.

"좋다. 견훤이 언제 회군할지 모르니 열흘 안에 다녀오겠다. 어디서 기다릴 거냐?"

"뭍에 있는 마필도 거둬보겠다. 북쪽으로 올라가면서 마필을 모아놓을 것이니, 영산강을 타고 올라오너라."

"늦어도 보름을 넘기지는 않겠다. 그 안에 견훤이 오면 성문을 닫아걸고 버텨라."

종희는 마필을 실은 선단을 이끌고 송악으로 돌아갔다. 백성들도 불만이 없었다. 마필이야 어차피 견훤의 것, 바쁜 농사철에 돌보자면 귀찮기만 한 짐승이었다. 고려 군사들이 쳐들어와 뺏어갔다면, 제아무리 난폭한 견훤이라 하더라도 어쩌겠는가. 싸움 한번 없이 금성을 차지한 왕건의 뱃속에 욕심이 끼었다. 기회가 온 것이다. 백성들의 마음을 얻어 발판을 쌓자. 궁예왕의 포고령도 예까지는 미치지 못할 것, 백성들을 부추기고 군사를 길러 견훤에게 맞서자.

"오늘부터 이곳 금성은 고려 땅이다. 백성들은 마음 놓고 농사에 힘쓰도록 하라."

왕건은 단숨에 주변 10개의 성을 손에 넣었다. 기분이 좋았다. 궁예왕의 명을 받고 여러 군현을 평정한 적은 있지만 스스로의 결정은 처음이었다.

10

터닦기 공사가 순조롭게 진행되자 궁예는 송악성으로 돌아갔다. 교대라도 하듯 송악성에 머물던 홍유, 청길, 신훤, 원봉, 홍술, 양문, 능문 등 일곱 장군들이 군사들을 이끌고 철원성으로 달려왔다. 군막이 턱없이 부족하게 되었다.

"뒷날 백성들이 살아도 손색없게 군막을 튼튼히 짓도록 합시다."

원종과 애노 두 대장군은 군막부터 지었다. 쇠둘레 대역사의 터닦기 공사는 공교롭게도 홍유 한 사람을 빼고는 모두 중원과 상주에서 항복한 장군들이 지휘하게 되었다. 하는 일 없이 앉아만 있어도 나른한 봄날이었다. 대장군 원종과 애노가 벗어부치고 앞장을 서니 빈둥거릴 수도 없었고, 같이 벗어부치고 군사들과 뒤섞여 땀을 흘리자니 안 보이는 곳에서는 저절로 불평이 터졌다.

"우리가 명색 장군이외다. 시원한 나무그늘에 앉아 군사들에게 지시나 하고 상황을 지켜보면 족할 일이지, 왜 막일을 해야 한단 말이외까?"

능문이 운을 떼자 홍술이 이어받았다.

"하나를 보면 열을 안다 하지 않았소이까? 궁예왕이 하는 일이란 다 같소이다. 지금이나 장차에나 장군이든 말단 군사든 똑같이 부려먹겠다는 배짱이외다."

"그렇다면, 어찌 바로잡아야 좋겠소이까?"

원봉이 이야기를 한 발짝 앞으로 이끌었다. 신훤이 답을 내놓았다.

"대장군들에게 직접 따질 수도 있겠지요. 허나, 우리보다 궁예왕 휘하에 먼저 들어온 홍유장군을 대표로 뽑아서 보내는 게 모양이 좋을 겝니다."

홍유가 원종과 애노 두 대장군 앞에 나서게 되었다. 여럿이 불평을 주고받는 말투며, 대책을 이끌어내는 말솜씨는 자연스러운 듯했으나, 모두가 청길이 미리 짜놓은 한바탕의 연극이었다. 불만을 전하는 것과 동시에 홍유를 이쪽 편으로 끌어들이자…….

"누가 장군들에게 옷을 벗어부치고 막일을 하라고 했단 말이오?"

홍유에게 불평을 전해들은 원종이 되물었다.

"그야, 두 분 대장군을 따르지 않을 도리가 없지 않겠소이까?"

애노가 급한 성미를 억누르면서 조용한 목소리로 타일렀다.

"장군. 내 나라 내 땅에 내 백성들 살 집 짓는 데 내 땀을 보탤 수 있다는 게 기쁠 뿐이외다. 저 좋아하는 일이니, 따를 필요 없다 전하시오."

홍유에게서 그 말을 전해 듣는 순간, 장군들은 입을 꽉 다물고 말았다. 혹을 떼려다 붙인 격이었다. 항복한 장수 입장에서 드러내놓고, 내 나라 내 땅 내 백성이 아니니 나는 모르겠소, 할 수는 없었다. 소문은 퍼질수록 군사들을 감동시켰다. 장군들이 군사들을 감독하는 게 아니라, 군사들이 장군들 움직임을 주시하는 꼴이 돼버렸다.

여름이 오고 장마철로 접어들었다. 군사들에게 모처럼의 긴 휴식을 허락한 원종과 애노 두 대장군은 잠시 송악성에 다녀오기로 했다. 며칠 뒤. 장군들이 장기도 두고 한담도 나누는 본부막사에 원봉의 안내로 장사꾼 하나가 들어섰다. 허우대는 크고 몸집은 단단했으나, 허름한 옷차림에 머리가 허옇게 센 볼품없는 중늙은이였다.

"여러 장군님들께 특별히 보여드릴 물건이 있어 먼 길 달려왔소이다."

장사꾼으로 변장한 아자개의 쩽하는, 쇳소리였다. 청길

과 장기판에 정신을 쏟고 있던 신훤이 뻔히 알아듣고도 모른 척하며, 거칠게 나무랐다.

"장사꾼 주제에, 어디라고 시끄럽게 구느냐?"

장사꾼은 비위가 꽤 좋았다. 허리를 굽실거리며 하필이면 큰소리로 자기를 나무라는 신훤에게 다가가더니, 장기판 옆에 보따리를 끌러놓고 전을 벌였다.

"소인이 노여움 살만한 짓을 했습죠. 허나, 이걸 보시면 절로 화가 풀릴 겁니다."

길이가 일곱 치 남짓한 비수였다. 칼이라면 사족 못 쓰는 장군들이 우르르, 빙 둘러쌌다. 장사꾼이 그중 하나를 들고 입품을 팔기 시작했다.

"보다시피 칼자루와 칼집에 금으로 용무늬를 상감한 최고급품이올시다. 칼날은 또 얼마나 담금질을 했는지 녹이 슬지를 않소이다. 칼날 다섯 치, 칼자루 두 치 반, 무게 두 냥 반인데 칼끝에 무게가 실려 곧장 날아가서 목표를 꿰는 무서운 놈이올시다."

잠깐. 청길이 그중 하나를 집어 들더니, 손짓으로 둘러선 장군들을 헤쳤다. 쉿. 기합 소리와 동시에 날아간 비수가 스무 발짝 저쪽 문설주에서 부르르, 꼬리를 떨었다.

과연. 탄성이 흘러나왔다. 천천히 비수를 뽑아 들고 칼날을 살핀 능문이, 한번 살펴보기나 하라는 듯 홍유에게 넘기면서 물었다.

"과연 쇠가 단단한 듯싶긴 하오. 그래 이것 한 자루 값이 얼마나 간다는 것이오?"

장사꾼이 의기양양하게 대꾸했다.

"황금 닷 푼이외다."

"뭐야. 말도 안 되오. 비수 한 자루 값이 곡식 한 섬 값이라니."

"곡식 한 섬으로도 위급지경에 처한 목숨을 살릴 수는 없겠지요."

능문이 펄쩍 뛰자 장사꾼이 되받아쳤다. 아무도 이의를 달고 나서지 않았다. 무사에게 있어 무기란 그만한 값어치를 지니게 마련이었다. 더욱이, 그 자리에 있는 장군들은 내로라는 고수 아니던가.

"좋기는 하오만, 지니기엔 사치스럽소."

홍유가 넘겨받았던 비수를 보따리에 내려놓으며 아쉬워했다. 궁예의 휘하로 들어온 지 10년. 필요한 물자는 대룡부대감 모흔장이 조달하는 탓에 장군이라도 재물을 사사로이 챙겼을 리 없었다. 모흔장이 사줄 리 없고 보면, 사치품일 수밖에 없었다.

"홍장군, 한 자루 갖고 싶기는 하오?"

"아니, 뭐. 꼭 그런 것은 아니올시다."

청길의 물음에 허를 찔린 홍유가 어물어물하자, 청길이 보따리를 헤쳤다.

"모두 몇 자루나 되오?"

"꼭 일곱 자루외다."

장사꾼이 누가 집어가기라도 할세라 보따리를 쓸어 덮으며 대꾸했다.

"여기 계신 분들은 고려의 장군일세. 그따위 쇳조각 탐낼 위인들이 아니니 다시 펼쳐놓게나. 허나, 장군들 처지가 딱하기는 하다네. 궁예왕이 백성들의 용화세상에만 힘을 쏟으니, 칼 한 자루 살 재물을 지니기 어렵다네."

청길이 장사꾼을 나무라는 투로 말문을 트는가 싶더니, 뒷말은 궁예왕을 비난하는 쪽으로 돌렸다. 장사꾼이 말꼬리 냉큼 받아서 한 바퀴 더 잡아 비틀었다.

"에이, 거짓말은 그만하시우. 원래 이 물건이 스무 개였는데 백제 땅을 지나면서 그곳 장군들에게 다 팔고 이것만 남았소. 그분들은 자기 막사에 금붙이며 보석이며 줄줄이 갖춰두고 있더이다. 고려의 장군들이라고 뭐 다르겠소?"

청길은 손을 흔들어 장사꾼 입을 틀어막는 시늉을 하더

니, 단숨에 흥정을 끝냈다.

"긴말할 것 없소. 이 자리에 일곱이 있으니 한 사람에게 하나씩 돌리시오. 몽땅해서 황금 서 돈반, 내가 치르겠소."

장마가 물러간 다음, 왕건과 종희가 송악성으로 돌아왔다.

"두 분 참으로 애쓰셨소. 신라 양주성을 치러 갔던 견훤을 빈손으로 돌아서게 만들고, 천여 필의 말을 거둬왔다면 성공을 거둔 셈이오."

궁예의 칭찬에 종희가 고개를 숙이며 겸사를 늘어놓았다.

"한 행보쯤은 더할 수도 있었는데, 일기가 불순했습니다."

궁예가 종희의 대답을 한쪽으로 흘리더니, 정색을 하고 왕건에게 물었다.

"허나, 정기대감이 이번 길에서 괜한 일을 도모했다던데?"

발길 닿는 곳마다 여인이라면 마다하지 않고 취해온 왕건이었다. 꼿꼿이 얼어붙었다.

"무주 관내에 발판을 만들 수 있다면, 나쁠 건 없겠지.

허나, 십여 개의 성을 점령만 해놓고 지켜내지 못하면 어찌 되겠는가. 견훤이 백성들에게 분풀이라도 한다면, 그 원망 고려로 쏠릴 게 아니던가. 앞으로는 경솔한 일 삼가도록 하오."

궁예왕의 목소리는 뜻밖에도 부드러웠다. 평양장군 검용을 찾아갔던 검식과 패수 남쪽 땅을 평정하러 떠났던 원회, 장일, 김대검이 돌아왔다.

"평양장군 검용이 함께 왔습니다."

검식의 말이 있자, 검용이 앞으로 나와 엎드렸다.

"대왕께서 예전에, 제집에서 하룻밤을 묵어갔던 궁예스님이란 말을 듣고 무작정 달려왔습니다. 패수에서 압록수에 이르는 땅을 받아주십시오."

"일어서시오."

20년도 넘은 옛 시절, 첫 대면의 장면이 주르르 떠올랐다. 대위해와 함께 발해 땅으로 가는 길만 아니었더라면, 그때 검용과 손을 잡았어야 했다.

"검용장군, 지금도 요동 땅이 무인지경이오?"

이미 쉰 살을 넘긴 검용이 소탈하게 웃었다.

"대왕께서는 그때의 제 말을 기억하고 계십니다그려. 요동 땅은 이미 늦었습니다. 당나라 황실은 쇠했으나, 각지에서 일어난 호족들의 형세가 사납기 이를 데 없습니다. 그중 양왕 주전충이 가장 세다는데, 요동은 그의 수중에 있습니다. 거란의 추장 야율아보기의 세력도 만만치 않아, 발해국의 골칫거리라고 합니다."

"됐소이다. 검용장군께서는 원회장군과 함께 패수로부터 압록수에 이르는 땅을 열세 개의 진으로 나누고, 각기 진장을 배치하시오. 국경수비대를 많이 두지는 않겠으나, 고려 땅을 유린하는 자는 반드시 값을 치르도록 조처하시오."

며칠 뒤, 발해에 사신으로 갔던 귀평이 돌아왔다.

"대위해왕께서 피곤한 기색이 역력했습니다. 내우외환에 시달리느라 그렇답니다."

"내우는 뭐고 외환은 뭐란 말이오?"

"외환은 거란족의 침범인데, 그나마 눈에 보이는 것이라서 괜찮다 하셨습니다. 내우는 눈에 보이지 않으니 대처하기가 더욱 힘들다 하셨습니다. 깊은 말씀이 없어 소상치는 않으나, 귀족들과 호족들 간의 불화가 아닌가싶습니다."

"발해국의 문물은 어떠했소이까?"

"백성들 입성이 깨끗하고 식량도 넉넉해 보였습니다. 하오나, 대궐과 왕실은 검소한데 귀족과 호족들의 집은 사치스러워서 아귀가 맞지 않아 보였습니다."

귀평의 한 마디 한 마디가 궁예의 마음을 아프게 들쑤셨다. 쇠둘레의 공사가 끝나거든 만사 제쳐놓고 한번 만나서 의논해 보리라. 힘을 합쳐 그깟 호족들을 싹 쓸어버리고, 임금이야 누가 돼도 좋으니, 고구려 옛 땅을 하나로 합치자고 졸라보리라. 궁예가 눈 감고 생각에 잠기자, 귀평이 잊고 있었다는 듯 조급하게 말했다.

"참, 돌아오는 길에 증성1의 적의황의당 두목 명귀란 자를 수소문해서 만났습니다."

"그래? 그들의 형편은 어떠하던가?"

"명귀의 적의황의당 무리는 처음에는 압록수 부근에서 무리를 모았는데, 발해국의 경계가 허술해진 틈을 비집고 남쪽으로 내려와 정착했답니다. 무리가 이천을 조금 웃도는데, 추수가 끝나면 쇠둘레로 성벽을 쌓으러 겠다고 했습니다."

"이번 길에 애썼소이다."

초겨울 바람 끝이 매서웠으나, 즐거운 일이 연이어 일어났다. 하나는 왕후 채예가 셋째아들을 낳은 일이었다. 첫째 청

---

1 증성(甑城) : 북한 지역, 평안남도 남포시 강서군의 증산(甑山) 기슭에 있던 성.

광, 둘째 신광과는 달리 부드러운 골격과 둥근 얼굴이었다. 살갗도 유난히 희었다. 어느 모로 보나 무장의 기골은 아니었다. 학자가 되라는 뜻으로 이름을 순백이라 지었다. 또 하나는 웅주성2에서 군사를 일으킨 홍기가 항복하겠다는 사자를 보내온 일이었다. 당분간은 견훤과 국경을 마주 대지 않으려 했으나, 항복해 오는 장수를 어쩌겠는가. 망설이지 않고 왕명을 내렸다.

"검식장군이 달려가 홍기장군과 힘을 합쳐 금강 연안의 성들을 평정토록 하시오."

최우달이 고려의 관제3를 정하여 내놓은 것도 즐거운 일이었다.

"병부의 우두머리는 대장군이 맡도록 했습니다. 남상단, 수단, 비룡성, 내봉성의 우두머리는 각기 장군이 맡되, 보좌역으로 보기대감, 수군대감, 정기대감, 내군대감을 두었습니다. 광평성의 우두머리 광치내 역시 대장군이 맡도록

---

2 웅주성(熊州城): 충남 공주.
3 고려의 관제: 궁예의 고려에서 정했던 독특한 관청 이름으로, 남상단 (보병대본부), 수단(해군본부), 비룡성(마병대본부), 내봉성(도성수비), 광평성(총무처), 대룡부(재무부), 수춘부(예부), 봉빈부(영객부), 의형대(법무부), 납화부(국세청), 조위부(법제처), 원봉성(한림원), 치사대(외국어교육), 식화부(과수), 장선부(건설), 주도성(그릇 만드는 곳), 물장성(염전과 해산물 관리), 금서성(비서실) 등이 있었음.

하고 보좌역으로 서사와 외서를 두었습니다. 대룡부, 수춘부, 봉빈부, 의형대, 납화부, 조위부에는 장군을 우두머리로 하고 보좌역으로 경과 대상을 두었습니다. 원봉성, 치사대, 식화부, 장선부, 주도성, 물장성, 금서성의 우두머리 역시 장군이 맡되, 보좌역은 각기 임무에 따라 원보, 원이, 좌윤, 정조, 보윤, 군윤, 중윤이라 부르도록 하였습니다."

"과연 어느 나라에서도 들어보지 못했던 독특한 관직과 제도라서 흡족하오. 쇠둘레로 옮기는 대로 시행하시오."

쇠둘레 천도만 무사히 끝나면 고려는 나라의 기틀이 잡히고, 상주 아랫녘으로 졸아붙은 신라나 금강 남쪽의 백제는 세월의 비바람에 무너지고 말리라. 장차는 발해의 대위해왕과 손을 잡고 옛 고구려 땅을 되찾아야 했다. 가슴에 맺힌 매듭이 절반은 풀리는 듯싶었다. 설밑의 어느 날, 모흔장과 최우달이 나란히 궁예를 찾아왔다.

"이번 설을 기해 새로운 관직과 제도를 시행하는 게 좋을 듯싶습니다."

틀린 말이 아니었고, 어려운 일도 아니었다. 미리 나라의 기틀을 세워놓고 쇠둘레로 옮겨간대서 나쁠 일은 더욱 없었다.

"그동안 장수와 군사들도 많이 늘었으니, 그리합시다."

궁예가 선선히 대답하자 최우달이 조심스럽게 입을 떼었다.

"하온데, 그 전에……."

"그 전에 또 할 일이 있단 말이지요? 망설일 게 아니라 바로 말해 보시오."

궁예가 재촉하자, 최우달 대신 모흔장이 받았다.

"이참에 국호도 바꾸고, 연호4도 정해서 쓰면 어떨까싶습니다만……."

"나라의 이름을 바꾸다니요? 그게 무슨 말이오?"

궁예가 깜짝 놀라 되묻자 최우달이 차분하게 대답했다.

"신라의 국호는 사로, 계림, 신라로 불리고 있으며, 발해국 또한 모든 문서에는 진5으로 적고 있습니다. 우리 고려도 외교문서에는 달리 적는 게 어떨까 합니다."

"어떤 이름이 좋겠소?"

"대왕께서 발해를 병합할 꿈이 있으신즉, 꿈을 이룰 때까

---

4 연호(年號): 중국에서 비롯되어 한자를 사용하는 아시아의 군주국가에서 쓰던 기년법으로, 천자국가(황제국가)에서 주로 사용했으며, 제후국(왕국)은 군주국가의 연호를 빌려 썼음.

5 진(震): 발해(渤海)의 다른 이름. 한반도 북부~중국 만주, 연해주에 걸쳐 있던 나라.

지 국호를 마진이라 하면 어떨까 싶습니다. 발해의 백성을 어루만져 고려와 하나 되게 하자는 뜻입니다."

"연호를 정해서 쓰자는 것은 또 무엇이오?"

"고구려 광개토대왕이나 신라의 법흥왕, 진흥왕, 진평왕, 선덕왕, 진덕왕은 연호를 썼으나 그 밖에는 연호를 정해서 쓴 일이 없습니다. 당나라의 벼슬살이를 하는 처지로는, 당나라의 연호를 가져다 쓸 수밖에 없기 때문입니다. 고려는 하늘 아래서 뜻이 가장 큰 백성들의 나라입니다. 연호를 쓰고 임금도 황제6라 부르는 게 옳습니다.

"과연, 그럴 법하오. 그래 연호는 어찌 정하는 게 좋겠소?

모흔장이 대답했다.

"우선은 무력으로 혼란을 극복하여 태평성대를 이룩한다는 뜻으로 무태라 하는 게 어떨는지……."

---

6 황제(皇帝): 왕이나 제후를 거느리고 나라를 다스리는 자주국가의 임금을 이름.

11

갑자년(904년) 새해가 밝았다.

추위 탓에 쇠둘레의 대역사가 중단되었으므로 원종, 애노를 비롯한 모든 장군들이 송악성으로 모여들었다. 가을 걷이가 끝난 뒤 쇠둘레에 와있던 적의황의당 수령 명귀도 신년하례에 참석했다.

궁예가 신하들의 치하를 받은 뒤 선언문을 읽었다.

"우리 고려는 옛 고구려 땅을 수복하여 진정한 삼한통일을 이룩하는 것은 물론이고, 이 땅에 미륵부처님의 용화세상을 열기 위해 하늘 아래 가장 큰 뜻을 모아 세운 백성의 나라이다. 신라처럼 당나라 눈치를 살필 까닭도 없다. 마땅히 국호와 연호를 가져야 할 것이다. 오늘부터 국호는 마진, 연호는 무태, 임금의 호칭은 황제로 한다."

"만세. 황제폐하 만세."

일제히 만세를 불러 환영했다. 새로 정해진 관직의 소임도 정해졌다.

"종뢰선사께서 불사를 주재하는 국사를 맡아주시고, 애

노대장군께서는 병부를, 원종대장군께서는 광평성을 맡아 주시오."

나라의 기틀이 다져진 다음에는 학문과 물산의 장려가 시급했다. 학문을 닦는 원봉성을 최우달에게, 물산 관리의 책임을 모흔장에게 맡긴 까닭이 거기에 있었다. 최우달이 앞으로 나섰다.

"이제는 황제의 가솔들도 격을 갖춰, 황후와 황자라 불러야 할 것입니다."

"좋소. 오늘부터는 내 아낙인 채예를 황후, 세 아이를 황자라 불러도 좋소이다. 또한, 국태조 양길대왕의 비이신 황후의 모친(사월이) 또한 황태후라 부르시오."

입춘이 지나자 쇠둘레의 역사가 활기를 띠었다. 새로 임명된 관장들이 각기 관아의 설계와 감독을 맡아 진행하니, 짜임새가 생겼다. 어느 날, 원종이 일부러 송악성까지 궁예를 찾아왔다.

"아지태를 보내시지 않고 먼 길을 직접 달려오셨소이다그려."

광평성의 일은 서원경 출신 학자인 김재원에게 맡겨두고, 쇠둘레에는 아지태가 나가 있었다.

"원종이 늙었다는 말씀이신데, 황제폐하의 꿈이 이루어

질 때까지는 눈 시퍼렇게 뜨고 지켜보자, 작정을 세웠으니 섭섭한 말씀 거두시지요."

"핫하하. 없던 말로 해두지요. 한데, 급한 일이 생겼습니까?"

원종이 따라 웃다 말고 정색을 했다.

"봄부터 전국 각지에서 백성들이 쇠둘레로 몰려들고 있습니다. 바쁜 농사일을 제쳐놓고 달려와 성벽의 돌 하나, 기왓장 하나라도 나르겠다는 성의는 갸륵한 일이로되, 쇠둘레 이주를 원하는 백성들이 걱정입니다."

"서원경에서 이주하기로 한 일천 가구는 어찌됐습니까?"

"지난가을부터 시작해서 절반은 도착했습니다. 아지태의 말로는, 금년 추수가 끝나면 이사를 마칠 것이랍니다.

"원래 철원성에 살던 백성들은 얼마나 됩니까?"

"오천 가구 남짓입니다."

"혹시 서라벌의 숫자를 아십니까?"

"예전 기억으로 십칠만팔천 가구쯤 됩니다만, 그렇게 많은 백성들이 도성에 몰려 살게 돼서야 의식주를 감당하기 어렵습니다. 서라벌에 몰려있는 그 많은 입들이 전국의 백성들을 굶주리게 만들고, 나라를 망쳐먹은 셈 아니겠는지요."

"그래도 도성에 이만 가구는 돼야 하지 않겠습니까?"

원종이 두말 않고 고개를 끄덕였다.

"하오나, 삼만여 군사들 중 도성에 살림을 차리게 될 일만 명 내외를 감안한다면, 더는 받아들이기 힘듭니다."

"공사가 끝나면 서너 곳에 성을 쌓아 군사들을 분산 주둔시켜야겠지요. 그래도 도성에 일만 명은 남게 된다는 말씀이신데, 옳게 보신 듯싶습니다. 허나, 광평현을 쇠둘레에 편입시킨다면 다소의 여유는 생기지 않겠습니까? 전국 칠십여 개 군에서 각기 이십 가구씩만 이주를 허락한다는 영을 내리시지요."

"도합 일천오백 가구입니까? 그 정도라면 감당할 수 있습니다. 하오나, 이주해 오고 싶어 하는 백성들로서는 그도 불만일 것입니다."

"알아듣게끔 설득해야지요. 쇠둘레로 이주하는 백성들에게 나눠줄 농토는 황무지라서, 여러 해 피땀을 흘려야 할 것이니, 각오가 선 백성들만 나서 달라고 말입니다."

가을이 되자 쇠둘레 대궐 공사는 외성 쌓는 일로 접어들었다. 대궐 앞에 조성된 큰길가에는 서원경에서 이주해 온 1천 가구가 자리를 잡았고, 전국 각지에서 이주해 온 1천 5백 가구는 그 옆으로 늘어섰다.

철원성과 대궐 사이 큰길가에 저잣거리가 생겨났다. 대장간이며 방앗간이며 기름집이 늘어서고, 과일이며 산나물이며 곡식을 사고파는 노전이 서는가 하면, 얼레빗 참빗 구리거울이며 유리와 호박을 파는 도부꾼들도 보였다. 굴비, 소금, 미역 따위를 파는 어염가게도 생겨났다. 아낙네들이 길쌈해낸 갈포, 삼베, 모시에서부터 당나라에서 건너온 비단까지 갖춘 포목가게도 있었다. 아래쪽으로는 닭, 토끼, 돼지 염소로부터 소, 말, 같은 짐승 거간꾼들이 모여들었고, 그 옆에는 사냥에서 잡은 산짐승의 고기와 가죽을 사고파는 백정들이 자리를 잡았다. 술국과 뒷술을 파는 선술집도 있었다. 멀리서 온 장사치와 길손들에게 잠자리와 끼니를 제공하는 객주도 생겨났다.

거래의 기본은 곡식이었다. 백성들은 얼레빗 한 개에 보리가 몇 되냐, 낫 한 자루 벼리는데 쌀이 몇 되냐, 모시 한 감에 콩이 몇 되냐, 소 한 마리에 쌀이 몇 섬이냐를 따져서 셈을 주고받았다.

"뒷박이 왜 그리 크냐? 부엌칼 하나 벼리려고 보리 서 되를 가져왔는데 두 뒷박도 채 안 된다니 엉터리다."

"이 뒷박이 어때서 그러냐? 남들은 아무 말 않는 데 너만 웬 불평이냐? 너한테 칼 안 팔 테니 다른 데로 가라."

"됫박이 왜 그리 작소? 막내아이 귀빠진 날이라서 쌀 한 됫박 구하자고 겨우내 길쌈한 모시 한 감 내왔는데, 됫박이 그게 뭐요? 사람이 살다 보면 눈대중이란 게 생기는 법인데, 어림도 없소. 안 그렇소?"

"싫으면 그만이지, 왜 남의 됫박을 트집 잡나? 당신하곤 상대 안 하겠다."

됫박이 저마다 만드는 사람의 손끝에 달려있고 보니, 크기가 제각각일 수밖에 없었다. 저울도 마찬가지였다. 저울은 당나라에서 들여온 게 대부분이라 눈금 읽기가 까다로웠고, 일정한 무게를 넘길 때마다 달아매는 추 또한 제각각이었다. 백성들이 잘 알아볼 수 없으니, 더러는 마음먹고 속이는 장사치들도 있었다. 자연히 고성이 오가고 시비가 그치지 않았다. 결국 물장성에서 저자를 관리하게 되었다.

"물장성에서 됫박을 아주 싼 값에 팔겠소. 저울도 팔겠소. 앞으로는 물장성의 불도장이 찍히지 않은 됫박으로 장사를 하면 벌을 받게 되오."

불꽃같은 단풍이 산골짜기로 번져가기 시작하면서부터 각 산문으로 통문이 돌았다. 6월 보름, 유두날에 웅주 관내 태화산 마곡사에서 원로 고승들의 긴급회의가 열렸다.

그때까지는 본토 불교인 교종산문1과 뒤늦게 당나라에서 들어온 선종산문2 불제자들이 무릎을 맞댄 적도 없거니와, 까마득한 옛날에도 고구려, 백제, 신라, 발해의 승려들이 국경을 초월하여 한자리에 모여 본 일이란 없었다.

이변이었다. 교종산문에서 보종선사 관혜선사, 선종산문에서 신방대사 진해대사, 신라 땅에서 현휘대사 담제대사, 백제 땅에서 석총대사 형미대사, 고려 땅에서 희랑대사 긍양대사, 발해 땅에서 재웅대사 영선대사 등 원로 고승들이 속속 달려왔다.

최고 연장자인 탓에 회의를 주재하게 된 마곡사 주지 보종선사는 눈을 반쯤 감은 채 옆으로 비스듬히 기대앉아 있었다. 회의에 참석한 승려들은 저마다 할 얘기가 많은 듯싶었지만, 보종선사는 흰 눈썹 한 번 꿈틀거리는 법이 없었

---

1 교종산문(教宗山門): 경전을 연구하고 계를 지킴으로써 깨달음을 얻자는 수행법을 펼침. 원효의 법성종, 자장의 계율종, 의상의 화엄종, 보덕의 열반종, 진표의 법상종을 일러 '교종 5교'라 함.

2 선종산문(禪宗山門): 인간은 원래 누구나 부처가 될 수 있는 품성을 지닌 존재라고 전제하고, 언어나 문자를 거치지 않고 참선을 통해 깨달음을 얻자는 수행법을 펼침. 일찍이 세존께서 영취산 법회에서 말없이 꽃을 꺾었더니 제자 가섭만이 빙그레 미소를 지었다는, 염화시중(拈花示衆)에서 유래함. 도의의 가지산문, 홍척의 실상산문, 혜철의 동리산문, 도윤의 사자산문, 낭혜의 성주산문, 범일의 사굴산문, 지증의 희양산문, 현욱의 봉림산문, 이엄의 수미산문을 일러 '선종 9산문'이라 함.

다. 숫제 아무 말도 듣고 싶지 않다는 태도였다.

너무 번거로워 귀찮아졌는지, 어떤 한 가지 생각에 골몰한 탓인지 보종선사는 회의에는 통 관심이 없어 보였다. 그 때문에 의견을 말하는 승려들의 목소리는 보종선사의 주의를 끌기 위해 평소보다 훨씬 커지고 있었다.

"세상은 어지럽소이다. 사방에서 도적 떼가 출몰하고 인심이 흉흉해지는가 했더니, 여기저기에 새 나라가 서고 새 왕이 출몰했소이다. 그 불똥이 산문에까지 번진 지 오랩니다. 이제는 우리와 똑같은 불제자 출신인 궁예까지도 황제를 참칭3하면서 쇠둘레에 대궐 공사를 마쳤소이다. 뒤늦긴 했으나 우리가 뜻을 모아 대책을 세워야 하는 까닭이 바로 여기에 있소이다."

현휘 대사의 보고가 끝났다. 석총대사가 재빨리 토를 달고 나섰다.

"궁예란 자는 신라 왕실이 대대로 섬겨온 대륙의 큰 나라인 당나라 황제를 제쳐두고 스스로를 황제라 부르는 망발을 저질렀소. 뿐만 아니라 한 걸음 더 나가 자신이 미륵부

---

3 참칭(僭稱): 멋대로 분수에 넘치게 스스로를 임금이라 이름.

처라고 주장하면서 명주 관내 각 사찰의 원로 고승들을 내쫓았고, 포고령을 앞세워 장토마저 빼앗아 무지렁이 백성들에게 나눠줬다 하더이다. 그 흉포함은 통탄할 일이외다."

관혜선사가 석총대사의 말을 가로막았다.

"그 말을 믿지 않소. 나는 궁예를 직접 본 적이 있소이다. 궁예가 황제를 참칭했다 하나, 당나라에 예속되지 않는 당당한 독립국을 세우겠다는 의지의 표명일 뿐이외다. 그보다도 궁예는 미륵부처 용화세상에 대해 말했고, 헐벗고 굶주리는 백성들에 대해 말했소이다. 진골 귀족들과 벼슬아치들과 지방 호족들의 횡포에 대해서도 말했고, 승려들이 장토를 소유하며 처첩을 거느리는 타락한 세태와 관행에 대해서도……."

"무지렁이 백성들은 거룩하고, 진골 귀족들과 벼슬아치들, 지방 호족들과 원로 고승들은 다 사악하다는 말이오?"

형미대사가 중간에 반발했다. 희랑대사가 침착하게 대꾸했다.

"우리는 진골 귀족들과 벼슬아치들과 지방 호족들의 패악4을 잘 알고 있지 않소? 각 사찰의 폐해에 대해서도 말이

---

4 패악(悖惡): 도리에 어긋나게 흉악함.

오. 궁예의 말을 들어보면 그가 얼마나 진실한 불제자인지 알 수 있소."

"진실한 불제자? 천부당만부당한 말이오. 그는 거짓 불제자였으며, 그럴듯한 말로 백성들을 현혹하는 요물이외다."

석총대사가 소리치자, 신방대사가 받았다.

"궁예는 신라 백제 고구려 발해 땅을 합쳐 당나라와 맞설 수 있는 거대한 통일 제국을 만들겠노라, 백성들을 선동하고 있소."

긍양대사가 그 말에 반대하고 나섰다.

"궁예는 자기가 세우는 제국이 미륵부처의 나라인 용화세상일 것이라 말했소."

"그렇소. 궁예는 이 땅에서 부처님의 설법이 그대로 이루어지게 만들겠다고 했소. 허나, 그 일은 부처님 아닌 인간의 힘으로 할 수 있는 일이 아니오. 인간이 부처님의 일을 하겠다고 나서는 것이야말로 부처님에 대한 모독이오. 감히 미륵부처를 내세우는 일도 그렇거니와, 스스로 손에 칼을 쥐고 살생을 일삼는 처지로 용화세상을 입에 담는다는 것 자체가 망발이오."

형미대사가 흥분하여 외쳤다. 분위기가 점점 열기를 더

해 달아오르자 발해국에서 온 영선대사가 조심스러운 음성으로 말했다.

"삼가 머리 숙여 여러분께 경의를 표하면서 말하겠소. 우리는 궁예가 백성들이 오랫동안 기다려 온 미륵일지도 모른다는 가능성을 고려해 봐야 하오."

순간 회의장인 법당 안에 무거운 정적이 감돌았다. 모두 꿀 먹은 벙어리가 되어 침묵을 지켰다. 한참 만에야 석총대사가 몸서리를 치며 말을 내뱉었다.

"어느 놈의 씨인지도 모르는 애꾸가 말이오? 나는 입때까지 미륵부처가 외눈박이 애꾸였단 말은 들어본 적이 없소."

"나도 관혜선사처럼 궁예를 만나본 적이 있소. 군사들을 아끼는 마음에 깊은 감동을 받았고, 백성들을 위해 베푸는 정사를 살펴보기도 했소. 그와 같은 행동 하나하나는 모두 부처님이 궁예와 함께한다는 증거인 듯싶었소."

발해국 승려 재웅대사가 말하자 형미대사가 거칠게 반박했다.

"조심하시오, 재웅대사. 헛것을 보셨소이다. 대사께서는 귀신의 조화가 쓴 요술을 보고 오신 겁니다."

"우리는 미륵부처가 오시기를 바라며 살아왔소이다. 미

륵부처가 지금 오시지 말라는 법이라도 있다는 말이오? 도탄에 빠져 허덕이는 백성들, 하루살이가 버거운 중생을 제도하실 미륵부처가 반드시 석가모니불이나 관음보살 같은 분이어야 할 필요는 없지 않겠소? 부처님께서 이르시기를, 천지만물에 불심이 있다 했거늘, 외눈박이 애꾸라 하여 불심을 지닐 수 없는 것은 아니잖소? 원로 고승입네 하지만, 결국은 우리도 바닷가의 모래알과 같을 뿐이오. 바람에 날리는 검불 같은 우리 인생들……. 부처님이시여, 자비로우신 지혜로 우리의 눈을 뜨게 하소서."

희랑대사의 말은 폭탄과 같았다. 당연히 여러 원로 고승들의 분노 섞인 반발을 불러일으켰다.

"누가 궁예를 두둔하고 나선다는 말이오? 손에 칼을 들고 인명을 살상하며, 고승들을 산문에서 내쫓고, 부처님께 드릴 공양미를 거둘 사찰의 장토를 강탈했거늘……."

흥분된 목소리로 석총대사가 소리치자, 회의를 주재하던 보종선사가 눈을 뜨고 손을 들어 올렸다. 그동안 전혀 움직임이 없었던 탓에 보종선사의 손짓에는 권위가 뒤따랐다. 장내가 조용해졌다.

보종선사가 장중한 음성으로 천천히 입을 열었다.

"도반들이여. 나는 심산5에 버려진 고사목처럼 늙고 지친 사람이오. 내 마음은 상처투성이요. 우리가 어쩌다가 이런 분쟁에 말려들게 됐더란 말이오? 궁예는 색다른 불제자임이 틀림없소."

석총대사가 중간에 끼어들려 했으나, 보종선사가 손을 들어 가로막았다.

"도반들이여. 내 말을 끝까지 들으시오. 용화세상을 말하는 궁예의 입과 칼을 들고 힘으로 이루고자 하는 궁예의 행동은 이단이오. 교종산문의 법도와도 다르고, 선종산문의 법도와도 다르오. 허나, 나는 그를 칭송도 비난도 할 수 없소. 팔십평생을 부처님의 설법에 충실해 온 나 자신이 아직도 깨우친 바도 없거니와, 이룩한 일 또한 전혀 없기 때문이오."

이번에는 희랑대사가 나서려 했으나 역시 제지되었다.

"도반들이여. 보는 이에 따라 생각은 갈라지고, 생각에 따라 의견은 분분하오. 내가 제안을 하겠소. 각 사찰에서 궁예의 쇠둘레 입성을 축하하는 사절을 보내도록 합시다. 되도록이면 이 자리에 있는 도반들도 모두 참석하도록 합

---

5 심산(深山): 깊은 산.

시다. 그곳에 가서 직접 궁예의 말과 행동, 궁예의 군사와 백성을 골고루 살펴본 다음에야 우리의 의견을 후회 없이 한 가닥으로 모을 수 있을 것이오."

회의는 결론 없이 끝났다.

각 사찰에서는 원로 고승들을 중심으로 하여 궁예황제의 쇠둘레 입성 경축사절을 뽑아 보냈고, 쇠둘레에 당도한 승려들은 대궐 안에 세워진 새 법당을 찾아들었다.

세달사. 현판은 예전 서라벌 천군동에 있던 세달사와 같았으나, 법당은 웬만한 사찰에 딸린 산신각이나 명부전에도 못 미치게 초라했다. 원로 고승들은 내심 놀랐으나, 그 점을 입에 담지는 않았다. 법당이 크고 부처가 커야 법력이 커지는 것이 아님은 그들 자신도 익히 아는 탓이었다.

사월 초파일.

미륵부처를 모신 세달사 주지 종뢰선사 일행이 도착했다. 미륵부처는 곧장 제자리에 봉안되었다. 어린아이 배꼽 쯤 닿는 미륵부처가 왼손으로 턱을 괴고 명상 삼매경에 빠져든 미륵반가사유상6이었다.

---

6 미륵반가사유상(彌勒半跏思惟像): 반가부좌 자세를 한 삼국시대 말기의 미륵보살상.

줄지어 기다리던 승려들과 백성들이 참배했다. 종뢰선사가 백성들에게 연꽃등과 수박등을 나눠주었다. 밤이 되자, 도성 안의 집집마다 부처님을 맞이하는 연등이 환하게 켜졌다. 참배의 행렬은 여러 날을 두고 끊일 줄 몰랐다. 초파일 법회에 참석했던 원로 고승들은 고스란히 눌러앉았다. 궁예의 입성을 지켜보자는 속셈이었다.

쇠둘레는 잔치 기운에 휩쓸려 들었다. 새로 조성된 도읍을 구경하려고 몰려든 백성들로 더욱 번화해진 쇠둘레 저잣거리는 갖가지 추측과 기대로 술렁거렸다.

"궁예황제님은 유월이나 돼야만 옮겨오시려나."

"이 사람아, 미끈유월, 어정칠월, 동동팔월이란 말도 못 들었는가? 농사일에 매달리다 보면 유월은 언제 오고 언제 지나가는지 모르게 미끈덕, 지나게 마련 아니던가. 동동팔월은 더 바쁠 것이니, 백성 아끼기를 내 몸같이 하시는 궁예황제님께서 오시는 건 어정칠월일세. 농사꾼들이 그중 한가로운 때라 해서 어정칠월 아니던가."

끊어질 듯 끊어질 듯 숲속으로 골짜기로 흘러 다니는 아낙네들의 노랫가락도 그해 따라 더욱 구성지고 끈덕지게 이어졌다.

"그 나물 다 뜯어 뭘 하려우?"

"궁예황제님 영접할 백성들이 전국에서 몰려온다우. 곡식이야 나라에서 풀겠지만, 찬거리 장만은 도성 백성이 맡아야잖남."

"옳거니. 나두 비탈밭에 외씨두 훨씬 더 넣구, 호박씨두 열 배는 더 파묻었구먼."

쇠둘레는 사람에 걸려 사람이 걸어 다니기 힘들게 되었다. 자고 나면 장마철 강물 붓듯 사람이 불어났고, 몰려드는 행렬이 되새 떼처럼 들판을 덮었다.

모여든 인파가 30만이 넘으리라 했고, 50만이 넘으리라 했다. 각처에서 다리 성한 백성들이 다 모일 것이니, 1백만도 넘을 것이라고 장담하는 사람들도 있었다.

원종과 애노의 근심이 깊어졌다.

백성들이라고는 하지만, 그 속에는 신라에서 보낸 첩자도 있을 것이고, 견훤이 보낸 자객도 섞여들리라. 나라 안 백성이라고 어찌 안심할 수 있겠는가. 궁예황제의 포고령이 백성들에게는 은혜이되, 벼슬아치들과 지방 호족들에게는 극약처방이었다. 가사를 걸친 불제자 역시 마음을 놓을 수 없었다. 큰 사찰에서 쫓겨난 승려들 숫자만 해도 얼마더란 말인가.

추운 겨울이라면 속에 갑옷이라도 받쳐 입고 대비를 해

본다지만, 홀랑 벗어부쳐도 찌는 듯 뜨거운 칠월 복중이
었다.

궁리 끝에 장일을 송악성으로 파견했다. 장일은 궁예에
게 같은 말을 되풀이하고서도, 한 번 더 다짐을 두었다.

"세 번입니다. 순서를 잊으시면 안 됩니다."

황제와 황후는 말끔히 새로 단장된 철원성의 남문을 통하여 쇠둘레로 들어섰다. 기대와 설렘으로 흥분이 고조된 백성들이 넓은 길을 가득 메웠다.

황제가 말에서 내렸다. 그 뒤를 따라 웅성거리는 백성들 사이로 걸어가는 황후의 귓속으로 백성들이 주고받는 말마디가 끊임없이 파고들었다.

"진정한 백성들의 황제래요. 관도 안 쓰고 백성들과 똑같은 흰옷을 입었잖아요."

"진골과 귀족과 노비를 없애고, 농토를 백성들에게 나눠 준 것만도 하늘 아래 처음 있는 일이라잖아요."

"어떤 이들은 살아있는 미륵부처라던데?"

"명주 땅에선 정말로 흉악한 도적 떼를 감화시켜 불제자로 삼았다더군."

"계를 지키지 않는 불제자들은 몽땅 사찰에서 쫓아냈대요."

"사찰의 장토도 백성들에게 나눠줬다지."

"죽은 사람도 살렸다더군."

"말도 안 되는 소리. 누구도 죽은 사람을 살리지는 못해."

"미륵이라면 할 수 있지. 석가모니부처가 구제하지 못하는 중생까지도 미륵부처께서는 다 구원한다고 하셨으니까."

"굶어 죽게 된 백성들 살린 것만도 헤아릴 수 없잖은가?"

"죽은 사람까지는 몰라도, 죽을 사람은 여럿 살렸네. 틀림없는 미륵부철세."

신이 난 백성들은 앞을 다투어 한 아름씩 꺾어 들고 있던 들꽃을 길에 뿌렸다. 그 속에는 넓은 잎사귀와 커다란 봉오리를 통째로 따온 연꽃들도 있었다. 환호성과 열광이 회오리바람처럼 솟구쳐 올라 하늘을 덮고 소나기처럼 쏟아져 내렸다.

황제와 황후가 나란히 마차에 올랐다. 백성들이 일제히 손을 쳐들었다.

"만세. 궁예황제 만세."

"와, 와, 와."

그 순간이었다.

"쌩."

화살 하나가 바람을 가르며 황제의 가슴을 겨냥하고 날아들었다.

"앗."

지켜보던 백성들이 비명을 안으로 삼키며 눈을 질끈 내리감았다. 옷소매가 펄럭이는 듯싶더니, 어느새 황제가 오른손 옷소매로 화살을 감싸 쥐었다. 백성들이 눈을 똥그랗게 뜨고 지켜보는 가운데, 황제가 활을 들더니 50보쯤 떨어진 천막 위, 잎이 무성한 나뭇가지 하나를 겨냥하고 시위를 놓았다.

"아악."

가슴에 화살이 꽂힌 사내가 처절한 비명을 내지르며 떨어져 내렸다. 군사들 몇이 우르르 몰려갔다. 황제는 조용한 목소리로, 말고삐 쥔 군사에게 명했다.

"출발하라."

마차가 움직이는 것과 동시에 백성들의 함성이 다시 일었다. 백성들의 환호성은 만세 소리로, 미륵부처 부르는 소리로 바뀌었다.

"날아오는 화살을 맨손으로 잡아내다니, 귀신이다."

"과연, 황제님은 미륵이시다."

"궁예황제 만세."

"미륵황제 만세."

"미륵불, 미륵불, 미륵불……."

마차는 철원성의 여러 관아와 중앙광장과 창고와 군막과 백성들의 집 사이로 뻗은 큰길을 천천히 지나갔다. 길과 광장을 가득 메우고 넘쳐난 백성들이 지붕 위까지 올라가서 만세를 불렀다. 광장 둘레 여기저기 큰 나무 위에도 백성들이 왜가리 떼처럼 하얗게 달라붙어 있었다. 황제로서는, 손짓 하나도 소홀히 할 수는 없었다. 환호에 답하느라 얼굴에서 땀이 비 오듯 쏟아졌다. 행렬은 달팽이처럼 느렸다. 절대로 끝나지 않을 듯 이어지던 길이 철원성 북문에 닿았다. 성벽 둘레에 깊숙이 파놓은 해자에는 물이 파랗게 괴어있었다. 난간 없는 통나무다리가 걸려있었다.

마차에서 내린 황제와 황후가 통나무다리에 올라섰다. 황제가 쥘부채를 펼쳐 햇살을 가리고 멀리 앞쪽을 내다봤다. 널따란 길 양쪽으로 새로 조성된 도읍, 쇠둘레가 웅장하고 가지런한 자태를 내보였다.

바로 뒤에서는 귀평과 장일이 호위했고, 아지태, 왕건, 종희, 박유 등이 십여 보 뒤를 받쳤다. 청길, 신훤, 홍술, 양문, 능문, 원봉, 왕규, 임적여, 임상원, 복지겸, 배현경 등은 잡담을 주고받으며 멀찌감치 뒤를 따랐다.

청길의 곁으로 바짝 다가선 왕규가 속삭였다.

"엄청난 환호성을 들어보시오. 황제의 인기를 부인할 수는 없지 않소이까?"

"이건 환상일세. 속임수로 백성들을 기만하고 있네. 황제도 명분으로 내세울 뿐, 머잖아 견훤처럼 마각을 드러낼 것이니 두고 보게나."

청길이 냉소를 흘리며 잘라내자, 왕규가 말끝을 더듬었다.

"그래도, 백성들의 환호성에 취하고 보면, 정말로 백성들 편에 서는 미륵부처가 되려고 하지 않을까 걱정이 되오만……."

황제와 황후가 해자의 절반쯤에 다다랐을 때였다. 건너편 둑에서 불쑥 솟아오른 사내 하나가 반짝, 햇살을 튀겨낸 다음 해자 둑을 타고 쏜살같이 달아났다.

"앗."

백성들이 비명을 되삼키는 순간, 황제가 부채 쥔 손을 가볍게 휘둘렀다.

"툭."

부채에 걸린 비수가 떨어져 내렸다. 백성들이 여전히 경악하여 지켜보고 있는 가운데, 허리 굽혀 비수를 집어 든 황제가 몸을 반 바퀴나 뒤틀며 손을 확 뿌렸다.

"아악."

해자 둑을 타고 달아나던 사내가 종아리를 감싸 쥐며 폭 고꾸라졌다. 몇 명의 군사들이 그쪽으로 달려갔다. 황제의 얼굴에 당혹스러운 그림자가 스쳐갔다. 뒤따르던 장일이 달려와 무릎을 꿇었다.

"그자를 반드시 살려내도록 하시오."

백성들의 웅성거림이 물결처럼 번져갔다.

"황제는 자기를 죽이려던 자객을 살려내라고 호통이군."

"미륵부처가 분명하네. 부처님 중에도 가장 자비로운 게 미륵부처님 아니던가."

"궁예황제 만세. 미륵황제 만세."

백성들의 물결은 거센 파도와 닮아있었다. 환호가 높아 지면 물너울도 높아졌다가 마침내 세상을 한입에 집어삼키 는 해일이 되었다. 파도의 물너울이 어찌 황제라 하여 비켜 가겠는가. 보다 못한 김언과 신숭겸이 앞으로 나서서 길을 틔웠다. 백성들의 함성이 하도 높아 와, 와, 소리밖에는 들 리지 않게 되었다. 김언과 신숭겸이 애쓰는 덕분에 황제와 황후의 발걸음이 조금씩 빨라지기는 했다. 그래도 앞쪽에 서는 황제가 빨리 오지 않는다고 성화였고, 뒤쪽에서는 너 무 빨리 지나가 버린다고 불평이었다. 대궐의 용마루 한 귀 퉁이가 눈에 들어올 무렵이었다. 몇 걸음 앞서가던 신숭겸

을 홱 밀어젖히고 비수를 겨눈 사내 하나가 황제에게 돌진
했다.

앗. 신숭겸이 비수에 스친 팔뚝을 감싸 쥐며 몸을 돌리는
순간, 황제의 허리에 얌전히 묶여있던 장검이 번쩍, 하늘을
갈랐다. 비명을 반 토막도 채 입 밖으로 밀어내지 못한 사
내가 어깨를 싸쥐고 쓰러졌다.

쨍그렁. 사내의 비수가 길바닥으로 떨어져 내렸다. 주르
르 흘러나온 사내의 피가 날카로운 비수의 날과 금빛 용무
늬가 상감된 칼자루를 물들였다. 우르르, 뒤따르던 군사들
이 사내를 덮쳤다. 황제의 얼굴에 다시금 당혹스러운 그늘
이 스쳤다. 저만치에서 쫓아오던 장일이 우르르 달려와 무
릎을 꿇었다.

"저자 또한 살려내시오."

또 한 차례 백성들의 웅성거림이 물결처럼 번져갔다.

"황제는 자기에게 덤벼든 자객을 살려내라고 아랫사람에
게 사정을 하는군."

"궁예황제 만세. 미륵황제 만세."

와, 와. 새 도성 단풍벌이 온통 흥분의 도가니였다. 대궐
이 가까워지면서 각 지방에서 올라온 성주와 군수들이 많
이 보였다. 제법 요인 축에 드는 그네들은 황제가 말 한마

디라도 건네주리라 믿고 있었다. 광장이 끝나는 마지막 네 거리에는 또 각 산문과 사찰에서 올라온 원로 고승들이 몰려있었다. 그들은 또 그들대로 같은 불제자인 황제와 마주서서 묵례라도 나누리라 기대했다. 그러나 백성들의 물결에 떼밀려 단 한 사람도 황제 곁으로 다가갈 수 없었다. 계획에 차질이 생기자, 다급해진 석총대사와 형미대사가 보종선사의 등을 은근히 떠밀었다.

"어떻게든 백성들의 소동을 가라앉혀 보시오."

보종선사가 고개를 홱 돌렸다.

"꺼들라니? 안 되네. 솔직히 말하자면 나는 궁예황제의 인기에 놀랐네. 그 능력이 어디서부터 오는지 먼저 알아내야겠어."

"과연 놀라운 능력, 도중에 자객을 셋이나 물리쳤다오."

현휘대사가 속삭이듯 말했다. 자객을 물리쳤다는 말에 등골이 서늘해진 석총대사가 안간힘을 쓰듯, 소맷자락을 흔들며 현휘대사의 말을 반박하고 나섰다.

"그야말로 궁예가 쇠둘레 입성을 앞두고 만들어낸, 기발한 속임수일 것이오."

"그래도 눈에 보이는 저 엄청난 사실은 부인할 수 없지 않나?"

보종선사가 언성 높여 꾸짖고는 황제의 행렬을 좇았다. 원로 고승들이 우르르 보종선사의 뒤를 따랐다. 백성들의 함성은 미륵부처를 부르는 소리로 바뀌었다.

"미륵불, 미륵불, 미륵불……."

원종과 애노가 활짝 웃으며 맞았다. 계단에 오른 황제가 돌아서서 손을 높이 쳐들었다. 백성들의 소란이 바닷속처럼 깊이 가라앉았다. 황제의 목소리가 정적을 갈라 젖히며 울려 퍼졌다.

"기다리던 날이 왔노라. 백성들의 나라가 열렸노라. 이 땅에서 귀족과 지주와 평민과 노예가 사라지리라. 미륵부처가 이 땅에 내려와 용화세상을 열리라."

백성들이 한꺼번에 손을 쳐들고 만세를 부르고 환호성을 올렸다.

"궁예황제 만세. 미륵황제 만세."

궁예가 잠시 두 사람의 대장군을 돌아봤다.

"두 번째 자객은 내가 던진 비수를 맞은 듯싶고, 세 번째 자객은 내 칼을 맞았으니 대체 어찌 된 일이외까?"

저만치 비켜 서 있던 장일이 앞으로 나와 무릎을 꿇었다.

"두 분 대장군께서는 모르시는 일입니다. 소장이 송악성으로 찾아뵙고 말씀드린 것은 세 번이었으나, 실은 첫 번째 자객만이 백성들 사이에 섞여 있을지도 모를 자객들을 경계하고자 꾸민 연극이었습니다. 두 번째, 세 번째 자객은 계획에 없던 일입니다. 오직 황제께서 끝까지 경계심을 늦추지 않게끔 해보자는 계책이었을 뿐……. 두 번째, 세 번째의 자객은 누군가가 밀파한 진짜 자객이었습니다."

황제의 외눈이 커다랗게 열렸다.

"허면, 나를 속였다는 말씀이외까?"

그제야 사건의 전말을 짐작한 원종과 애노가 나란히 무릎을 꿇었다.

"도리가 없었습니다. 끊임없이 몰려오는 저 백성들의 파도 속에서 황제를 완벽하게 보호한다는 것은 불가능했습니다. 첫 번째 이후로는 황제께서 끝까지 경계심을 풀지 않도록 하는 도리밖에는……. 저희 두 사람을 벌하십시오."

자객의 기습을 예상하여 일껏 연극을 꾸며놓고도 모자라, 끝까지 긴장을 풀지 않도록 한 충정은 눈물이 왈칵 쏟아질 만큼 고마웠다. 황제는 아무 말 없이 고개를 돌렸다. 대궐의 성벽 높이가 여섯 자밖에 안 되는 탓에 백성들이 환호하는 도성이 한눈에 들어왔다.

"대장군."

황제가 가까이 다가온 원종과 애노의 손을 감싸 쥐었다.

"대궐 성벽이 낮으니 저렇듯 보기에 좋지 않소이까?"

눈물이 그렁그렁 괴어오른 눈을 들어 올리며 두 대장군이 울먹였다.

"풀밭에 금만 그어도……. 황제님의 그 말씀이 보배였습니다."

장일이 온몸이 꽁꽁 묶인 채 꿇어앉은 홍유의 눈앞에 두 자루의 비수를 들이대며 추궁했다. 칼자루에 금빛 용무늬가 상감된 비수였다.

"장군, 설마하니 이 비수를 처음 보는 것이라고 발뺌하지는 않겠지요?"

"알고 있소. 허나, 거기에는 내 수결1이 새겨져 있지 않으니 내 것이 아니요. 억울하오. 나를 풀어주시오."

홍유가 항변했다. 옆에서 지켜보던 귀평이 나섰다.

"염려 마시오. 오늘같이 경사스러운 날, 쇠둘레 대역사에

---

1 수결(手決): 문서에 자기 이름자를 초서로 풀거나 좌우상하로 자체(字體)를 뒤바꾸거나 변(邊)을 떼어 흘림으로써 남이 알아보지 못하도록 한 자기만의 암호. 대부분의 관리들은 '일(一)'자를 길게 긋고 그 아래위에 점이나 원 등을 더하여 '일심(一心)' 두 글자를 뜻하도록 한 것을 자신의 수결로 삼았는데, 사안(事案)을 결재할 때 오직 한마음으로 하늘에 맹세하고 조금의 사심(私心)도 갖지 않는 공심(公心)에 있다는 뜻이었음.

누구보다도 공이 많은 장군을 이렇게 대접하게 돼 미안하
외다. 황제께서 의형대장군에게 특별히 이르시기를, 열 사
람의 도둑을 놓치는 한이 있더라도 한 사람의 억울한 죄인
을 만들지는 말라 하셨다오. 장군이 누명을 쓰는 일은 절대
로 없을 것이외다. 허나, 장군이 평소에 다른 장군들에게
이 비수를 보여주며 자랑하고 다녔다는데……."

"그렇소. 그 비수는 쇠둘레 터닦기 공사를 하던 이 년 전
여름 장마 때, 청길장군이 어떤 장사치에게 사서 장군들에
게 한 자루씩 나눠줬던 물건이오."

장일이 깜짝 놀라며 되물었다.

"아니, 비수가 여기 있는 두 자루 말고 또 있었더란 말이
오?"

"그렇소이다. 장사꾼이 가져온 게 모두 일곱 자루였소이
다. 그날 청길, 신훤, 홍술, 원봉, 능문, 양문장군과 내가 한
자루씩 받았소이다."

"왜 장군처럼 자랑하고 다니지 않았는지 모르겠군. 조사
해보겠소. 우선 장군의 비수가 어디에 있는지 말해주시겠
소?"

"그걸 모르겠소. 며칠 전까지는 내 군막에 있었는데, 어
느 날 없어졌소."

"나더러 그 말을 믿으라는 것이오?"

"장군은 고려의 형률을 집행하는 의형대장군이오. 나는 장군의 직관을 믿소. 장군의 직관은 어떻소? 장군의 느낌에 내가 범인으로 보인다면, 기꺼이 목을 내놓겠소."

"내 생각에도 장군은 범인이 아니오. 그 때문에, 장군은 지금 위험에 처해 있소. 범인을 잡을 때까지 뇌옥에서 쉬시오."

귀평이 거들었다.

"그렇게 하시오. 범인의 마수가 뇌옥까지는 못 뻗칠 것이오. 나는 곧 여섯 장군을 체포할 거요. 그분들도 범인이 아니라는 사실을 밝혀내기 위해서 말이오."

홍유가 고개를 끄덕였다.

"알아듣겠소. 내가 하는 말은 귀에 담을 가치가 없을 것이오. 하지만 들어두기는 하시오……. 이 년 전, 장마가 시작되자 원종과 애노 두 분 대장군은 송악으로 가시고 쇠둘레에는 장군 일곱만 남았소. 공교롭게도 나를 뺀 여섯은 중원, 괴양, 상주에서 뒤늦게 합류한 장군들이었소. 그분들은 나를 앞장세워 두 분 대장군에게 항의하기도 했고, 은근히 황제의 포고령을 비하하기도 했소. 비수를 사서 나눠주던 날에도 청길장군이 말하기를……. 내 말은 아무런 근거도 없는, 추측일 뿐이오."

귀평과 장일이 동시에 대답했다.

"무슨 말인지 짐작이 가오."

이튿날. 장일의 보고를 받은 황제가 난색을 표했다.

"단순히 칼의 소지 여부만 조사하기 위해 여섯 장군을 체포할 수는 없소.

귀평이 옆에서 거들고 나섰다.

"증거를 없앨 수도 있습니다."

황제가 고심 끝에 명을 내렸다.

"청길, 신훤, 홍술, 원봉, 능문, 양문, 여섯 장군은 의형대 장군의 조사에 적극 협조토록 하시오."

내봉성과 의형대의 군사를 이끌고 장군들의 군막으로 찾아간 귀평과 장일이 홍술, 원봉, 능문, 양문 네 사람의 소지품에서 비수를 찾아 압수했다. 청길과 신훤은 그새 자취를 감춰버렸다. 장일이 귀평에게 말했다.

"범인이 누군지는 저절로 밝혀진 셈이오."

황제는 직접 홍유를 불러들여 사과했다.

"홍유장군, 고초가 컸을 것이오. 허나, 범인이 밝혀질 때까지 장군을 보호하자는 뜻도 있었다니, 서운해 하지는 마시오."

"고초랄 것도 없었습니다. 장일장군이 처음부터 저의 무고함을 인정해주셨는지라, 마음 편히 쉬었습니다."

그날 낮, 황제를 해치려던 자객 두 사람이 깨어났다. 하나는 순순히 배후를 실토했고, 하나는 끝까지 입을 다물었다. 실토한 자객의 증언으로 범인이 누구인지는 확인되었다. 청길과 신훤을 수배하는 파발마가 고려 땅 끝까지 달려갔다. 사흘 뒤, 쇠둘레 턱밑 견성군에서 두 사람의 시체가 발견되었다. 청길과 신훤의 가슴에 꽂혀있던 비수 두 자루가 회수되었다. 칼자루에는 그 주인의 수결이 새겨져 있다. 하나는 신훤의 것, 하나는 홍유의 것이었다. 똑같이 생긴 일곱 자루의 비수 중 여섯을 회수했는데, 자객에게 회수한 둘을 합치니 여덟 자루였다. 남는 하나가 누구의 것이냐, 새로운 의문이었다. 다음 날, 잠시 의형대에 놀러 왔던 종희가 장일의 책상에 놓인 비수들을 살피다가 하나를 집어 들었다.

"이건 당나라 물건이외다."

장일이 반색했다.

"나머지 일곱은?"

"모르겠소. 아마도, 삼한 땅 어느 공방에서 만들었겠지요."

"이거 하나만, 왜 당나라 물건이라는 것이오?"

"잘 비교해보시오. 칼날의 폭이 좁고, 칼자루에 새긴 용의 발톱 숫자가 다르오."

"수군대감의 눈썰미는 예리하오. 허나 그것만으로 어찌 당나라라고 단정하시오."

"그야……. 내가 본디 왕건과 함께 당나라 오가던 장사꾼이외다. 그 칼은 당나라에서도 남쪽, 예전 오월의 땅에서 봤던 것과 흡사하외다. 자객의 손에서 회수했다면, 배후는 오월과 사신을 주고받는 인물, 견훤일 공산이 크외다."

종희의 증언을 들이대자, 끝까지 버티던 자객이 수긍했다. 그뿐 아니었다.

"내게 비수를 쥐여준 백제의 벼슬아치에 따르면, 승려 둘에게도 비수를 쥐여줬다 하더이다. 그런즉 실패를 하더라도 너무 실망하지는 말라……."

배후까지 밝혀진 셈이긴 했다. 끝난 게 아니었다. 청길, 신훤 두 사람의 죽음은, 누군가의 하수인에 불과했다는 증거였다. 청길과 신훤의 살해범을 찾아내야 했다.

"올해는 보기 드문 풍년이 들었어."

"새 대궐이 복을 가져다준 거야. 미륵황제님 덕분이지."

"좋은 세상이 왔어. 꽃밭에 불 지르는 싸움도 이젠 그쳤으면 좋으련만……."

"상달 잔치가 끝난 다음엔, 도성에 입성하던 날 황제를 해치려고 자객을 보냈던 견훤을 쳐야 할 것이니, 싸움은 계속될 거야."

"하늘 아래 평화란 없어. 궁예황제님이 못된 무리를 다 몰아낼 때까지는……."

"평화를 위해서 또 싸움을 벌여야 한단 말이지?"

삿갓을 깊숙이 눌러 쓴 황제는, 찬물을 뒤집어쓴 듯 멈춰 섰다. 상달 잔치 준비로 붐비는 저잣거리를 돌면서 백성들의 얘기를 귓속에 퍼 담는 중이었다. 평화를 위해서 싸움을 벌이다니, 얼마나 해괴한 모순이란 말인가. 생각해보지 못했던 말이었다. 진골 귀족들과 벼슬아치들의 횡포에 시달리는 백성들을 구해내자. 저승 아닌 이 땅에 용화세상을 이뤄보자. 오직 앞만 보고 달려왔다. 종횡무진 칼을 휘둘렀을 뿐, 의로운 싸움조차도 백성들에게는 고통일 뿐이라는 데까지는 생각이 미치지 못했다.

"경사스러운 날에 자객을 보냈다면, 마땅히 응징해야 합니다."

원종을 비롯한 장군들의 의견은 강경했다.

"모처럼의 풍년, 평화로운 꽃밭에 불을 지르자는 말인데……."

황제가 산자락에 눈길을 던지며 말끝을 흐렸다.

"이번 겨울을 넘기고 나서 출병하라 이르시지요."

애노가 일단은 미뤄두자는 타협안을 내밀었다. 애노의 그 말이 빌미가 되어 이듬해 봄에는 군사를 움직이지 않을 수 없게 되었다.

"원회장군, 양문장군, 정기대감 왕건이 마병대 삼천 기로 웅주 관내 비풍군, 황산군, 부여군을 쳐 견훤을 응징하시오."

늦가을부터 소문이 돌았던 탓에 견훤에게도 준비가 있었다. 2천 기의 마병대와 3천 명의 보병대가 거칠 것 없이 탁 트인 벌판에 목책을 세우고 기다렸다. 날이 새자 자욱한 안개 속에서 인마의 윤곽이 아슴아슴 살아났다. 견훤의 진영에서 나팔 소리가 울렸다. 왕건의 군사들이 일제히 석궁을 쏴 보냈다. 양문의 군사들이 창을 내지르며 달려갔다. 흐릿한 안개 속에서 나타난 견훤이 왕건의 군사들을 베어 넘기기 시작했다. 양문이 견훤을 향해 비호처럼 몸을 날렸다. 달려갈까, 도망칠까, 망설이던 왕건이 상대하기 쉬운 견훤의 부하들에게 칼을 휘둘렀다. 아악, 유난히 큰 비명 하나가 벌판을 찢어발겼다. 어깨에 견훤의 칼을 맞은 양문이 나무토막처럼 쓰러졌다. 견훤이 제 부하들을 마구 베어 넘기는 왕건을 발견하지 못했을 리 없었다. 쩌릉쩌릉 쇳소리를 내지르며 달려왔다. 꼼짝없이 죽었구나, 왕건은 식은땀을 쏟으며 정신없이 말머리를 돌려세웠다. 악, 이번에는 견훤이 말에서 굴러떨어졌다. 백제 군사들이 견훤의 허벅지에서 창을 뽑아냈다. 신표가 뚜렷한 원회의 창이었다. 원회는 그쯤에서 군사들을 돌려세웠다. 지키지 못할 땅을 점령할 필요까지는 없다, 황제의 출정명령이 그랬다.

　싸움이란 지고도 이기는 경우가 있고, 때로는 멀쩡하게 이기고도 지는 경우가 있게 마련이었다. 그해 가을걷이가 끝난 다음부터 이듬해 봄까지 궁예가 겪어낸 고초야말로 비풍군 싸움에서 진 견훤의 복수극이었다.

　"미륵부처냐? 석가부처냐?"

　하찮은 사건 하나가 뜻밖의 방향으로 엇나가더니, 편싸움으로 번졌다. 궁예가 사태의 심각함을 깨달았을 때는 이미 백성들과 군사들은 물론 적지 않은 장수들까지 그쪽에 가담하고 있었다.

　"석가모니부처를 탄압하는 미륵부처를 무찌르자. 전진하면 극락정토, 물러서면 무간지옥."

　"불문의 위기다. 석가모니부처의 적 궁예를 몰아내자."

　석가모니부처를 따르는 자들이 격렬한 구호를 외치고 다니며 미륵부처를 모신 사찰과 민가에 불을 질렀다. 미륵부처를 주불로 모신 영록산 안양사와 통천군 발삽사가 금세 쑥대밭으로 변했다. 궁예에 대한 정면 도전이었다.

바깥으로는 당나라 황실이 기울어지고 있을 때였다. 장안성에 들어가 태후를 죽인 주전충이 허수아비 황제를 세워놓고 정사를 전횡한다는 소식이 들려왔다. 어지러운 틈에 고구려 옛 땅, 요동을 도모해야 할 절체절명의 기회였다.

사건의 발단은 실로 우연한 데서 비롯됐다.

남상단장군 김대검이 오래전에 혼인했으나 자식을 보지 못하더니, 쇠둘레로 도읍을 옮기자마자 아들을 얻었다. 가장 기뻐한 것은 명주 땅에서부터 어울렸던 귀평과 장일, 모흔장이었다. 축하주를 얻어먹고도 모자라 김대검을 저잣거리로 끌어냈다.

"실은 말이지, 집사람이 영험하신 금학산 부귀암의 부처님께 백일치성을 드려서 얻은 귀한 아들이라네."

흠뻑 취한 김대검이 털어놓았다. 그때는 대수롭지 않게 지나치고 말았다. 며칠 뒤, 의형대에 탄원이 들어왔다.

"금학산 기슭 부귀암의 주지는 거기대사라는 자올시다. 부귀암에서 백일치성을 드리면 아들을 얻는다면서 부녀자들을 꾀어 들이고 있소이다."

부귀암은 금학산 남쪽 기슭에 자리 잡고 있었다. 소금을 뿌린 듯 별들이 총총 돋아난 이슥한 밤, 장일과 신숭겸이 부귀암으로 들어섰다. 때마침 젊은 아낙이 엎드렸다 일어나기를 되풀이하고 있었는데, 하필이면 모흔장의 아내였다. 그러고 보니, 모흔장에게도 아이가 없었다. 장일은 고민에 빠졌다. 자칫 동무의 아내를 곤란한 지경에 빠트리게 되는지도 몰랐다. 오늘은 일단 물러가자, 결심하고 엉거주춤 몸을 일으킬 때였다. 저벅저벅, 낯선 발소리가 법당으로 다가들었다.

몸에 걸친 가사가 썩 어울리는 옥골선풍의 사내였다. 향한 줌을 향로에 던져 넣더니, 좌정해서 염불을 외기 시작했다. 목탁 소리는 조금씩 보폭을 넓혀가더니 아낙의 팔다리가 소리장단에 걸려들자 성큼성큼 내뛰었다. 오래잖아 지쳐버린 아낙이 쓰러졌다. 목탁 소리가 딱 그쳤다. 사내가 뒤뚱뒤뚱 아낙을 향했다. 장일의 칼이, 사내의 목을 쳤다. 죽은 자는 말이 없는 법. 장일의 분노가 증거를 없애버린 꼴이 되었다. 피를 뒤집어쓴 모흔장 아낙의 수치심을 감싸주지도 못했다.

"당신 동무 장일이, 백일치성을 망쳐놓았소."

김대검이 아들을 얻은 데 고무되었던 모흔장의 분노는 당연했다. 장일이 다음 날 조회 자리에서 거기대사의 비행을 발설한 것도 더 나쁜 결과를 불렀다.

"그자의 만행을 참을 수 없었습니다."

장일의 보고를 들은 궁예도 무심코 고개를 끄덕였다.

"내가 그 자리에 있었더라도 그랬을 것이오. 불제자에게는 백성을 올바로 이끌어야 할 소임이 있거늘, 앞으로도 엄히 다스리시오."

황제 면전인지라 항변은 못 했으나, 모흔장과 김대검의 얼굴은 새까맣게 죽었다.

"대체, 이 아이가 누구 자식이란 말이오?"

김대검이 곧장 아낙을 닦아세웠다. 아낙은 아들을 끌어안은 채 부들부들 떨기만 했다. 열화가 뻗친 김대검이 아낙과 아들을 베었다. 흐흐훗, 흐흐흐. 김대검이 기괴한 웃음을 흘리며 어디론가 사라졌다.

모흔장도 자기 아낙을 매섭게 닦아세웠다.

"거기대산지 하는 놈의 행실을 장일이 두 눈으로 똑똑히 지켜봤다던데?"

마른하늘에 날벼락이었다. 얼떨결에 피를 뒤집어쓰긴 했으나, 죄지은 기억은 없었다. 모흔장의 성질이 눅고 침착한 덕분에 아낙의 성정도 무던했다. 마음을 가라앉히고 차분하게 대답을 내놓았다.

"괜한 걱정 내려놓으시오. 시일이 지나면 명명백백해질

것인즉, 지켜보십시다."

아낙을 믿는 모흔장이었다. 한마디 툭 떨궈놓고 대궐을 하직했다.

"좋소. 대신 내 손으로 사실을 밝혀내고야 말 것이오."

견훤의 계략이 춤을 추기 시작했다. 자객으로 밀파됐던 석총대사와 형미대사가 새로 받은 지령을 퍼뜨렸다.

"거기대사는 선종산문과 교종산문, 미륵부처와 석가부처 싸움으로 희생되었다."

"궁예가 석가부처를 모신 사찰을 몽땅 없애려고 한다."

"궁예가 거기대사를 무고하게 죽였다. 석가부처의 영험함을 투기한 시기심 때문이다. 궁예가 미륵부처만 남기고 석가부처는 쓸어버리려고 한다."

궁예가 꿈꾸는 미륵부처의 용화세상에 관해서는 삼척동자도 아는 사실이었다. 석가부처가 소홀하게 취급될 여지는 충분해 보였다. 게다가 사내들이란, 자기 아낙의 부정을 받아들이기 힘든 치명적인 약점을 지니고 있었다. 다른 사내와 통정을 했더라도, 힘이 달려 제 아낙 건사하지 못하고 오쟁이 찼다는 사실만은 인정하려 들지 않았다. 그 때문에, 김대검과 모흔장도 거기에 합세했다.

"석가모니부처를 탄압하는 미륵부처를 무찌르자. 전진하

면 극락정토, 물러서면 무간지옥."

"불문의 위기다. 석가모니부처의 적 궁예를 몰아내자."

삼시간에 수백으로 불어난 무리들이 무장을 갖추고 난동을 부렸다. 낮에는 산골짜기로 숨어들었다가 밤이면 대궐 턱밑까지 내려와 민가에 불을 질렀다. 극락이란 어차피 죽어서야 가는 곳이었다. 석총과 형미는 석가모니부처를 위해 싸우다 죽으면 극락에 가는 것이니, 무자비하게 적을 무찌르라고 몰아붙였다. 선동자들에게 이용당하는 백성들의 모습은 슬펐다. 맹목적으로 고양된 무리들은 목숨마저 돌보지 않았다. 궁예가 친히 진압에 나섰어도 싸움이 멎지 않았다. 이쪽에서 강하게 밀면 바람처럼 사라졌고, 군사를 거둬들이면 뒤에서 창을 내질렀다. 무리들에 대한 궁예의 연민을 짐작하는 군사들이, 극도로 살생을 삼가는 것도 싸움을 질질 끄는 요인 중 하나였다.

끝없고 부질없는 편싸움 속에 겨울이 지나가고 봄이 왔다. 석가모니부처를 위해 싸우면 그 영험으로 궁예가 멸망한다는 선동자들의 말을 철석같이 믿었던 무리들이었다. 그때까지도 아무런 징조가 안 보이자, 금학산에 불을 질렀다. 그로부터 3년 동안이나 나뭇잎이 피어나지 않았을 만큼, 불길은 맹렬했다.

엎친 데 덮친 격으로 상주에서 파발이 날아들었다.

"견훤이 단숨에 강주[1] 관내의 천령군 주변 10개 군현을 점령했습니다."

인내심이 한계에 다다랐다. 원종의 의견도 강경했다.

"맹목적이고 걷잡을 수 없는 신념에 말려들어 피땀 흘려 가꿔낸 제 보금자리를 파괴하는 무리들이 밉습니다. 세월이 좋아져 집집마다 곡식 가마니가 쌓인다 싶으니까 되레 덤벼드는 꼴입니다. 집안싸움이 길어지다 보면 모두가 견훤의 먹이가 된다고 설득해도 막무가내입니다."

애노가 느닷없이 노래를 불렀다.

해가 뜨면 일을 하고
해가 지면 쉰다
우물을 파서 마시고
밭을 일궈 먹는다
황제의 힘, 내게 무엇이더냐

---

1 강주(康州) 관내의 천령군(天嶺郡): 강주는 경남 진주, 천령군은 함양.

"옛날 성천자가 다스리던 요순시절 백성들이 즐겨 불렀던 격양가[2]입니다. 임금이 정사를 잘 살피는 덕분에 세상이 하도 태평하니 백성들이 격양놀이를 하면서 배를 두드려가며 그렇게 노래를 불렀답니다. 황제께 덤벼드는 무리들이 바로 그 짝입니다."

궁예가 칼을 뽑아 햇빛에 비춰보며 고개를 끄덕였다.

"좋소이다. 본거지를 불살라버립시다."

군사들에게 출동명령을 내리려는 찰나였다. 내군대감 김언이 달려왔다.

"황태후께서 급히 뵙겠다고 나오셨습니다."

이런 판에 무슨 일일까. 궁예는 고개를 갸웃거렸다.

"좋소. 이리 모셔 오시오."

새 대궐의 주인이 궁예인 것처럼 후원의 주인은 채예였지만, 진짜 어른은 사월이었다. 온화하게 가라앉은 그 얼굴 어디에서도 부룩송아지만 같던 젊은 날의 성정을 찾아볼 수 없었다. 어느덧 60세에 이른 할머니로서의 몸에 밴 기품과 차분한 분별력은 먼 산자락을 감도는 이내 같은 그윽

한 향취마저 풍기고 있었다.

"황제께서는 일을 단번에 해결하자, 설마 그리 생각하지는 않으시겠지요?"

궁예가 눈살을 찌푸렸다. 아무리 어미의 부탁이더라도 이번만은 간섭이 싫었다.

"조급히 해결하자면 무리들이 숨어있는 산속의 인가와 움막을 모두 불살라버려야만 할 텐데, 무리들에게 또 한 번의 구실을 주게 될 것이외다."

궁예는 여전히 대답하지 않았다. 사월이가 조용히 말을 이었다.

"인가와 움막을 모두 불사르고 가담한 장수와 군사들을 모조리 잡아 죽인다면 사태는 일단 수습되겠지요. 그렇지만, 나라의 힘은 절반으로 줄 것이외다. 그것은 더욱이나 견훤이 바라는 일……."

궁예의 외눈이 번쩍 빛났다.

"예? 견훤이 바라는 일이라고요?"

"그렇지요. 신라야 이미 힘을 잃었다고 할 수 있겠지요. 그러나 견훤은 어떻습니까? 지난번에도 자객을 보냈다지 않았습니까? 나는 이번 일도 그리 봅니다. 견훤이 바라는 게 바로 우리를 둘로 가르려는 것이라고……."

"으음."

궁예의 가슴에서 통증이 일었다. 맞는 지적이었다. 둘로 나뉘어 서로 싸우도록 만들면, 어느 쪽이 이기더라도 나라의 힘은 절반으로 줄어들지 않겠는가. 어느덧 궁예의 목소리에서 힘이 빠져나갔다.

"만약, 어머니가 궁예라면 어찌하겠소이까?"

"상대가 바라는 대로 하지 않고 어떻게든 하나로 합치려고 애를 쓰겠소이다."

사월이의 대답은 단호했다.

"농사철이 눈앞에 닥쳤소이다. 올해 농사를 못 지어 백성들이 겨우내 혹독한 추위와 굶주림에 시달려도 좋다는 말씀입니까?"

"황제께서는 처음 군사를 일으키던 그때의 마음을 잊으면 안 됩니다. 그들도 고려의 백성이외다. 몇 년이 걸리더라도 설복해야 합니다."

그즈음 어느 날부터인가, 폭도들의 주력이 물러나고 있었다.

"죽이지는 말되, 상처를 입혀서 숫자를 줄이도록 하시오."

폭도들을 쫓는 모든 장수들에게 종전보다 강도 높은 명

을 내렸다. 그와 동시에 궁예도 칼을 휘두르며 앞장서 무리들을 추격했다. 닥치는 대로 칼등으로 목덜미와 등허리를 쳐 쓰러뜨리며 얼마나 달렸는지 몰랐다. 쇠둘레벌 동남쪽을 굽이쳐 흐르는 강을 건너 산모퉁이를 돌아서자 늠름하게 창을 빗겨 쥐고 맞서는 자가 있었다. 모흔장이었다. 몹시 반가웠으나 모른 척하고 싸움판의 인사법에 따랐다.

"너희들의 적 궁예가 왔다. 덤벼라."

모흔장도 사양하지 않았다.

"석가모니부처를 탄압하는 미륵부처를 무찌르자. 전진하면 극락정토, 물러서면 무간지옥."

모흔장의 창 솜씨는 김대검의 칼과 쌍벽을 이루는 천하무적이었다. 몇 달씩이나 옷도 갈아입지 않았던지 산발을 한 모습에는 귀기가 서렸고, 앙다문 메기입에는 구름이라도 찌를 듯한 살기가 실렸다. 모흔장이 지옥의 밑바닥이라도 긁어 올릴 듯, 음산한 목소리로 내뱉었다.

"황제님도 석가모니부처님의 영험을 당하지는 못합니다."

"못난…… . 그 흐느적거리는 창이 내 몸을 뚫을 줄 아느냐?"

궁예도 칼을 고쳐 쥐었다. 모흔장이 손바닥에 침을 탁 뱉었다.

"석가모니부처님의 창이니 뚫겠지요."

"바보 같은 놈에게 부처의 영험이 깃들일 줄 아느냐? 눈을 똑똑히 뜨고 봐라. 진짜 부처님은 내 등 뒤에 있다."

"뭐? 뭐라고요?"

"더는 말하기도 싫다. 덤벼라."

"황제님부터 덤비시오."

"모흔장. 내가 너희들을 베지 않는 까닭을 모르리라."

"뭐요? 석가모니부처님을 따르는 백성들이 두려운 게지요."

"못난……. 네놈과 김대검은 명주 땅에서부터 사귀어온, 목숨보다 소중한 내 동무다. 네놈들을 따르는 무리 또한 내 백성들이다. 동무와 백성들을 베어서는 안 된다고, 내 등 뒤에 있는 미륵부처님과 석가모니부처님이 한입으로 말씀하시는 까닭에 베지 못할 뿐이다. 네놈 귀에는 들리지 않느냐?"

"뭐요? 황제님의 귀에는 들린다는 말씀이오?"

"그러니까 바보란 말이다. 모처럼 백성들이 기를 펴고 살게 되니까, 민가와 사찰과 산에 불이나 지르고……. 이대로

가다가는 올 농사를 망쳐 겨울이 오면 모두 굶어 죽게 된
다. 아니지. 백성들 모두가 견훤의 밥이 되는지도 모른다.
그게 대자대비하신 석가모니부처님 뜻이더란 말이냐? 그렇
다면, 그건 가짜부처가 분명하리라."

"뭐? 뭐요?"

모흔장이 괴롭다는 듯, 얼굴을 찡그렸다. 궁예의 그 한마
디로 지난 세월의 갈피가 모두 뒤집힌 탓이었다.

"미륵부처와 석가모니부처는 적이 아니다. 법당에 나란
히 앉아 중생들이 스스로 구원받기를 바랄 뿐, 아들 따위나
점지해주는 소소한 영험을 보이지도 않는다. 설마, 그걸 모
른다고 잡아떼지는 않겠지?"

"으으으."

모흔장의 메기입이 길게 찢어지며 신음이 새어 나왔다.
궁예가 한마디를 던져놓고 말머리를 돌렸다.

"나는 그만 돌아가겠다. 미륵부처님과 석가모니부처님,
그리고 아미타불님과 모든 보살님들과 함께 이 궁예도 네
놈들이 생각을 고쳐먹고 돌아오기를 기다리겠다."

폭동은 거짓말처럼 가라앉았다. 모흔장은 항복하고, 김
대검은 자결했다. 모흔장으로부터 궁예의 말을 듣고 있던
김대검이 갑자기 우아아, 짐승처럼 울부짖으며 달려가 돌

절구에 머리를 짓찧었다던가.

907년 춘삼월.

식솔들을 데리러 평양에 갔던 검용이 당나라의 멸망 소식을 가져왔다.

"주전충이 당나라 애제를 폐하고 후양의 황제가 되었답니다. 요동 땅 놓친 것이 분합니다. 오늘에 이르러서는 주전충은 물론이고 거란의 야율아보기까지 수시로 요동과 발해 땅을 넘나든다니, 어렵게 되고 말았습니다."

역시 식솔들을 데리러 증성에 다녀온 명귀가 슬픈 소식을 덧붙였다.

"지난해 늦가을에 발해국 대위해왕께서 호족들에게 피살됐답니다. 대위해왕의 이복아우 대인선이 왕위를 이었으나, 왕은 이름뿐이고 정사는 모두 귀족들과 호족들의 손아귀에서 놀아나고 있답니다."

궁예의 애통함은 형용할 수 없었다. 요동 땅 회복도 글러 버렸고, 도성을 쇠둘레로 옮기면서까지 대위해와 합쳐보려던 꿈도 좌절되었다. 두 가지 다 집안싸움으로 정신이 없던 가을부터 봄 사이에 일어난 일이었다. 체념하자니, 대위해의 죽음이 도저히 믿어지지 않았다. 조문사절을 보내기로 했다. 견훤이 휩쓸고 돌아간 상주 관내도 살펴봐야 했고, 백성들의 농사도 살펴줘야 했다.

"귀평과 명귀 두 분 장군이 발해국에 다녀오도록 하시오. 겉으로는 어디까지나 조문사절이되 귀족들과 호족들의 움직임은 물론이고 왕실 안팎의 사정, 거란족과의 분쟁까지도 소상히 살펴주시오."

"원봉장군은 어깨 부상도 아물었으니, 견훤에게 빚을 갚을 겸 임적여장군과 함께 마병대를 이끌고 달려가 상주 관내를 수습하시오."

모흔장이 사직을 청하고 나섰다. 궁예가 완강히 고개를 흔들며 입을 틀어막았다.

"안되오이다. 세상의 일이란 좋든 궂든 모두 부처님의 뜻, 그로 하여 관직을 버린다면 또 한 번 잘못을 저지르는 일이외다. 장일장군과 함께 이번 일의 배후를 추적해보시오. 일이 그토록 갑자기, 수습하기 힘들 정도로 번졌는지를 밝혀내시오."

원종과 애노에게도 잇따라 명을 내렸다.

"원종대장군께서는 전국의 모든 관아와 사찰을 점검하여 포고령이 지켜지는지 확인해 주시고, 애노대장군께서는 군사들의 배치와 훈련을 점검해 주시지요."

30세가 넘은 군사들은 지방의 성과 군으로 보내 살림을 차려 정착하도록 주선하고, 젊은이들을 보충하여 정예 2만 명으로 편성했다.

수군 2천은 송악성에 배치했다. 남상단 휘하 1만 2천의 보병대는 각기 3천 명씩 나눠 철원성, 보개산성3, 금성군 토성, 망봉산성4 네 곳에 배치했다. 나머지 5백 명은 대궐을 지키는 내봉성에, 5백 명은 의형대를 비롯한 관아에 배치했고, 비룡성 휘하 5천 기의 마병대는 보양호수 옆에 그대로 두었다. 농사는 연거푸 풍년이었다. 들판으로 나서면 바람에 넘실거리는 벼이삭들이 활활 타오르는 눈빛으로 사람을 반겼다. 벼 베기가 시작될 무렵, 모흔장과 장일이 은밀히 궁예를 찾아왔다.

"미륵부처, 석가부처 난동은 견훤의 농간으로 밝혀졌습니다. 견훤이 국사로 떠받드는 경포대사와 거기대사, 석총대사, 형미대사가 다 동리산문 출신이랍니다."

---

3 보개산성(寶蓋山城): 보가산성(保架山城)이라고도 부르며 포천시 관인면 중1리 산251-1에 있음.

4 망봉산성(望峰山城): 포천의 산정호수를 둘러싸고 있는 망봉산(382.5m) 주변의 험준한 산줄기들로 이루어진 자연 산성임. 왕건의 모반으로 궁예가 그곳에서 통곡했다 하여 울음산(992m)이라 불렸는데, 일제 강점기에 한자로 표기하면서 명성산(名聲山)이 되었음. 오늘날의 명성산성.

"석총과 형미는 지금 어디 있소이까?"

"황폐한 부귀암 자리에 사찰을 복원하고 머물러 있습니다만, 근자에는 움직임이 전혀 없습니다.

"나 역시 견훤의 술수가 끼어들었다고 믿소이다. 허나, 확실한 증거도 없이 불제자를 박해할 수는 없는 법, 그들의 거동을 계속 살펴주시오."

궁예는 그쯤에서 혹독했던 난동을 잊기로 했다. 가장 많은 장토를 소유하고 가장 많은 불제자를 거느렸던 선종산문에서, 사찰의 장토 소유를 금하는 궁예의 포고령을 반길 까닭이 없었다. 그네들 입장에서는, 궁예야말로 쓸어 없애야 할 적 아니겠는가.

조문사절로 발해국에 갔던 귀평과 명귀가 돌아왔다. 명귀가 참으로 기가 막힌다는 듯, 고개를 절레절레 흔들었다.

"경천동지할 일이었습니다. 엄연히 십사 년 동안이나 왕위에 있었건만, 대위해왕은 고사하고 대위해라는 사람이 생존해 있었다는 기억조차 입에 담는 백성들이 없었습니다. 감히 대위해왕 조문이란 말조차 꺼낼 수 없었습니다."

귀평이 설명을 덧붙였다.

"은밀히 수소문을 해보니, 발해국의 모든 문서에는 십삼대 대현석왕이 육 년 전(901년)까지 왕위에 있었고, 십사대

대인선왕이 그때부터 지금까지 계속 왕위에 있는 것으로 돼 있었습니다. 십사 년 전(893년)에 죽은 대현석이 어떻게 육 년 전까지 왕위에 있었으며, 지난가을(906년) 왕위에 오른 대인선이 어떻게 육 년 전부터 왕위에 있었다는 것인지, 앞뒤가 맞지 않았습니다. 그렇다면 십삼 년 전(895년) 대위해왕의 등극 축하사절로 다녀왔던 금성군수 왕륭은 물론이고, 삼 년 전(904년) 사신으로 다녀온 저는 허깨비를 만났던 셈입니다."

명귀가 다시 이어받았다.

"돌아오는 길에 서경압록부의 벼슬아치들로부터 바른말을 들었습니다. 대위해왕이 귀족과 호족과 노예의 구분을 없애고 인재를 등용하기 시작하자, 귀족들과 호족들이 그를 살해한 다음, 아예 그 흔적을 지워버렸다고 합니다."

귀평이 주먹을 부르쥐고 울먹였다.

"왕족과 귀족과 호족들로서는 신분 혁파를 입에 담는 게 금기라지만, 일국의 제왕에게도 그토록 가혹한 탄압이 가해질 줄은 몰랐습니다."

두 사람이 번갈아서 분통을 터뜨리는 동안, 조용하던 궁예가 뚜벅 입을 떼었다.

"그들을 응징하리라."

이듬해 이른 봄. 마병대 3천 기, 보병대 5천의 고려 군사들이 북동쪽으로 진군하여 국경을 넘었다. 벼슬아치들은 달아나 버렸으나, 백성들은 낯선 깃발을 든 군사들과 맞닥뜨려도 두려워하지 않았다. 그사이 봄이 무르익어 볍씨를 뿌리고 있었다. 옥주의 면5이 특산물 중 하나인 게 사실인 듯, 광주리에 뽕잎을 따 담는 아낙들의 손길도 분주했다.

귀평의 보병대를 기다리는 사이, 잇따라 손님들이 찾아왔다. 맨 처음 찾아온 것은 산적 같은 털북숭이의 세 사내였다. 군사들의 안내를 받고 들어오던 그중 하나가 두 손을 활짝 들어 올리며 걸걸한 목소리로 환성을 내질렀다.

"오. 꾸애, 오랜만이오."

황제에게 감히 맞대 놓고 꾸애라고 말하다니, 있을 수 없는 일이었다. 화가 뻗친 원회의 손이 칼자루를 더듬어 쥐는데, 궁예의 아득한 기억 속에서 반짝 불이 켜졌다. 그 모습, 어찌 잊으랴. 체면도 던져버리고 한달음에 달려가 얼싸안았다.

"오. 총두목, 아직 살아있었구려."

---

5 옥주의 면(沃州之綿) : 북한 지역, 함경남도 북청 지역에서 생산되는 풀솜(목화를 뜻하는 棉이 아니라 풀솜을 뜻하는 綿으로, 누에고치로 만드는 비단을 말함).

세월의 더께가 낀 탓에 늙기는 했으나 틀림없는 중경현
덕부 철성의 총두목이었다. 궁예와 함께 철성으로 떨어져
내렸던 대위해를 도와서 귀족과 호족들을 제압하고 왕자의
자리를 찾아줬던 당찬 사내였다.

"은밀히 드릴 말씀이 있소이다."

반가움의 회오리바람이 잦아든 다음, 좌우를 물리치고
마주앉은 총두목이 무겁게 입을 떼었다.

"제가 황제께 정식으로 인사를 올리겠소이다. 대위해왕
생전에 바로 이곳, 남경남해부 도독을 맡았던 대위소올시
다. 대위해왕께서 형제의 의를 맺으면서 내려주신 이름이
외다. 대위해왕께서 돌아가신 뒤 개마고원에 숨어있었소이
다. 궁예황제가 오셨다는 소식을 듣고 이렇듯 달려오긴 했
으나……."

말꼬리를 흐리는 속을 알아챈 궁예가 손을 내저었다.

"고려 군사를 이끌고 발해국을 치자고 앞장설 수는 없다,
그 말이지요? 그런 부탁은 안 할 것이니 안심하시오. 허나,
발해와 고려는 원래가 한 뿌리, 고구려 후손들이 세운 나라
요. 일찍이 대위해왕과 형제의 의를 맺었던 것도 그 때문이
오. 언젠가는 손을 잡고 고구려의 옛 땅을 되찾아 귀족도
호족도 없는 백성들의 나라를 만들자고 맹세를 했더이다.

내가 군사를 일으킨 것은, 욕심에 눈이 멀어 대위해왕을 살해한, 그도 모자라 대위해란 이름조차 지워버린 귀족과 호족들을 응징하려는 것뿐이오."

대위소가 눈물이 번들거리는 얼굴로 항변했다.

"하오나, 황제께선 때를 잘못 짚으셨소이다."

"무슨 말이오?"

궁예가 반문하자, 대위소가 울먹이며 받았다.

"저도 그자들을 두호할 생각 추호도 없소이다. 하오나, 당나라가 망한 다음 거란의 세력이 크게 강대해졌소이다. 추장 야율아보기가 달포 전에 이만이나 되는 대군을 이끌고 발해국으로 쳐들어왔소이다. 거기에 대항하는 발해국 군사는 삼만, 지방의 군사들까지 모두 싸움터로 나가 있소이다. 발해로서는 고려에 대항할 힘이 없소이다. 상경용천부까지 밀고 올라가 대궐을 점령할 수 있는 기회이기는 합니다만……."

궁예가 침통한 얼굴로 고개를 끄덕였다.

"알만하오. 발해국을 멸망시킬 수는 있으나 자칫하면 야율아보기의 군사 이만, 발해국의 군사 삼만, 도합 오만의 적과 맞닥뜨릴 수도 있다는 말이지요?"

"바로 보셨소이다. 군사를 이끌고 싸움터로 나간 귀족과 호족이란 것들이 워낙에 염치가 없어놔서…… 신분과 지위만 보장해준다고 하면 야율아보기와도 손을 잡고 제 나라를 토벌하자고 나설 놈들인지라, 걱정되는 것이외다."

대위소의 말은 발해왕 대인선이 보낸 사신에 의해 사실로 밝혀졌다.

"대왕께서는 고려와 싸울 의사가 전혀 없다고 하셨습니다. 고려에서 국경을 넘은 까닭을 짐작하신다면서, 추후에 반드시 바로잡겠다고 약속하셨습니다."

대위소와 얘기를 나눈 다음이라 궁예의 마음은 많이 누그러져 있었다.

"그것을 무엇으로 보장한다는 말이오?"

목소리가 부드러운데 용기를 얻은 듯, 사신의 표정이 활짝 펴졌다.

"그때까지는 남경남해부를 돌려받지 않아도 좋다, 하셨습니다."

"대답은 내일 하겠소. 물러가 쉬도록 하오."

궁예가 장수들을 불러들였다. 명귀가 발끈했다.

"발해왕의 술수입니다. 거란 물리치는 일이 급하니까 약속부터 해놓고, 막상 거란군이 물러간 다음에는 삼만의 군사를 이쪽으로 돌리겠다는 수작 아닙니까?"

"그렇습니다. 단숨에 발해국의 대궐을 점령해야 합니다."

김언도 동조하고 나섰다. 궁예가 원회를 쳐다봤다.

"역시 같은 의견이시오?"

원회는 생각이 많은 듯, 한참만에야 입을 열었다.

"남의 불행을 틈타 이를 취하는 것은 황제의 덕을 허무는 일입니다. 더욱이, 궁한 쥐가 고양이에게 달려드는 법이니 발해왕의 청을 받아들이십시오. 일이 틀어지면 거란과 발해의 연합군을 맞을 수도 있음입니다."

역시 원회의 안목은 높았다. 마음을 정하면 행동으로 옮기는 게 궁예였다.

"청을 받아들이겠다고 전하시오."

이튿날 귀평의 보병대가 도착했다. 궁예가 장수들을 모아 놓고 대위소를 쳐다봤다.

"당분간 남경남해부를 맡아주셨으면 하오만……."

대위소가 단번에 고개를 흔들었다.

"싫소이다. 저는 이번 길에 황제를 따라갔으면 싶소이다."

"쇠둘레로 말이오?"

"그렇소이다. 늙긴 했지만 아직 싸울 수 있소이다. 부디 거둬주십시오."

그 심중을 알 듯싶기도 했다. 궁예가 명귀를 돌아봤다.

"그렇다면, 발해와 접한 국경 부근을 소상히 알고 있는 명귀장군이 맡아주시지요."

대위소가 그제야 안도하며 한마디를 거들었다.

"발해가 전쟁을 치르느라 어지러운 틈에 남경남해부 삭정군의 골암성에서 흑수말갈6의 무리들을 모아 노략질을 일삼던 윤선이란 자가 있소이다. 턱밑인 쇠둘레에 고려가 자리를 잡자 어디론가 옮아갔다고는 하오만, 영악하기가 삵과 같은 자인즉 잘 살피셔야 합니다."

궁예가 마무리를 지었다.

"마병대 일천 기를 두고 갈 것인즉, 사세가 여의치 않거든 미련 두지 말고 철수하시오."

적을 치려고 군사를 이끌고 나섰다가, 곤경에 처한 적을 위해 군사를 되돌리는 이상스러운 싸움이었다.

---

6 흑수말갈(黑水靺鞨) : 말갈 7부의 하나. 속말말갈을 비롯한 다른 6부는 이미 발해건국 당시에 발해와 합류했거나 그 후 얼마 되지 않아 다 포섭되었지만, 흑수말갈만은 오랫동안 강한 힘을 가지고 있었음.

삼 년째 풍년이 들었다.

일상생활이 얼마만큼은 풍요로워져도 좋으련만 궁예는
되레 허리띠를 졸라매도록 단속했다. 국 한 그릇에 반찬
셋, 밥에도 잡곡을 절반은 섞으라고 명했다.

"이만해도 백성들보다 사치스러울 것이오. 백성들이 어
떻게 먹고사나 살펴보시오."

황제만이라도 반찬 가짓수를 늘려야 한다는 장군들에게
꾸중하듯 말했다. 먹고 난 밥그릇과 반찬 그릇에 물을 부
어서 씻어 마시거나 남은 무김치를 소리 내어 씹어 먹는
모습을 두고 뒷말은 엇갈렸다. 나이 든 장군들은 훌륭한
황제라고 칭송했고, 젊은것들은 타고난 자린고비라고 흉
을 보았다.

잠도 훨씬 줄어들어 첫새벽부터 부지런을 피웠다. 대궐
뒤뜰에서 울려 퍼지는 기합 소리를 듣고 달려가 보면, 목검
을 휘두르는 궁예의 등허리가 후줄근히 젖어 있었다. 낮에
도 쉬는 법이 없었다. 정무를 살피는가 싶으면, 군사들과

나란히 연무장에 서서 한꺼번에 화살을 쐈다. 어떤 날은 모내기하는 백성들의 못줄을 잡아 주기도 했고, 아예 벗어부치고 논에 들어가 모를 심기도 했다. 새참이라도 나오면 한 몫 껴들어서 시커먼 두렛밥을 얻어먹었다. 어느새 삿갓 눌러쓰고 저잣거리를 헤매기도 했고, 비룡성의 마병대원들과 어울려 보양호수를 몇 바퀴씩 돌기도 했다. 어느덧 쇠둘레에서는 백성들이건 군사들이건 궁예와 어울려보지 않은 자가 없게 되었다.

겨울이 지나갔다. 봄부터 바빠지기 시작한 백성들의 농사일이 가까스로 한고비를 넘긴 초여름 어느 날, 대궐에서 조회가 열렸다.

"왕건, 김언, 종희, 박유, 신숭겸, 임적여를 장군으로 삼겠소."

젊은 장수들의 승진이었다. 본인들도 얼떨떨해 있는데 명이 이어졌다.

"견훤의 빚을 갚을 때가 되었소. 이번에는 묵은 빚까지 한꺼번에 갚아줘서, 당분간은 빚 독촉을 할 수 없게 만들어야 하오."

"왕건장군, 김언장군, 종희장군은 무주 관내 나주로 출정하시오. 성을 점령하거든, 이번에는 견훤의 군사가 모두 달려들어도 끄떡없도록 성벽을 단단히 고쳐 쌓으시오. 다음엔 나주를 근거로 서남해 여러 군현을 평정하시오."

"귀평장군, 신숭겸장군, 홍술장군, 임적여장군은 견훤이 움직이지 못하게 비풍군을 치시오. 성을 점령하거든 기회를 봐가면서 황산군1과 부여군을 취하시오."

며칠 후, 비풍군에서 귀평이 파발을 보내왔다.

"근자에는 견훤의 맏아들 신검이 군사들을 지휘하고, 앓아누워 있다는 견훤의 모습은 보이지 않습니다. 홍술장군이 마병대를 이끌고 기습에 나섰다가 절반을 잃고 돌아왔으며, 임적여장군은 전사했습니다. 보병대가 야습에 나가 적의 수급 수천을 베고 돌아오기는 했으나, 백제군의 숫자가 많아 여의찮습니다. 증원군을 내어 차제에 신검의 진을 무너뜨리고 황산군과 부여군을 평정하는 게 어떨는지……."

읽고 난 궁예가 신음을 삼켰다.

"귀평장군의 요청대로 증원군을 내어 황산군과 부여군을 치는 게 좋지 않겠습니까?"

원회가 다가앉으며 대답을 재촉했다. 궁예가 신하들을

---

1 황산군(黃山郡): 충남 논산.

훑어보며 물었다.

"신라와 백제를 치는 전면전을 벌이지 않는 까닭을 정히 모르시겠소?"

원종이 나직한 목소리로 받았다.

"고려가 살기 좋은 나라라는 소문이 퍼지면 국경을 넘어오는 백성의 숫자가 불어날 것이고, 그리되면 신라나 백제는 저절로 무너질 것이다. 조급하게 서둘러 군사와 백성을 희생시켜선 안 된다는 믿음 때문인 줄 압니다만……."

궁예가 고개를 끄덕였다.

"허나, 백성은 지켜내야 하는 법. 견훤의 동태가 수상쩍기 이를 데 없소. 필시, 나주성이 포위되어있을 것이오. 이번에는 내가 직접 달려가겠소. 원종과 애노 두 분 대장군께서 정무를 맡아주시오. 귀평장군에게는 비풍성을 지키기만 하라, 이르시오."

1천 명의 수군이 노를 젓는 배에 나누어 탄 군사들의 기치와 창검이 바다를 가득 메웠다. 원회가 이끄는 마병대가 1천 기, 검용, 검식, 박유, 환선길, 유권설이 이끄는 보병대가 2천 명이었다. 예상은 들어맞았다. 척후에 따르면, 견훤의 군사들이 개미 떼처럼 나주성으로 기어오르더라고 했다. 궁예가 군령을 내렸다.

"보병대는 신걸산에, 마병대는 금성산에 숨어 어두워질 때까지 기다렸다가 적이 성을 공격하거든 후미를 치시오. 미리 적에게 발각되어서는 안 되오."

장마철이었다. 아침부터 질금질금 뿌리던 가랑비가 해질 무렵부터는 거센 비바람으로 변했다. 척후로부터 견훤의 군사들이 공격을 시작했다는 보고가 닿았다.

"야습이다. 우리 군사들 허리띠를 흰색이 보이도록 뒤집어 매도록 하라. 원회장군의 마병대가 적진을 짓밟으면 검용장군과 검식장군의 보병대가 뒤따라 진격하라."

폭풍우 몰아치는 어둠 속, 성벽에 달라붙은 견훤의 군사들과 성벽 위에서 화살을 쏟아붓는 왕건의 군사들, 견훤의 후미를 치는 궁예의 군사들이 마구 헝클어졌다.

"성으로 신호를 보내라."

궁예황제의 명이 떨어졌다.

"쉬익, 쉭, 쉭."

나주성의 형편은 말이 아니었다. 견훤의 대군이 철통같이 에워싼 탓에, 전령조차 내보낼 수 없었다. 종희와 김언과 왕건이 번갈아가며 야습에 나섰지만, 강변에서 돌 줍기였다. 적은 1만이 넘었고, 이쪽은 고작 2천이었다. 백제군의 공격은 세 겹이었다. 맨 앞 부대가 충차와 운제로 공격하는 사이, 중간 부대는 석궁과 활로 엄호했고, 맨 뒤 부대는 쉬면서 차례를 기다렸다. 고려군에는 쉴 틈이 없었다.

"결사대를 짜겠다."

김언이 종희와 왕건에게 말했다. 두 사람은 깜짝 놀라 반문했다.

"너 미쳤냐?"

세 사람이 모두 덕수현에서 자란 동무들이었다. 한때는 왕건의 아비 왕륭이 세운 홍교사 무예도장에서 궁예에게 무예를 배우기도 했고, 최우달에게 글을 배우기도 했다. 나란히 궁예의 휘하로 들어와 장군이 되었으니, 주고받는 말투가 너나들이였다.

김언이 퉁명스럽게 받았다.

"그래. 미쳤다. 이런 상황에서 어찌 안 미치고 배기냐?"

"그래도 결사대는 안 된다."

왕건이 고개를 세차게 흔들었다. 종희가 끼어들었다.

"봐라. 무조건 안 된다고만 하지 말고 미친놈 말도 끝까지 한번 들어보자꾸나."

"좋다 해봐라."

왕건이 마지못해 동의했다. 김언이 결연한 목소리로 설명했다.

"결사대를 짜되 내 휘하의 보병 삼백이면 족하다. 다른 날의 야습과 똑같이 성문을 나가되, 이번에는 성으로 돌아오지 않는다."

"그럼, 어디로 가느냐?"

"비상식량을 허리에 차고 나가겠다. 백제군의 허를 찌르며 곧장 신걸산 쪽으로 빠져나갔다가 적의 공격이 시작되면 뒤에서 치겠다."

"백제군이 쫓아오면?"

"계속 도망치기만 해도 적의 병력을 분산시키는 효과는 있을 것이다.

"알겠다. 그러나 보병대는 느려서 안 된다. 내가 마병대를 끌고 나가겠다."

"안 된다. 결사대는 내가 생각해낸 것이다."

"마병대가 훨씬 낫다. 바람같이 치고 나갔다가 백제군의 공격이 시작되면 돌아서서 뒤를 치고, 백제군이 쫓아오면 바람같이 달아나겠다."

입씨름은 거기서 중단되었다. 적진에서 고려의 장군을 찾는다는 전갈이 왔다. 반짝 비가 갠 그 짧은 틈에 금빛 갑옷을 갖춰 입은 견훤이 한껏 뽐내며 성문 앞에 버티고 서있었다. 종희, 김언, 왕건이 나타나자 한바탕 훈시를 늘어놓았다.

"너희가 못된 애꾸눈의 요설2에 현혹돼서, 녹봉도 못 받아 가며 뼈빠지게 고생하다가, 이제는 죽을 구덩이로 뛰어들었다는 걸 알고 있다. 세월이 지나면 패망할 것은 자명한 이치, 괜한 고생 말고 항복해라. 내가 너희들을 백제의 좌평3에 봉할 것이고, 식읍과 노비와 장토를 잔뜩 내려서 자자손손 떵떵거리게 해줄 것이다."

말인즉 말 같지도 않은 말이었다. 세 사람은 대꾸 없이 돌아섰다. 그날 밤, 눈을 뜰 수 없게 드센 폭풍우가 몰아쳤다. 그 비바람을 뚫고 백제군의 맹렬한 공격이 시작되었다. 충차와 운제에는 화살과 돌멩이로 대항하게 마련이건만, 캄캄한 어둠은 겨냥을 할 수 없었다. 마구잡이로 장님 활을 쏘고 있던 종희가 푸념을 늘어놓았다.

"이거야 원. 활을 쏴도 이쪽이 하나를 쏴 보내면 답장은 열 개요, 돌멩이 두 개를 던지면 답장은 스무 개나 되니 당해낼 재간이 없구나."

---

2 요설(妖說): 요사스러운 수작.
3 좌평(佐平): 백제 때 16품 관등의 최고 등급. 장관.

왕건이 말없이 종희를 힐끔 쳐다보며 어깨너머로 전통을 더듬었다. 하나 남은 화살을 잡았다가 도로 집어넣더니 김언을 향해 외쳤다.

"활을 놓고 창칼을 잡아라."

아래쪽 성벽에 달라붙는 적을 쏘는 것이 아니라 성벽을 기어오르도록 놔뒀다가 창칼로 치라는 것이니, 그만큼 밀리는 셈이었다. 종희가 주저앉으며 빈정거렸다.

"천하에 왕거미도 성벽을 베게 삼아 죽게 됐구나."

"그러는 너는 살아남는 재주가 있더냐?"

왕건 역시 힘없이 대꾸하며 칼을 고쳐 잡았다. 불쑥, 시커먼 것이 성벽 위로 솟아올랐다. 백제 군사였다.

"적이닷."

김언이 소리치며 칼을 휘둘렀다. 왕건의 얼굴로 피가 퍽, 튀었다. 악, 으악. 비명은 잇따라 터졌다. 종희도 쉴 새 없이 칼을 휘둘렀다. 한식경이나 지났을까. 백제군의 줄기찬 공격에 밀려 구멍이 뚫린 듯, 성안이 온통 싸움터가 되었다. 군사들의 비명뿐 아니라 아이들과 아낙들의 울부짖음까지도 낭자했다.

"우리가 졌다."

김언이 칼자루를 놓치면서 스르르 무너졌다. 그때였다.

"황제님이다."

"와, 와, 와. 원군이 왔다."

군사들의 입에서 함성이 터졌다. 세 사람도 보았다. 분명한 세 개의 불화살, 황제가 나타났다는 신호였다. 김언이 힘 실린 목소리로 속삭였다.

"성문을 열고 나가서 싸우자."

이튿날 아침. 활짝 갠 하늘에 해가 떠올랐다. 지평선 끝까지 훑어봐도 견훤이나 백제 군사들의 종적이 없었다. 고려의 승리였다.

"적군의 시체가 삼천칠백이 넘소이다. 아군의 희생도 많소이다. 검식장군이 전사했고, 일천오백여 시체를 확인했소이다. 환선길장군과 박유장군도 보이지 않으니⋯⋯."

"견훤의 시체는?"

"없소이다. 폭풍우에 씻겨 내려갔는지도⋯⋯."

"황제께선 어디 계시느냐? 모두들 찾아 나서라."

군사들에게 명을 내려놓고도 마음이 급한 장군들이 직접 시체를 뒤지고 다녔다. 한쪽에서 왁자하게 주고받는 장수들의 말에 귀를 기울이고 있던 원회가, 갑자기 울음을 터뜨리면서 미친 듯 내달았다.

"황제께서 돌아가신 모양이외다. 흐흑흑."

때로는 부질없어 보이는 행동이 뜻밖의 행운과 맞닥뜨리기도 하는 법이었다. 원회가 무작정 달려갔던 탓에, 다복솔 포기 뒤에 숨었던 벼랑 아래로 나뒹굴고 말았다. 수많은 부상자와 시체들이 그곳에 쌓여있었다.

해가 바뀌어 911년 설날.

불편한 몸으로 비스듬히 기대앉은 궁예가 신년 조회를 시작했다.

"오늘부터 국호를 태봉으로, 연호를 수덕만세로 바꾸겠소."

지난여름, 백제와의 싸움은 처참했다. 나주성에서 검식, 비풍군에서 임적여가 전사했다. 환선길, 박유와 함께 궁예도 골짜기의 시체 더미에 깔렸다가 구조되었다. 궁예는 칼맞은 상처에서 통증이 밀려드는지 옆구리에 손을 대고 말을 이었다.

"지난번 싸움에서 적군은 육천 명, 아군은 삼천 명이 목숨을 잃었소. 힘으로 적을 제압하자면 이기는 쪽도 절반은 희생이 따른다는 걸 똑똑히 보았을 것이오. 견훤은 향후 오년간은 여력이 없을 것이니, 우리는 학문과 물산 장려에 힘쓰도록 합시다."

최우달이 복안을 밝혔다.

"무사든 학자든 인재의 등용을 원활하게 하자면 고구려의 경당4과 같은 제도를 마련하는 게 좋을 듯싶습니다."

"좋겠지요. 애노대장군은 군사를 정돈하시고, 원종대장군은 최우달장군과 함께 이 나라 백성의 자제들이 학문과 무예를 연마할 수 있도록 제도를 마련하시오."

땅이 풀리자 원종과 최우달의 행보가 바빠졌다. 대궐에서 서북으로 70리 지경인 토산군 숲속에 경당을 지었다. 도성에서 과히 멀지도 않고 백성들의 왕래가 번다하지도 않은 예성강변 풍광 수려한 곳이었다. 처음이니만큼 16세 이상 모든 소년들의 지원을 받아들이기로 했다. 소년들이 경당에 머무는 기간은 2년이었다. 경당을 마치면 18세 내외, 관직을 맡기에 알맞은 나이였다. 청광, 신광 두 왕자를 비롯한 여러 장수의 자제가 경당에 입학할 나이에 이르러 있었다.

단오를 하루 앞둔 저녁, 최우달이 앞으로 나섰다.

---

4 경당(扃堂): 고구려의 사학(私學). 태학(太學)이 상류층 자제들의 교육을 맡았던 데 비해, 경당은 일반 백성 자제들의 교육을 맡았던 기관임.

"전국에서 경당에 들어가겠다고 지원한 젊은이들의 숫자가 삼백 명에 이릅니다."

궁예의 얼굴이 환해졌다. 치악산 석남사에서 군사를 일으킨 지 20년. 궁예 앞에 아직도 두 가지 숙제가 고스란히 남아있었다. 하나는 모든 신료들에게 땅도 재물도 관직도 목숨도 임시로 맡고 있을 뿐임을 받아들이도록 만드는 일이었다. 그동안 줄기차게 포고령을 반포하고 시행해왔건만 신라 같으면, 예전만 같으면, 하는 입버릇을 버리지 못하고 있었다. 그냥 지난 세월을 들추자는 게 아니었다. 신라에서 어떤 위치에 있던 사람들이 받던 대우를, 이제는 우리도 받고 싶다는 바람이 숨어있었다. 또 하나는 고구려 옛 땅의 수복과 삼한의 통일이었다. 당나라에 견줄 제국을 이루자면, 고구려 옛 땅과 발해를 합쳐야 했다. 그렇건만, 삼한 땅의 3분의 2에 달하는 지금의 영토만으로도 충분히 넓다고 말하는 자들이 있었다. 북쪽의 강성한 나라보다는 만만한 신라, 백제부터 치는 게 순리라는 꾀바른 주장도 있었다.

"나라의 동량을 기르자는 일이 잘 풀린다니 좋은 일이오. 경당을 열거든 무예는 물론 학문에 있어서도 어느 한쪽에 편향됨이 없이 불도, 유도, 선도의 요체를 골고루 가르치도록 힘써 주시오. 나라가 흔들리지 않으려면 부처를 따르는 백성, 천제를 따르는 백성, 공자 맹자를 따르는 백성이 골고루 있어야만 하오. 신라는 불도에 기운 나머지 백성이 기를 펴지 못했던 게 아닌가 싶소. 지난번 석가모니부처 미륵부처 난동 또한 백성들이 부처에만 의존해왔던 탓이외다. 부처가 무거우면 백성이 부처에 억눌려 신음하게 된다는 이치를 잘 보여준 사례일 것이오."

원종이 무릎걸음으로 한 발짝 나앉으며 물었다.

"미륵부처 가장행렬 또한 그런 뜻으로 행하시고자 하십니까?"

궁예가 빙그레 웃었다.

"옳소이다. 석가모니부처건 미륵부처건, 부처의 무게를 줄여보자는 뜻이외다. 백성들이 떠받들어 모시느라 머리가 벗겨지는 무거운 부처가 아니라, 백성들이 살아가는 땅을 딛고 백성들과 나란히 서서 눈비를 맞는 미륵이 돼야 한다는 말이외다. 진골 귀족 따로 없는 백성들의 세상이 용화세상이듯, 잘난 부처 못난 부처 따로 없는 용화세상을 만들어야 한다는 의미외다. 미륵부처 가장행렬을 광대놀이처럼 떠들썩하게 펼쳐봅시다. 내가 금관을 쓰고 방포를 입어 미륵부처로 꾸미고, 청광을 청광보살로 신광을 신광보살로 좌우에 세우고, 비단으로 갈기와 꼬리를 장식한 백마에 높이 올라 동남동녀에게 깃발, 일산, 향화를 받들어 뒤따르게 하고, 불제자 이백여 명에게 범패를 부르도록 한다면, 미륵부처 가장행렬은 그야말로 장관일 것이오."

궁예가 목소리를 가다듬었다.

"허나, 그로 인하여 부처에 대한 신비감은 많이 줄어들게 될 것이오. 또한, 황제를 대하는 마음도 가벼워질 것이오. 미륵부처 가장행렬은 금학산 부귀암까지 이어갈 것이오. 의형대장군은 석총과 형미가 산문 밖으로 나서지 못하도록 조치해 두시었소?"

의형대장군 임상원이 대답했다.

"군사들을 배치해 두었습니다만, 형미대사는 얼마 전 백제로 돌아갔다고 합니다."

궁예가 목소리를 차분하게 가라앉혔다.

"석총만 있으면 족하오. 석총 그자가 부처의 무게를 줄이자는 내 뜻을 읽을 만큼 그릇이 크다면, 견훤의 첩자 노릇을 했던 죄를 불문에 부치겠소."

해가 떠오르자, 궁예의 가장행렬이 대궐을 나섰다. 거리로 하얗게 쏟아져 나온 백성들이 손뼉을 치며 맞이했다. 과연, 백성들의 얼굴에 핀 웃음꽃은 티 없이 밝았다. 궁예가 하얀 모시옷 차림으로 처음 쇠둘레에 입성할 때와 같은 열광이 아니었다. 어디까지나 탈춤놀이나 어름사니 놀이를 즐기는 듯 느긋하고 가벼운 환호였다.

행렬은 백성들을 줄줄이 이끌고 금학산 부귀암의 산문으로 들어섰다. 석총대사가 달려왔다. 법당 앞에 버티고 선 궁예가 두루마리를 쓱 내밀었다.

"내가 그동안 불경 이십여 권[5]을 지었소이다. 이것이 그 중 하나이니, 대사께서 한번 큰 소리로 읽어보시오.

  너와 나와 한방에 누워서 모란꽃이 모락모락 피어서
  내 무릎에 올라오면 내 세월이요
  네 무릎에 올라오면 네 세월이라
  석가는 도적 심사를 먹고 반잠 자고 미륵님은 참잠을 잤다
  미륵님 무릎에 모란이 피어오르니
  석가가 중등 사리로 꺾어다가 제 무릎에 꽂았다……

---

5 궁예의 불경 이십여 권: 임동권 저 『한국민요집』(집문당, 1979)에 궁예의 불경이 실려 있음.

석총이 두루마리를 접어 던지며, 백성들 앞에서야 어쩌랴 싶은지 고함을 내질렀다.

"불경이 아니라 사설괴담이니 훈계가 될 수 없소이다."

궁예가 손가락을 꼿꼿이 세워 석총을 가리켰다.

"허면, 네가 배운 훌륭한 불경에는, 견훤의 밀정이 되어 백성을 선동하고 민가와 사찰에 불을 지르라고 적혀 있더냐? 네가 배운 훌륭한 불경에는, 석가모니부처 믿는 백성이 미륵부처 믿는 백성을 찔러 죽여야 극락에 든다고 씌어 있더냐?"

의형대장군 임상원이 석총의 죄상을 낱낱이 열거한 다음, 자루에 용무늬가 상감된 자객의 비수를 내던지며 추상같이 외쳤다.

"부처를 앞세워 백성을 속인 죄인은 속죄하라."

경당에 대한 열기는 뜨거웠다. 궁예는 고심 끝에 명을 내렸다.

"무예는 원종대장군과 애노대장군 두 분께서, 학문은 원봉성에서 맡아주시오."

"황제폐하의 은혜에 오직 감격할 따름입니다."

원종과 애노가 체면도 잊고 울먹이며 그 자리에 엎드렸다. 섣달이 되자 젊은이들이 속속 쇠둘레로 몰려들었다. 궁예황제의 포고령이 하나 더 늘어났다.

경당의 생도들은 모두 황제의 아들이다. 황제와 장군이 모두 이 가운데서 나올 것이다.

드는 줄은 몰라도 나는 줄은 안다던가. 새해부터는 조회 자리가 썰렁했다.

"원회, 귀평, 모흔장, 장일, 대위소, 검용, 여섯 분을 대장군으로 삼겠소. 병부의 우두머리는 원회대장군이 겸하도록 하고 수춘부장군은 유권설, 광평성 광치내는 아지태가 맡아주시오."

특히 대위소와 검용을 대장군으로 삼은 뜻은, 머잖은 장래에 북쪽으로 군사를 움직이겠다는 궁예의 포부였다.

15

봄이 오기 전에 사건이 터졌다. 먼 뒷날까지도 사람들은 아지태사건이라고 일컫기를 서슴지 않았으나, 따지고 보면 아지태에게는 잘못이 없었다.

광평성의 광치내는 신라의 집사성 시중과 비슷했다. 품계는 대장군보다 낮았으나, 황제 보필과 인재 등용을 맡게 된 아지태의 각오는 다부졌다. 어느 날, 아지태 앞에서 광평성 서사 김재원이 근심을 털어놓았다.

"근자에는 학자들은 물론, 장군들도 황제의 뜻을 예사롭게 거스르고 있소이다."

아지태도 더러 짐작되는 일이 있기에 되물었다.

"상세히 말해 보도록 하시오."

"능문, 원봉, 홍술, 양문 등 원로장군들이 아무래도 이번 대장군 승진에서 빠진 데 불만을 품은 듯하외다. 홍유, 왕규, 유권설, 임상원, 복지겸, 배현경, 신숭겸 등 젊은 장수들과 자주 어울리면서, 황제도 이젠 미륵부처 용화세상이란 헛된 명분의 깃발을 내리고 견훤처럼 천하의 패권을 다

툴 때에 이르렀다고 부추긴다 하더이다……."

거기서부터는 아지태가 판단할 몫이 아니었다. 낱낱이 적어 올린 탐문 결과를 받아 든 원회는 분노했다. 백성들을 위한 미륵부처 용화세상이란 황제를 비롯한 몇몇 원로 장군들의 꿈일 뿐, 신라에서 벼슬살이를 하다가 뒤늦게 합류해온 벼슬아치들에게는 한갓 명분의 깃발에 지나지 않는다는 얘기였다.

원회가 떨리는 음성으로 말했다.

"어질고 의로운 황제의 신하로서 어찌 이럴 수가……. 허나, 연루자들이 원로장군들이고 보면 처벌만이 능사는 아닐 듯싶소. 자칫하면 나라에 손실을 가져올 수도 있는 일, 변죽을 울려서 깨우치도록 하는 게 좋겠소."

큰 고기는 놔두고 송사리만 잡자는 것 같아 떨떠름했지만, 원로장군들을 보호하자면 최선의 방책이었다.

"대장군의 분부대로 윤전, 관서, 입전의 죄상을 황제께 고하겠소이다."

원회의 명을 받은 아지태가 김재원을 불러놓고 일렀다.

"윤전, 관서, 입전 세 사람의 죄상에 대한 공초를 작성하시오."

김재원을 보좌하는 광평성 외사 신방은 서원경에서 함께

올라온 윤전, 관서, 입전 등의 동료였다.

철원성에서는 그날 밤에도 장수들이 둘러앉아 술잔을 기울이고 있었다.

"환선길장군. 이런 자리에서 만나는 것은 처음이니, 제가 먼저 잔을 올리겠소이다. 헌데, 금성토성[1]의 군사들 사이에서는 더러 불평이 없는지요?"

임상원이 그 자리에 처음 참석한 환선길에게 깍듯이 잔을 바친 다음, 은근한 목소리로 운을 떼었다.

"부, 불평이라니요?"

환선길이 되묻자, 복지겸이 거들고 나섰다.

"공을 세운 군사들이 상을 주지 않는다고 불평하지는 않느냐는 것이외다."

환선길이 뜨악한 표정을 지으며 받아 든 술잔을 상 위에 내려놓는데, 유권설이 냉큼 토를 달았다.

"예전의 신라 왕실은 물론 백제왕 견훤까지도 공을 세우는 장수와 군사들에게는 상으로 식읍을 나눠주는 것이 상례인데, 우리 황제께서는 잘못에 대한 벌은 꼬박꼬박 챙기

면서도 공에 대한 상은 일절 없으니 뭔가 아귀가 안 맞는다는 말씀이외다."

예사롭지 않은 말들이 잇따라 터지자, 환선길이 벌컥 성을 냈다.

"지금 황제를 잃는다는 것은 떠오르는 아침 해를 그대로 떨어뜨리는 것과 같소. 아시겠소? 신라, 백제, 후양, 발해를 통틀어서 작금의 세상이 얼마나 부처님의 진리를 거스르고 있는가를……. 영리한 자는 어리석은 자를 속이고, 부자는 가난한 백성을 학대하고, 강자는 약자를 짓밟고……. 세상에는 원한이 가득하오. 원한의 뿌리에서 무엇이 생기고 그것이 백성들에게 어떤 고통을 주는 것인지를 돌이켜 본다면……."

왕규가 손을 홰홰 내저었다. 모임에 환선길을 초대해놓고 속이나 떠보자는 취지였는데, 거꾸로 환선길에게 설득을 당하는 꼴이 되어서는 곤란했다.

"아니, 장군의 말에는 오해가 있소이다. 황제를 잃는다니, 어찌 불손한 말을 입에 담을 수 있단 말이오? 이 사람들의 말인즉, 목숨 걸고 공을 세운 장수들에게 합당한 포상을 해야 이치에 맞지 않겠느냐는 것이외다."

"그 말이 황제의 뜻을 꺾자는 것이고, 백제의 견훤과 똑같은 무리로 전락시키자는 말 아니겠소?"

원종의 부장 출신답게 환선길의 반격이 꿋꿋하게 이어지자, 신숭겸이 만류하고 나섰다. 환선길이나 신숭겸은 똑같은 신라의 육두품 출신이었다.

"장군, 노여움을 거두시오. 어디까지나 어느 쪽이 나라를 위한 길인가를 놓고 공론을 벌이자는 것이지, 당장 어쩌자는 게 아니잖소. 공이 있는 자에게 상을 주고 허물이 있는 자에게 벌을 주는 것이야말로 군사들의 기강을 세우고 사기를 높이는 기본인데, 우리 고려에는 벌은 있고 상은 없다는 얘기가 나왔던 것뿐이오. 딴은, 일리가 있잖소이까? 황제께서 꿈꾸는 나라를 위해 깨끗이 목숨을 바치겠다는 고귀한 사람도 있겠지만, 눈앞의 이익을 좇아 움직이는 자도 있게 마련 아니외까? 군자는 의로써 모이고 소인은 이로써 모인다는 말도 있으니 말이오."

막상 신숭겸의 말을 들으며 좌중을 훑어보던 환선길이 쥐고 있던 술잔을 황급히 입에 털어 넣었다. 갑자기 자신의 언동이 가당치도 않게 느껴졌던 것이다. 수염이 허연 원로 장군 능문, 원봉, 홍술, 양문 등은 일찌감치 상주 관내에서 군사를 일으킨 대선배들이었고, 황제와 비슷한 연배인 홍유는 신라 이화혜정의 장수였다. 자신과 비슷한 연배인 유권설, 임상원, 복지겸, 배현경, 왕규 또한 적잖은 공을 세운 장수들이었고 윤전, 관서, 입전 등은 황제의 총애를 받는 젊은 학자들이었다.

약간의 불평을 입에 담았다 하더라도 황제에 대한 충성심이 없다고 단정할 수는 없었다. 응석을 부리듯 푸념을 해볼 수 있는 일이었다. 자신도 가끔은 신라의 장수들이 누리던 부귀와 영화를 동경하지 않았던가. 혼자만 백성을 아끼고, 혼자만 충성을 바치는 듯 언성을 높였으니, 얼마나 못난 망발이더란 말인가.

"장군님들, 큰일 났소이다."

환선길의 부끄러움을 지워주기라도 하려는 듯, 신방이 들이닥쳤다.

"경망스럽게 웬 호들갑이오?"

잠자코 있던 능문이 소리를 내질렀다. 그러거나 말거나 신방이 주르르 쏟아냈다.

"지금 대궐에서 아지태가 여러 장군들과 학자들을 모함하는 공초를 작성하고 있소이다. 소인이 지금 그 일을 하다가 달려오는 길이외다."

여러 장수들이 파랗게 질렸으나, 능문이 의연한 표정으로 말했다.

"아지태가 중신들을 모함하고자 일을 꾸미고 있다고 이쪽에서 먼저 고변하시오. 그다음엔 내가 뒤를 봐줄 것이니, 철원성 성문을 닫아걸고 농성에 들어가시오."

능문의 말이 떨어지자, 배현경이 자리를 박차고 나갔다.

"나는 그렇게까지 해서 황제께 대항할 의사가 없소이다."

환선길이 그 뒤를 따르자 다른 장수들과 함께 철원성 장군 신숭겸마저 따라나섰다. 왕규, 신방, 윤전, 관서, 입전 등 젊은 학자 넷과 원로장군들만 남게 되었으나, 능문은 포기하지 않았다.

"왕규장군은 급히 저 사람들과 함께 성 밖으로 나가시오. 만약의 사태가 일어나면 밖에서 도와줄 사람이 필요한 법, 그 일을 맡으시오."

왕규로서는 아버지 왕의식의 한주성주 자리를 대물림할 궁리뿐이었다. 왕규가 바라는 황제의 모습이란, 자기를 따르는 자들에게 충분한 보상을 해줄 줄 알아야 했다. 백성들의 인기를 얻기 위해 미사여구를 동원하여 환상을 심어줄 줄도 알아야 했다. 미륵부처 용화세상이란, 얼마나 근사한 환상인가. 그러나 그 환상은 멀리 저승에다 놔둬야 했다. 이승으로 끌어내는 순간, 황제의 권력이란 아무런 맛도 없게 된다. 인간의 살아가는 재미란 무엇인가. 수단과 방법을 가리지 않고 얻어낸 권력을 마음껏 휘두르는 쾌감을 맛보는 일이다. 궁극적으로는, 그런 재미를 톡톡히 누리자는 욕망 때문에 황제에게 머리 조아리고 무릎 꿇어 충성을 바치는 것 아니겠는가.

왕규마저 성 밖으로 나가자 능문이 재촉했다.

"네 사람은 아지태의 고변서 작성을 서두르시오. 나는 장군들과 함께 군사들을 장악하고 철원성 성문을 닫아걸겠소."

공교롭게도 철원성에 주둔한 3천여 군사들 대부분이 상주 부근에서 투항해온 원봉, 홍술, 양문, 능문 휘하에 있던 군사들이었다. 능문이 성문에 방을 내걸었다.

광평성 광치내 아지태가 사욕을 채우기 위해 원로 장군들, 젊은 학자들을 모함하며 황제의 성총을 흐려놓았다. 더구나 아지태가 상주 부근에서 올라온 군사들을 고변하였으므로, 우리가 대항하지 않을 수 없게 되었다.

철원성 소식에 침식을 폐하고 누워있던 궁예가 원회를 부른 건, 꼭 닷새만이었다.

"죽주산성에서 그대의 채찍에 맞아 다 죽게 돼서도 백성을 위해 살겠다는 결심을 꺾지 않았던 내가 이만한 일로 물러설 수는 없겠지요."

채찍이란 말이 나오자, 원회는 송구스러워 몸 둘 곳을 몰라 쩔쩔매게 되었다.

"핫하하. 새삼스럽게 원회대장군을 탓하자는 게 아니오. 그때 채찍에 맞은 살갗은 더욱 질겨졌을 것이고, 백성들을 위해 신명을 바치겠다는 결심 또한 굳어졌을 것이니, 되레 내 쪽에서 고마워할 일이오. 허면, 이제 어찌하면 되겠소?"

웃음소리가 헛헛했다. 원회가 자세를 고쳐 무릎을 꿇었다.

"이번 사건의 빌미가 된 아지태를 일단 서원경으로 보내시지요. 그동안 원로장군들의 세뇌를 받은 젊은 장수들의 동요가 적잖은즉, 황제님의 신임이 두터운 젊은 장수 왕건에게 사태수습을 명하신다면……."

궁예가 간결하게 명했다.

"그리하시오. 아지태를 서원경 성주로 내려보내시오. 김언에게 나주성을 맡기고, 왕건을 쇠둘레로 불러서 아지태의 자리를 메우시오."

세상의 흐름을 살피기 위해 중원으로 들어갔던 승려가

돌아왔다. 궁예는 원회, 귀평, 장일, 검용 등 대장군들과 함께 세달사 법당으로 나갔다.

종뢰선사가 승려의 말문을 틔웠다.

"후양은 어떻던가요?"

"당나라를 멸망시키고 후양의 황제가 된 주전충이 풍습에 따라 수양아들 여럿을 두었는데, 그중 첫째인 주우문을 제일 신임했답니다. 그런데 주우문에게 양위하려 하자, 둘째 주우규가 반란을 일으켜 주전충과 주우문을 죽이고 제위에 올랐답니다. 그러나 주우규 또한 셋째 주우정에게 피살되었답니다.

"다른 나라의 움직임은?"

"후양이 혼미를 거듭하는 사이, 북쪽에서는 진왕 이극용이 착착 세력을 넓혀가고 있습니다. 후양의 영토 칠십여 주 가운데 오십여 주를 잠식했답니다."

종뢰선사가 마지막으로 가장 궁금한 것을 물었다.

"요동은 누가 차지했더이까?"

"진왕의 영역에 들긴 했으나, 이극용이 후양과 다투면서 거란의 야율아보기와도 싸움을 벌이느라 아직은 혼란스럽다고……."

세달사를 나서는 궁예의 발걸음은 무거웠다. 요동 땅을

되찾을 절호의 기회가 또 한 번 찾아왔건만, 이번에도 집안 싸움을 하느라 놓쳐버리는 꼴이었다.

대장군들과 나란히 대궐로 돌아오는데, 박유가 달려왔다.

"모흔장대장군께서 전사를……."

궁예가 외눈을 부릅떴다.

"뭐요? 전사라니요?"

"성문을 열고 나온 능문장군과 창을 맞대었는데, 창이 부러지는 바람에 단검을 들고 맞서게 되었습니다. 쉽사리 승부가 가려지지 않는 듯싶었으나, 차츰 모흔장대장군이 우세해져서 승부가 나려는 찰나였습니다. 갑자기 달려온 홍술장군이 뒤에서……."

"그대들은 팔짱을 끼고 있었단 말인가?"

"해자 건너편이었습니다. 모흔장대장군께서는 석가모니 부처 미륵부처 일을 속죄하시겠다며, 홀로 해자를 건너가 능문장군에게 일대일의 승부를 청했습니다. 양쪽 군사들에게는 절대로 나서지 말라, 당부까지 하셨습니다.

"그래, 능문과 홍술은 살았나?"

"예…… 예."

"모, 흔, 장."

궁예가 목이 메어 모흔장을 불렀다. 주르르 눈물이 흘렀다.

한마음 한뜻으로 함께 외길을 걸어온 동무였다. 늘 겸손하여 자신을 내세우는 법 없이 맡은 일을 해내는 과묵한 장수였다. 한때는 석가모니부처 미륵부처 사건에 휘말리기도 했으나 곧 잘못을 깨닫고 난동자들을 설득했던, 충직한 사내였다.

1대 1의 싸움이니 나서지 말라 이르고, 그 약속을 지킨 자는 죽고, 그 약속을 어긴 자는 살아있다. 싸움터에서나 세상살이에서나 올바로 살려고 하는 자가 비겁한 자에게 손해를 보는 것은 무슨 까닭일까. 안타까운 마음이 입 밖으로 흘러나갔다.

"비겁한 자는 살아남고……."

이번에는 전령이 달려왔다.

"영산강 초입부터 나주성까지, 백제의 배들이 강을 가득 메우고 있답니다."

궁예에게 닥친 설상가상의 불운이었다. 견훤이 다시 일어서자면 5년은 필요할 것이라 했더니, 2년을 줄이지 않았는가. 견훤의 불타는 복수심에 허를 찔린 셈이었다.

궁예가 되레 차분히 가라앉은 음성으로 명을 내렸다.

"어쩔 수 없이 둘로 나뉘게 되었소이다. 원회대장군과 장일대장군 두 분께서 대위소대장군과 함께 철원성을 맡아

수습하시오. 자비를 베풀고 있을 여유가 없소이다. 왕건이 도착한 다음 열흘 안에 해결이 안 되거든 전군을 다 동원하도록 하시오.”

“검용대장군은 송악성으로 달려가시오. 김언장군이 나주로 내려갔으니, 대장군께서 수군의 출정 준비를 해주시오. 사흘 뒤에 내가 직접 달려가겠소.”

원회가 다른 의견을 내놓았다.

“황제님의 친정은 안 됩니다. 나주의 일은 김언장군에게 맡겨두고, 이곳부터 매듭을 지으시는 것이…….

궁예가 한동안 대꾸가 없더니, 뒷말이 나오지 못하게 아퀴를 지었다.

“집안일은 미뤄도 무방하나 견훤의 일을 미루면 회복하기 어렵소이다. 대장군은 칭신하지 않아도 좋다 했소이다. 원회대장군이 황제와 똑같은 책임으로 임해주시오.”

궁예의 70여 척 선단이 영산강 포구로 내려갔다. 평소답지 않게 말이 없던 귀평이 막상 배에 오르자, 궁예에게 종주먹을 들이댔다.

“형님이나 나나 수군이라면 쥐뿔도 아는 게 없소이다. 검용대장군 또한 보병이외다. 어쩌자고 수많은 백성들의 목숨이 딸린 황제가 싸움판으로 뛰어든단 말이오?”

호칭부터 30년 전으로 돌아가서 형님이었다. 귀평의 심사가 매우 뒤틀려 있다는 증거였다. 그렇거나 말거나 궁예가 심드렁한 대꾸를 내놨다.

"멀리 떨어져서 쇠둘레를 바라보고 싶었을 뿐이다."

"그건 또 왜요?"

"철원성에 있는 자들의 주장에 약간의 타당성이라도 있는 것인지, 다시 한번 따져보고 싶었다."

말은 그렇게 줄였지만, 궁예의 가슴속에서는 수천수만의 생각들이 서로를 물어뜯고 있었다. 아무리 애써 설득한다 해도 인간들의 마음속에 똬리를 틀고 있는 이기심을 몰아낸다는 것은 불가능한 일이더란 말인가. 이승의 땅 위에 미륵부처 용화세상을 세우는 일은 한갓 꿈이더란 말인가. 궁예는 운명을 시험해보고 싶었다. 과연, 이것이 황제로서 돌이킬 수 없는 잘못을 저지르는 것일까?

"알겠수. 아우가 또 경솔했수."

속 모르는 귀평이 단순하게 받았다. 이래저래 심란해진 궁예가 목소리를 낮췄다.

"검용대장군은 수전 경험이 있지요?"

"있기는 합니다만, 겨우 열 척의 소금배를 이끌고 해적들과 싸워본 게 고작입니다. 이렇듯 많은 배와 군사들을 이끌고서는 가늠이 되지 않습니다."

검용이 겸손하게 받았다. 궁예가 빙긋이 웃었다.

"견훤도 수군을 모르기는 마찬가지일 것이오. 필시 나주성 오가는 우리 뱃길을 끊을 셈으로 수군을 길러보자, 꾀를 냈을 것이오. 한즉, 검용대장군께서 수군을 맡아주시오. 그리고 귀평대장군은 마병대를 지휘하시오."

과연 많은 배들이 뗏목처럼 고물과 이물을 맞댄 채 영산강을 가득 메우고 있었다.

"배에 장막을 치고 물을 흠뻑 뿌려라."

검용이 수군을 모른다며 겸양을 떨 때와 달리, 작고 가벼운 쾌속선 30여 척을 따로 골라놓고 군령을 내렸다.

밤이 되었다. 검용이 30척의 쾌속선에 불을 휘황하게 밝히고 포구 안으로 들어갔다. 포구 밖으로 유인해내려는 고려군의 전술로 넘겨짚은 백제군들이 배는 움직이지 않고 화살만 어지러이 쏘았다. 날아온 화살은 물에 젖은 장막에 꽂힐 뿐, 고려 군사들에게 위협이 되지는 못했다. 검용의 선단은 아무런 저항도 받지 않고 강의 상류까지 깊숙이 들어갔다가 유유히 되돌아왔다. 검용이 이번에는 수군 5백을 나누어 실은 충돌선 다섯 척을 귀평에게 맡겨놓고는, 다시 30척의 쾌속선에 불을 밝히고 상류로 올라갔다. 충돌선이란 배의 재목이 갑절은 두껍고 단단한 데다 고물과 이물에 철판을 붙여서 상대의 배와 충돌하도록 만들어진 배였다. 쾌속선의 불빛을 좇는 백제 군사들의 눈에 불빛 없이 따라붙은 충돌선이 들어올 리 없었다.

"쳐라."

귀평이 군령을 내렸다. 함성도 없이 충돌선의 기습이 이루어졌다.

쾅, 우지끈, 꽈당. 배와 배가 충돌하는 소리가 강물을 뒤집었다. 백제의 배 10여 척이 한꺼번에 깨져나갔다. 군사들이 곤두박질을 치며 비명을 내질렀다. 당황한 백제의 배들이 우왕좌왕 저희들끼리 마구 부딪쳤다. 고려 군사들이 뱃전으로 기어오르는 백제 군사들을 창으로 찔렀다.

"후퇴하라."

귀평이 재빨리 다음 군령을 내렸다. 검용의 쾌속선단도 잇따라 빠져나왔다. 멀찌감치 지휘선에서 후퇴하는 고려의 배들을 바라보던 견훤이 코웃음을 쳤다.

"애꾸중 궁예란 놈은 수전이라고는 전혀 모르는구나. 기왕에 적은 숫자로 기습을 하려거든 화공을 쓸 일이지, 멋모르고 다가왔다가 충돌해서 제 배도 부서지니까 꽁무니를 빼는구나. 헛헛. 추격할 필요 없다. 그대로 뒀다가 밝은 낮에 혼을 내주자꾸나."

때로는 말이 씨가 되기도 하는 법이었다. 시간이 흐르면서 난바다에 파도가 이는 듯싶더니, 바람이 치불기 시작했다. 이번에는 불을 밝히지 않은 고려군의 쾌속선이 화살처럼 빠르게 달려들었다. 쾌속선은 백제의 배와 부딪칠 듯 스치면서 갑판에 강물을 끼얹고 지나갔다. 그대로 상류까지 올라갔다가 되돌려 후퇴하는 듯싶던 쾌속선이 다시 돌아왔다. 하나둘 셋, 수많은 불화살이 백제의 배로 날아들었다.

갑판이든 돛대든 불화살이 꽂히기만 하면 불꽃은 삽시간에 확 번졌다. 앞서 쾌속선이 끼얹은 게 강물이 아니라 기름이라는 걸 알아차렸을 때는 이미 늦었다. 30여 척의 배가 불길에 휩싸이고 말았다. 기다렸다는 듯, 영산강 입구에 있던 고려의 전함들이 일제히 공격했다.

"후퇴하라."

견훤은 도망칠 수밖에 없었다. 영산강 입구에서 상류로 올라가다 보면 강물은 두 줄기로 갈라졌다. 왼쪽은 나주성 앞을 지나는 본줄기였고 오른쪽은 덕진포로 들어가는 곁줄기였다. 견훤의 남은 배 50여 척은 덕진포로 숨어들었다.

이튿날. 아슴아슴 피어오르는 물안개를 헤쳐 내며 날이

밝아왔다. 밤사이 견훤이 나주성으로 가는 뱃길을 틔워준 덕분에 군사들을 불러올 수 있었다. 나주성장군 김언이 수군을 지휘하고 검용과 귀평 두 대장군은 뭍으로 올라갔다.

궁예가 김언에게 다짐을 두었다.

"백제의 원군이 도착하기 전에 속전속결로 해치워야 하오."

김언이 군령을 내렸다.

"모든 배에 장막을 치고 물을 흠뻑 뿌려라."

충돌선을 앞세운 김언의 선단이 일제히 덕진포로 밀고 들어갔다. 50여 척에 이르는 백제의 배들이 진을 짜고 기다리고 있었다.

"우리 쪽 배가 모두 깨져도 좋다. 충돌선이 아니라도 멈추지 말고 전속력으로 달려가 적의 배와 부딪쳐라."

우지끈, 콰당, 꽈르릉. 첨벙, 퍽, 철퍼덕. 와아, 와, 와. 악, 아악, 으악. 배끼리 부딪치는 소리, 널판이 부러지며 깨져나가는 소리, 깨진 배가 침몰하는 소리, 뱃전을 넘어간 군사들이 백병전2을 벌이는 소리, 배에서 강물로 떨어져 내

---

2 백병전(白兵戰): 적에게 접근해서 칼이나 창, 맨몸 등으로 벌이는 근접전.

리는 군사들의 물탕 소리, 백병전을 벌이다가 창칼에 찔린 군사들의 아우성…… 온갖 소리들이 강을 뻑뻑하게 채웠다. 뒤로 밀린 백제 군사들이 새까맣게 뭍으로 올라붙었다.

"쳐라."

매복하여 기다리고 있던 귀평의 마병대가 치고 나갔다. 뒤따르는 검용의 보병대가 또 한 번 휘몰아쳤다. 멀찌감치 지휘선에서 전황을 살피던 궁예의 가슴이 확 뚫렸다. 이번 싸움에 넋이 빠진 견훤이 다시는 고려에 맞설 엄두를 내지 못 하리라.

그때였다. 뱃머리에 있던 군사가 엎어질 듯 달려오며 뒤로 손가락을 뻗쳤다.

"앗, 황제님."

백제 군사들을 가득 태운 배 세 척이 궁예의 지휘선으로 곧장 달려들었다. 죽기를 각오하고 충돌할 작정인 듯싶었다. 배를 돌리기에는 너무 늦었다. 설익은 승리감에 도취했다가 빠져든 절체절명의 위기였다.

16

왕건이 뒤늦게 대궐을 찾아들었으나 궁예는 수군을 이끌고 떠나버린 뒤였다.

"아시겠소? 황제께서는 장군들이 진심으로 반성하고 스스로 바로잡기를 기다린다는 사실을 명념하시오. 그리고 백성들 목숨 상하지 않도록 주의하시오. 황제께서 당장에 토벌을 명하지 않았던 까닭이 거기에 있소이다."

원회의 당부와 광평성 광치내라는 관직이 왕건의 목에 걸렸다. 백성들을 상하지 않으려면 힘으로는 안 되었다. 포고령을 어겨가며 요구조건을 들어줄 수도 없었다. 왕건은 아무런 대책도 없이, 목에 걸린 올가미만 벗고 보자는 심정으로 수습에 매달렸다.

왕규를 보내서 담판을 청했다. 그 답으로 능문의 서찰이 날아왔다.

"왕건이 직접 철원성에 들어온다면 담판에 응하겠다."

이래저래 목숨이 걸린 일이었다. 왕규를 증인으로 삼아 오가는 말 모두를 기록하도록 해놓고, 원로장군들과 왕건의 담판이 이어졌다. 급할수록 물러서서 생각하라는, 도선 대사의 가르침은 아무런 효험도 없었다. 왕건이 먼저 입을 떼었다.

"소장도 황제님이 미륵부처 용화세상이란 명분을 접고, 장군들이 기 펴고 살도록 허락하시길 바라고 있소이다. 허나, 지금은 때가 아니외다. 눈엣가시 같던 아지태가 물러났으니, 장군들께서도 한발 양보하는 게 어떻겠소이까?"

능문이 턱으로 신방, 윤전, 관서, 입전 네 사람을 지목하며 물었다.

"저들은 어찌 되는 겝니까?"

"원로장군들께서 모든 허물을 쓸어안고 성을 나간다면 무사하겠지요."

기록을 석 장씩 베껴서 능문, 왕건, 왕규가 수결한 다음, 한 장씩 나누었다. 능문이 고개를 끄덕이며 말했다.

"무력으로는 승산이 없으니, 왕장군을 믿고 오늘 밤 떠나겠소이다. 허나, 우리는 황제께 유감이 있는 건 아니외다. 백성들을 위한 미륵부처 용화세상도 좋지만, 목숨 바쳐 싸운 장군들에게 아무런 보상도 없대서야 무슨 보람으로 앞장서 싸우겠느냐, 그걸 알려드리고 싶었을 뿐."

나주로 출정했던 궁예가 돌아왔다. 한발 앞서 달려온 전

령은 전무후무한 대승이라고 호들갑을 떨었으나 궁예의 말
은 달랐다.

"이번 싸움은 견훤에게 졌소이다. 백제의 배 백여 척을
모두 침몰시키고 백제군 2천여 명을 베었으나, 우리 측의
손실이 그에 못지않소. 배 20여 척이 침몰하고 1천여 명의
군사들이 목숨을 잃었소. 그것만이라면 우리가 이겼다고
말할 수 있겠으나, 귀평대장군과 검용대장군이 전사했소.
작은 승리에 취했던 내 불찰이오. 흐흐흑."

궁예의 심기가 그러하고 보니, 철원성 농성 사건에도 관
용이 없었다.

"비겁한 놈의 친구 되는 것보다 정직한 놈의 원수 되는
게 더 낫다. 독사와 전갈은 피할 수 있지만 비겁한 인간은
피할 수 없다. 신방, 윤전, 관서, 입전을 처형하라."

914년 정월 초하루.

"오늘부터 연호를 정개로 바꾸겠소."

궁예가 신년하례식에서 선언했다. 연호를 세 번씩이나
바꾸는 것은 그만큼 마음이 바빠졌다는 증거였다. 아무리
잘해보려고 노력해도 장군들과 백성들이 따라주지 못하고,
그런 가운데서도 세월은 자꾸만 흘러갔다. 궁예의 나이 벌
써 55세. 그렇건만 이뤄놓은 일보다 해야 할 일이 더 많았

다. 천지만물에 고루 밀려닥치는 노쇠의 파도를 황제라고 피해 갈 도리가 없고 보면, 아무리 서둘러도 모자랄 것 같다는 미래에 대한 통절한 불안감 때문이었으리라.

역사상 연호를 가장 빈번하게 바꾼 군주로는 단연 당나라 측천무후[1]가 꼽혔다. 당태종의 총희로 황실에 들어갔던 측천무후는 황후, 천후, 태후, 황제 시절을 통틀어서 50년간에 32개의 연호를 사용했다. 어떤 해에는 1년에 세 번이나 연호를 바꾼 일도 있었다.

궁예는 고구려 옛 땅 되찾는 일을 부쩍 서두르게 되었다. 왕건에게 외직을 주었다.

"왕건을 백선장군으로, 흑상, 강선힐, 김재원 세 사람을 부장으로 삼겠소. 수시로 선단을 이끌고 송악과 나주를 오가며 견훤의 수군을 제압하시오."

서해의 뱃길을 장악하자는 뜻이었다. 중원대륙에서는 후양이 어지러운 틈을 타 진나라가 연나라를 쳐 멸망시켰다는 소식이 들려왔다. 초나라와 오월의 사이도 심상치 않아

---

1 측천무후(則天武后): 중국에서 여성으로서 유일하게 황제가 되었던 인물로 당(唐) 고종(高宗)의 황후였지만 690년 국호를 주(周)로 고치고 스스로 황제가 되어 15년 동안 중국을 통치하였음.

전운이 감돈다는 소문이었다. 백성들의 농사를 도와 군량을 확보하는 한편, 군사훈련을 독려해야 했다. 중원 여러 나라와 거란의 움직임을 봐가며 발해를 치든, 요동을 도모하든 해야 하지 않겠는가.

원종이 나이를 앞세워 중책을 사양하고 보개산성을 맡았다. 애노가 경당에서 2년 연한을 채운 3백여 젊은이들을 데리고 쇠둘레로 돌아왔다. 경당을 마친 젊은이들 중 무예가 뛰어난 원종과 애노의 아들을 포함한 10여 명이 휘하에 30명을 거느리는 지대장에, 학문이 뛰어난 최우달의 아들 최응이 광평성 외사에, 원회의 아들이 원봉성 학자로 발탁되었다. 청광과 신광 두 황자와 다른 장군들의 아들들, 그리고 대부분의 젊은이들은 일반 군사로 배치되었다. 밑에서부터 착실하게 공을 쌓으라는 뜻이었다.

관직이 세습되지 않는다는 포고령은 알고 있었지만, 그것이 눈앞에 닥친 것은 처음이었다. 막상 그것을 눈으로 확인하게 되자, 백성들은 물론이고 장군들도 깜짝 놀라 펄쩍 뛰었다. 원종이 나서서 간청했다.

"두 분 황자만이라도 관직을 높여주십시오."

궁예가 정색하고 말을 잘랐다.

"대장군께서는 벌써 포고령을 잊으셨소이까? 두 황자만

이 아니라 경당에서 수업을 마친 젊은이들 모두 똑같은 황제의 아들이외다."

다른 장군들은 감히 입도 떼어볼 수 없었다. 청광과 신광 본인들은 궁예가 두려워 불만을 꾹 눌렀으나, 채예황후가 발끈하고 나섰다.

"황자를 말단 군사로 삼다니, 하늘 아래 다시없는 일이외다. 장군의 아들을 말단 군사로 삼는 것도 말이 안 되는 처사외다. 신분에 맞는 자리를 찾아주소서."

궁예가 완강하게 고개를 흔들었다.

"고려에는 신분이란 없소이다."

정작, 그 일에 놀라고 당황한 것은 젊은 장수들이었다. 밤이 되자, 누가 시킨 것도 아니건만 하나둘 철원성으로 모여들었다. 먼저 와 기다리던 왕규가 운을 띄웠다.

"그것 보시오. 내가 말하지 않았소이까? 황제께서 백성들의 인기에 취하고 보면, 정말로 백성들 편에 서는 미륵이 되자고 나설 게 분명하다고……."

신숭겸이 그 말을 듣고는, 홍유에게 농담 한마디를 건넸다.

"홍장군께서는 신라에 그대로 계셨으면 지금쯤은 양주든 강주든 도독 한자리쯤은 했을 것이니, 꿈에도 소원이던 진골 반열에 오르는 것인데 정말 안됐소이다.

입씨름이라면 누구에게도 지지 않는 홍유였다. 당장에 진담으로 받아쳤다.

"헛헛허, 참. 나야 신라 땅에서 진골이 될 수 없는 한을 품고 고려의 진골이 돼볼까 싶어 동무를 따라왔다가 헛짚은 꼴이 됐다지만, 신장군이야말로 안됐소이다. 기왕에 마병대 수백 기를 기르고 있었으니, 일찌감치 견훤 휘하로 이끌고 들어갔더라면 좌평 벼슬에다 장토와 식읍까지 받았을 것을……."

임상원이 큰기침을 놓으며 끼어들었다.

"아니, 두 분께서는 여러 사람 복장 지르기 내기라도 걸으셨소이까? 장토를 받기는커녕, 대왕께 충성을 바치다가 있는 장토조차 날려버린 사람이 이 자리에도 여럿 있소이다."

그쯤에서 왕규가 말리고 나섰다.

"이러다가는 괜한 일로 다투겠소이다. 그보다는 뭔가 장차를 위한 대책을 세워야 할 때가 아니겠소이까?"

임상원이 고개를 홱 돌려 쳐다보며 물었다.

"지난번 원로장군들이 맞섰다가 젊은 학자들 목숨만 버리지 않았소이까? 또 무슨 대책이 있단 말이외까?"

왕규가 느릿느릿 품속에 손을 넣더니, 부스럭거리며 종이쪽을 꺼내 들었다. 그 동작이 예사롭지 않아서 좌중의 시선을 모으기에 충분했다.

"지난번 원로장군들의 거사가 헛된 것만은 아니었소이다. 이게 그 증거외다."

왕규가 종이쪽을 옆에 앉은 임상원에게 건넸다. 그것이 차례대로 한 바퀴 돌아오기를 기다렸다가 왕규가 말을 이었다.

"이 문서를 보았으니, 지난번 황제의 명을 받아 사태 수습을 맡았던 왕건장군의 생각도 우리들과 별반 다르지 않다는 걸 아셨을 줄 아오. 허나, 그때만 해도 황제의 뜻이, 황자마저도 말단 군사로 배치할 만큼 굳세리라고는 생각지 못했소이다. 이제야말로 서둘러 대책을 세워야 할 것이외다."

"그만해도 알아듣겠소이다. 이번에 경당에서 수업을 마치고 돌아온 젊은이들의 배치를 보면 원종, 애노 두 분 대장군의 아들과 농사꾼들의 아들 여덟이 지대장으로 발탁되었을 뿐이외다. 말단 군사들보다는 지대장이 공을 세울 기회가 많을 것은 정한 이치, 나중에 가서는 장군 자리는 다 무지렁이 농사꾼들의 아들들이 차지하고 말 것이외다. 그런즉, 어찌하자는 것인지, 왕규장군의 복안을 털어놓으시오."

배현경이 거들자, 저마다 한 마디씩 맞장구를 치고 나섰다.

"그럼, 그럼. 우리끼리 공연히 애를 태울 게 없소이다. 방책을 말해 보시오."

왕규가 이번에도 뜸을 들였다가 입을 열었다.

"첫 번째는, 요구사항을 일목요연하게 적고 찬동하는 사람들의 수결을 받는 것이외다. 두 번째는, 그 문서를 왕건 장군에게 전달해서 허락을 받아내는 것이외다."

유권설이 뚜벅 입을 열었다.

"왕건 장군이 아비의 시신을 두고 황제폐하와 형제의 매듭을 엮은 사이란 것은 세상이 다 아는 사실이외다. 앞에 내세워 청을 넣는 데는 적임이오만, 만약 거절한다면 어찌하겠소이까?"

왕규가 빙긋이 웃으며 손에 쥐고 있던 문서를 흔들어 보였다.

"이걸 들이대고, 지난번 일을 사실대로 고변하겠다고 닦달을 하겠소이다."

"그럴 법하외다. 황제폐하께서 그걸 읽으시면 왕건 장군도 꼼짝없이 도망친 원로장군들의 공범이 되는 셈, 쉽게 발을 빼진 못하겠소이다."

"과연, 그렇소이다. 정말 꼼짝없게 됐소이다. 헛허허."

신숭겸이 크게 고개를 끄덕이며 말하자 여럿이 맞장구를 치고 나서는 가운데, 임상원이 서둘러 결론을 지었다.

"얘기가 여기에 이르렀으니, 쇠뿔도 단김에 빼랬다고, 당장에 우리들의 요구사항을 적고 수결을 하도록 합시다."

왕규와 임상원이 지필묵을 준비하는 사이에 차례로 요구사항을 말했다. 그 자리에 있는 일곱 사람과 왕건의 몫, 그리고 황제에게 보낼 것과 새로 동지를 포섭할 때 써먹을 것까지 합쳐 열 장의 문서가 금세 만들어졌다.

철원성은 아예 젊은 장수들의 사랑방으로 변해버렸다. 자주 만나서 공론을 거듭하다 보면 결속도 다져지게 마련이었다. 모사꾼 왕규는, 왕건을 앞세워 황제의 허락을 받아내려던 계획을 과감히 철회했다. 계획을 한 단계 앞으로 건너뛰었다.

"다음번 황위에 오를 사람과 담판을 지어야 되겠소이다."

배현경이 황급히 되물었다.

"다음번 황위에 오를 사람이라면, 경당에 가 있는 순백황자 말이오?"

청광과 신광 두 황자가 말단 군사이고 보니, 배현경의 지적이 옳을 듯싶었으나 왕규는 가볍게 고개를 흔들었다.

"아니외다. 이제는 황제의 자리도 세습하지 않겠다던 호 언장담을 믿을 수밖에 없게 되지 않았소이까?"

"그렇다면, 도대체 누구와 담판을 짓는단 말이오?"

복지겸이 왈칵 성을 냈다. 왕규가 덤덤한 목소리로 대꾸했다.

"당장에 누구와 담판을 짓자는 것이 아니외다. 누구하고 라도 담판을 할 수 있게끔 준비해두자는 것이외다."

"어떻게 말이오?"

홍유가 솔깃해서 물었다.

"우리가 다시 한번 연명으로 문서를 만들고, 거기에 전국 의 성주와 군수들의 수결을 받자는 것이외다. 전국까지는 필요 없겠지요. 한주 관내와 삭주 관내 성주들과 군수들의 수결만 받아둔다면, 누가 임금 자리에 앉더라도 우리들의 청을 받아들일 수밖에 없지 않겠소이까?"

"그건 그럴듯하오. 누구를 시켜서 성주와 군수들의 수결 을 받는단 말이오?"

"염려 놓으시오. 내게 언변 좋고 무예 출중한 왕창근이란 사촌아우가 있소이다. 당나라에 유학했다가 근자에 돌아왔 으니, 실수 없이 실행할 것이외다."

"좋소이다. 그렇다면, 이 자리에서 문서를 만듭시다."

문서를 만들어 나눠 가진 적이 있는 사람들이었다. 망설일 까닭이 없었다. 임상원이 서두르고 나서자, 왕규가 손을 흔들어 가로막았다.

"그 전에 할 일이 있소이다. 우리 중 하나를 우두머리로 정하고, 그다음은 우두머리의 신표를 정하고, 전국의 성주와 군수들에게 그 신표를 알려줘야 하오이다. 신표가 맞지 않으면 황제의 명이라 하더라도 군사를 움직여서는 안 된다고 말이지요."

"딴은, 그 말이 맞소이다. 누구로 정하는 게 좋겠소이까?"

임상원이 여럿의 얼굴을 둘러보며 물었다. 왕규가 단칼에 무를 자르듯 답했다.

"약점이 많은 사람일수록 좋을 것이외다."

"약점이라니요?"

유권설이 웬 소리냐는 듯 눈을 커다랗게 떴다. 왕규가 이번에는 차분한 목소리로 풀어냈다.

"큰일을 하다 보면 우두머리는 항상 뜻하지 않은 사태에 직면하게 되는 법이외다. 피치 못할 사정으로 상대에게 회유될 수도 있고, 갑자기 표변하여 이쪽과 안면을 싹 바꾸게 되는 경우도 있고, 일이 성사된 다음에는 자신의 낮을 세우려고 엉뚱한 고집을 부리고 나서는 수도 있고……. 더욱이, 우리가 추진하는 게 어디 예사로운 일이오? 황제의 포고령, 그중에서도 가장 핵심이 되는 첫 번째 조항을 깨뜨리자는 일이외다. 그 일로 원로장군들이 뺑소니를 놓았고, 젊은 학자들이 목숨을 잃었소이다. 한즉, 우두머리를 맡을 사람은 약점이 많을수록 좋다는 것이외다. 그것도, 절대로 이쪽을 배신하지 못할 정도로 아주 많을수록 좋겠지요. 계집질을 많이 한다거나, 남달리 탐욕이 많다거나, 책잡힐 문서를 남겼다거나……. 아무튼, 그런 것 말이외다."

왕건의 어릴 적 친구인 종회가 배꼽을 쥐고 웃으며 말했다.

"핫하하. 그러고 보니, 살살이 왕건을 두고 빈정거리는 듯싶소이다. 왕건이 어려서부터 일을 저질러 놓기만 할 뿐, 책임을 지는 법이라곤 없었소이다. 발등에 떨어진 불똥에만 급급해서 감당 못 할 약속도 잘하지요. 지난번 능문장군에게 써줬다는 문서를 보더라도 그렇지 않소이까? 명색 반역을 꾀한 자에게 대놓고 한 말이 그게 뭐요? 내 심정도 너와 같다. 그러나 지금은 때가 아니니 후일을 기약하는 게 좋겠다. 그야말로 죽을 꾀를 낸 것 아니외까? 그러면서도 그 친구 운은 기막히게 좋단 말이외다. 장삿길에 나서면 남보다 이문을 많이 남기고, 싸움터에 나가면 공을 세우는 상지상팔자를 타고난 인물이외다."

역시 왕건의 어릴 적 친구인 배현경이 뒤따라 말했다.

"약점이라면 왕건을 덮을 자가 없소이다 그려. 그러면서도 별로 미움을 받지는 않으니, 과연 적임이외다. 그리 결정합시다."

임상원이 고개를 절레절레 흔들었다. 문서 작성이 끝나자, 그때까지 눌러 참고 있던 얘기를 꺼내 들었다.

"자, 아까 끊어진 얘기를 계속합시다. 과연, 다음번 황제 자리에 오를 사람이 누구라고 보시외까? 기왕이면 신숭겸 장군부터 말씀을 해주시지요."

느닷없이 지목을 받게 된 신숭겸은 한동안 망설였다. 여태까지는 왜 그 생각을 못 해 봤는지 모르겠다 싶을 정도로, 그것은 눈앞에 닥친 문제였다. 그만큼 민감한 사안일 수밖에 없었다. 무난하게 상식적인 대답을 내놓았다.

"황자라고는 지금 경당에 가 있는 순백이 있을 뿐이니, 그 문제는 따져 볼 필요조차 없지 않겠소이까?"

"이제는 황위가 세습되지 않을 수도 있는 일이라고, 왕규 장군이 방금 그리 말하지 않았소이까?"

신숭겸의 말이 끝나자 유권설이 냉큼 반박하고 나섰다.

그것을 계기로, 모두들 누가 다음 황위에 오르느냐를 놓고 한바탕 입씨름을 벌이게 되었다.

왕규는 거기 끼어들 만큼 한가롭지 못했다. 당장 홍유를 따로 불러냈다.

"휘하에서 날랜 무사 두 사람을 골라내어 내 사촌아우에 게 딸려주시오. 전국의 성주들과 군수들을 찾아보자면 의형대장군의 패찰이 퍽 도움이 될게요."

다음에는 왕식렴을 찾아갔다.

"그대의 사촌형님 왕건장군을 위한 일이외다. 금덩이를 넉넉히 내놓으시오."

식렴이 깜짝 놀라며 되물었다.

"금덩이라니요?"

왕규가 그때쯤에는, 다음번 황위에 왕건을 밀어 올리겠다는 생각을 굳혀가고 있었다. 결정적인 순간까지 동료들에게도 숨길 일이었지만, 굳이 왕건의 사촌아우에게까지 숨길 필요는 없었다.

"황위를 세습하지 않겠다던 말이 지켜질 수도 있지 않겠소이까? 그리될 때의 적임은 누구이겠소이까? 대장군이겠소이까? 원종, 애노 두 분은 연로하고, 원회, 장일, 대위소는 대왕과 동년배 아니외까? 그다음으로 흘러내릴 것이외다. 아비 왕릉의 시신을 두고 황제와 형제의 매듭을 엮은 왕건장군의 연고가 가장 깊지 않겠소이까?"

처음에는 뜨악해하던 식렴이 어느덧 왕규의 말을 귀여 겨듣기 시작했다. 자신감이 붙은 왕규가 목소리에 힘을 실었다.

"허나, 황제란 워낙 막중한 자리이고 보면 천려일실2도 우려하지 않을 수 없겠지요. 장군께선 황제의 포고령을 어찌 생각하시외까?"

평소 같으면 함부로 입에 담기 어려운 말이었으나, 역모에 버금갈만한 말들이 오가던 자리였다. 식렴이 거리낌 없이 제 생각을 내비쳤다.

"그야, 백성들의 마음을 모으자는 명분 아니외까? 어느 정도 목표가 달성된 다음에는 떼어버리면 그만인……."

왕규가 으레 그럴 줄 알았다는 듯 고개를 끄덕였다.

"그런데 그게 그렇지가 않소이다. 생각해보시오. 그게 명분에 불과했다면, 두 황자를 말단 군사로 배치했겠소이까?"

---

2 千慮一失(천려일실): 생각을 많이 해도 하나쯤 실수가 있을 수 있다는 뜻.

식렴이 대꾸할 말을 잃고 고개를 흔들었다. 왕규가 서둘러 마무리를 지었다.

"왕건장군이든 누구든 황제에게 순순히 선위를 받는다면, 포고령은 현재대로 존속될 것이외다. 여러 장군들은 그점을 우려하고 있소이다. 그래서 다음번 황위에 왕건장군을 앉히자는 뜻을 모으고 있는 것이외다. 물론 지금이야 백성들이 황제를 따르고 있으니 잠자코 기다려야 할 일이지만, 그 준비만은 철저히 갖춰둘 필요가 있다는 것이외다. 한즉, 나라의 곳간을 맡고 있는 대룡부장군께서 금덩이만 내주면 되오이다. 민심을 모으자면, 재물이야말로 손쉽고 빠른 무기 아니겠소이까?"

식렴이 미처 뭐라고 대꾸를 못 하고 있는 사이, 왕규가 퇴로를 딱 막았다.

"내 딸이 왕건장군에게 출가했으니, 나 역시 남이 아니외다."

워낙에 당나라 오가는 장사꾼으로 자라난 왕식렴의 빠른 셈속이고 보니, 왕규의 켯속 헤아리는 것도 빨랐다.

"금덩이는 얼마나……."

왕규의 대답에 거침이 없었다.

"그야, 넉넉하게 듬뿍 내줄수록 좋겠지요."

해가 바뀌면서부터 궁예가 대장군들과 토론하는 시간이 길어졌다.

원회 : 야율아보기가 황제를 칭하게끔 거란의 세력이 커버렸다
면 보통 일이 아닙니다. 당나라가 멸망한 이후 중원대륙이
사분오열로 찢어져 저마다 황제를 세우고 있으니, 거란을
제압하기가 쉽지 않을 것입니다. 야율아보기가 후양과 진을
물리친다면 그다음엔 반드시 발해와 고려로 군사를 돌릴 것
인즉, 대비해야 합니다.
대위소 : 요동의 형세를 상세히 살펴야 합니다. 남쪽도 소홀히
할 수 없습니다.
궁예 : 나주에서 혼이 난 견훤이 당분간은 우리와 싸울 의사가
없지 않을까.
장일 : 그래도 경계해야 합니다. 서라벌의 움직임도 살펴야 하
고…….
원종 : 북쪽으로 움직인다면 어디를 먼저 취해야 하겠는지요?
대위소 : 요동 땅이 비어있는 듯합니다만.
장일 : 비어있는 요동보다는 주인이 있는 발해국이 급할 듯싶
습니다. 집안싸움이나 일삼다가 거란에 아주 먹혀버리기라
도 하는 날에는…….

궁예 : 군사훈련에 더욱 힘을 기울여 주시오. 원회대 장군께서
    는 비룡성의 마병대 훈련을 독려해주시오.

가을이 되자, 서라벌에 내려갔던 승려가 돌아왔다.

"지난해엔 예겸이 죽고, 올 칠월엔 왕이 죽었습니다. 당나
라에서 내린 시호가 신라 오십삼대 신덕왕이라더군요. 태자
가 왕위를 물려받더니 큰아우를 상대등, 작은아우를 시중으
로 삼았답니다. 백성들이 말하기를, 졸아들기만 하던 천년
사직이 드디어 한 집안으로 졸아붙었다고 한답니다."

백제에 갔던 승려도 돌아왔다.

"전주 관내에는 지난 칠월 태풍에 나무가 부러지는가 하
면, 집과 논밭이 떠내려갔다고 합니다."

7월의 태풍은 한주 관내 바닷가 고을에서도 혹독하게 겪
은 일이었다. 다행히 내륙의 피해가 적고 명주, 삭주, 상주
관내가 풍년이었다.

초겨울에는 중원대륙에 갔던 승려가 돌아왔다.

"후양과 진은 손을 잡고 기어이 거란을 칠 조짐이었습니
다."

"조짐이라면?"

대위소가 번들거리는 눈으로 승려를 쏘아보며 되물었다.

승려가 거침없이 대답했다.

"북쪽 변경의 백성들은 성벽을 고쳐 쌓고 있었으며, 눈에 띄게 숫자가 불어난 군사들의 움직임 또한 여간 기민해진 것이 아니었습니다."

발해에 갔던 승려도 돌아왔다.

"거란의 야율아보기가 중원과의 전쟁 준비로 바쁜 탓에 발해국에도 모처럼 평화가 찾아드는 듯싶었으나, 호족들의 밥그릇 싸움이 어느 때보다도 자심하답니다."

"밥그릇 싸움이라니요?"

장일이 목을 곧추세우며 느릿느릿 물었다. 승려 역시 금세 장일의 말투를 흉내 내듯 느긋하게 대꾸했다.

"실인즉, 고려에 빼앗긴 남경남해부가 사달이었습니다. 남경남해부를 식읍으로 가진 호족들은 고려와 싸워서 찾아 달라고 아우성이고, 오랜 전쟁에 진절머리가 난 다른 호족들은 행여 제 것 축날세라 입을 굳게 다문 채 팔짱을 끼고 있답니다."

918년.

겨우내 쌓였던 눈이 양지쪽부터 녹기 시작하고 흙냄새가 콧속을 파고들면서 쇠둘레벌도 은근히 분주해졌다. 3월 초 하룻날 궁예가 명을 내렸다.

"오랫동안 싸움을 삼갔으나 작금의 주변 형세가 심상치 않은 탓에 군사를 움직이지 않을 수 없소. 칠월에 발해를 먼저 칩시다. 거란이 날로 강성해지는 판에 발해국에서는 호족들이 집안싸움을 일삼고 있다 하니, 놔두면 언제 망할지 알 수 없소. 발해는 본디 고구려 후손들이 세운 나라, 고려와는 뿌리가 같소. 방치해뒀다가 거란에 먹히기라도 한다면 두고두고 한이 될 것이오. 백성들의 일손이 한가한 칠월에 출병합시다. 금성토성, 보개산성, 동음산성에 각기 일천 명씩만 남겨놓고 나머지 군사들은 즉시 철원성으로 불러 합동훈련을 시작하시오. 이번에야말로 훈련에서부터 최선을 다합시다. 고구려 옛 땅을 찾느냐 못 찾느냐가 걸린 중대한 싸움이오. 경당에 나가 있는 애노대장군을 금성토성으로 옮기고, 보개산성에 원종대장군, 명성산성에 대위소대장군, 그렇게 세 분이 쇠둘레를 맡도록 하시오."

궁예의 나이 58세, 백성들의 나라 미륵부처 용화세상을 세우자는 기치를 들고 일어선 지 28년. 그만했으면 건강이나 돌보며 쉬어도 좋으련만, 발해를 정벌하겠다니 도무지 말이 나오지를 않았다. 왕규는 또 한 차례 계획을 변경하지 않을 수 없었다.

"계획을 바꿉시다."

출군을 한 달 앞둔 5월 중순. 왕규가 젊은 장수들을 철원성으로 모아놓고 말했다.

"아니, 또 변경한다는 말이외까?"

임상원이 신경질적으로 받았다. 왕규가 단호하게 맞받았다.

"출군 전, 대왕과 직접 담판을 짓도록 합시다."

"출군 전이라고요?"

왕규가 한 달밖에 안 남은 출군 날짜를 대자, 임상원의 입이 딱 닫혀버렸다. 아무도 더는 불평을 못 하도록 왕규가 못을 박은 셈이었다.

"황제와 담판할 날짜를 유월 보름, 유두1로 정합시다."

"좋소이다. 출군 문제가 걸리게 되면 황제도 결단을 마냥 미룰 수는 없겠지요."

유권설이 다짐하듯 말하자, 모두들 고개를 끄덕였다. 발해 정벌이라는 국가 대사를 눈앞에 두고 문제를 일으키는 것은 비겁한 일이었지만, 요구사항을 관철하기에는 그보다 좋은 기회가 없었다.

6월 유두날, 땅거미가 깔릴 무렵.

왕규가 일을 나누었다.

"담판은 오늘 밤이외다. 신숭겸, 홍유, 복지겸, 배현경 네 분은 지금 나와 함께 왕건장군을 만나러 갑시다. 나머지 분들은 군사들에게 횃불을 준비하도록 하시오. 왕건장군이 나오거든 함께 달려가 대궐을 에워싸야만 하오. 군사들에게는, 어디까지나, 내군장군 은부가 모반을 꾀했기로 그를 잡으러 가는 것이라고만 일러두시오."

왕규가 그동안에 작성한 문서들을 왕건 앞에 늘어놓았다.

---

1 유두(流頭): 음력 6월 15일. 동쪽으로 흐르는 물에 머리를 감고 목욕을 하는 명절.

"아시겠소이까? 지난번 황제께서 역모를 꾀하느냐고 물었을 때, 장군께서 당당하게 고해바친 말이야말로 고려의 장군들 모두의 심정을 대변한 것이었소이다. 거기에 고무되어, 우리들은 그동안에 젊은 장수들은 물론이고 백 명이 넘는 전국의 성주와 군수들을 일일이 찾아가 그날 했던 장군의 말씀을 전달하고 이렇듯 수결을 받아왔소이다. 이제는 황제와 담판하는 일만 남았으니, 오늘 밤 앞장을 서시지요."

왕건의 얼굴이 새까맣게 죽었다. 달포 전, 그날따라 궁예가 정색을 하고 물었다.

"왕장군이 아무래도 요즘 모반이라도 꾀하는 모양이지요?"

모반이라니. 눈앞이 아득하고 등허리에서 식은땀이 줄줄이 솟았다. 그때 최우달의 아들 최응이 떨어뜨린 붓을 줍는 척, 허리를 구부리고 다가와 훈수를 두었다.

"일상적인 농담이시니, 당당하게 맞서시오."

잔꾀라면 세상에서 왕건을 덮을 자가 없었다. 최응의 훈수가 아니더라도, 엉뚱한 말을 잔뜩 늘어놓아 황제의 정신을 흐트러뜨리는 게 상책이리라. 철원성에서 농성하다 도망쳐버린 능문이 마지막으로 남기고 간 말이 반짝 떠올랐다.

"황제님의 혜안이 참으로 용하옵니다. 소장이 내심 모반을 꾀하고 있었사옵니다.

궁예가 굳은 표정을 풀고 빙긋이 웃음을 빼물었다.

"그대와 나는 그대의 아비 왕륭의 주검을 두고 형제의 매듭을 엮은 사이, 무엇이 부족하여 모반을 꾀했더란 말인가?"

왕건이 여러 장군들을 둘러보며 대답했다.

"이 나라 고려가 황제님 한 분만의 나라입니까. 아닙니다. 고려를 세운 것은 황제님이시지만, 목숨 바쳐 싸운 장군들의 몫도 있사옵니다. 그렇건만 황제님께서는 장군들의 몫까지 몽땅 백성들에게 던져주라고 강요하십니다. 전장에서 목숨을 내던져 싸우고 황제님을 보필하여 나라의 기반을 닦은 장군들에게는 언제까지나 근신하며 검소하게 살아가라 강요하시고, 나라를 세우는 데 티끌만큼의 공도 보태지 않고 거듭 은혜만 입어왔을 뿐인 백성들은 더욱 애써 보살피십니다. 지난날에 철원성에서 농성하다가 도망친 능문 장군의 무리가, 백성들을 위한 미륵부처님의 용화세상도 좋지만 목숨을 바쳐 싸운 장군들이 조그만 보상도 얻을 수 없대서야 무슨 보람으로 앞장서 싸우겠냐고 말했사옵니다. 황제님께선 오로지 능력만을 따져서 장군의 자식들을 졸병으로 복무케 하고 어리석은 백성들의 자식들을 그 윗자리에 앉히기도 하셨사옵니다. 그뿐 아니라 두 분 황자님마저 백성의 자식들 휘하의 졸병으로 배치하셨사옵니다. 여러 장군들이 무슨 희망으로 앞장서 이 나라에 공을 세우겠사옵니까. 한 말씀 더 드리자면, 황제님은 장군들의 사소한 과오에도 추상같은 벌을 내리시옵니다. 그 결과 날이 갈수록 황제님의 명성에, 포악한 임금이라는 업적이 쌓여가고 있사옵니다. 이는 바람직한 일이 아니옵니다. 백성이란 무엇입니까. 이 땅에 고구려가 들어서면 고구려를 섬기고, 신라가 이 땅을 차지하면 신라를 섬기는 게 백성이옵니다. 임금을 가려서 섬기는 법도 없거니와, 임금이 역적 무리에게 쫓겨나거나 죽게 되어도 팔짱 끼고 강 건너 불 보듯 하는 게 백성이옵니다. 오로지 저 살 궁리로 최소한의 재물과 노력을 바칠 뿐, 충성심이라곤 손톱만큼도 없는 게 백성이란 것들이옵니다. 황제님, 백성이 무엇이건대 목숨 바쳐 공을 세운 장군보다 더 떠받들어야 하는 것입니까. 이 같은 사정을 굽어살피시고 헤아려주옵소서."

혓바닥에 신명이 붙었던가 보았다. 나름대로 조리가 서는 게 신기할 정도였다. 잠자코 챙겨 듣던 황제가 픽, 실소하고 말았다.

"헛. 왕장군이 오늘따라 뭔가를 잘못 먹은 듯싶소. 그 입에서 나오는 말들이 하나같이 신라 벼슬아치들이 내세우는 궤변과 다름이 없으니 말이오. 농담은 내가 먼저 시작했으니, 오늘 일은 불문에 부칠 것이오. 당분간 근신토록 하시오."

위기를 넘기자고 궤변을 늘어놓았고, 궁예를 혼란에 빠뜨리는 데는 일단 성공했으나, 그날 뱉어낸 무책임한 말들이 젊은 장수들을 선동하는 결과를 빚었다면 여간 큰일이 아니었다. 그날 이후 황제의 모습이 먼빛에 비치기만 해도 다리가 후들후들 떨리거늘……. 마주앉아 담판을 지으라니, 말도 안 되는 소리였다.

"잠시 밖으로 나갑시다."

왕건이 대답할 기미를 보이지 않자, 왕규가 옆구리를 찔렀다. 어스름이 깔린 초저녁이었다. 구름에 가린 초승달이 맥없이 산허리에 걸터앉아 있었다.

"앞장서 대궐까지 가기만 하시오. 담판은 젊은 장수들이 맡기로 했소이다. 그마저도 거절했다가는 저들이 왕건장군과 능문장군 사이에 주고받은 문서를 황제님께 바칠 것이오. 그 문서에 따르면, 왕건장군의 뜻도 능문장군의 뜻과 같으나 때가 좋지 않으니 차후 기회를 보자고 하지 않았소이까?"

홍유가 그 말만 던져놓고 매몰차게 돌아섰다. 왕건이 도살장 끌려가는 황소처럼 방 안으로 따라 들어서자, 이번에는 복지겸이 유씨 부인을 불렀다.

"형수님, 왕장군의 갑옷을 내어주시오."

18

쇠둘레에서 남경남해부로 가려면 추가령을 넘어야 했다. 추가령 남쪽 기슭의 물은 남서로 흘러 칠중하, 북쪽 기슭의 물은 북동으로 흘러 남대천이 되었다. 남대천이 수천 년을 두고 백두대간을 타넘으면서 낭림산맥과 태백산맥을 갈라놓은 단애가 삼방협이었다. 좌우로는 이삼백 척이나 치솟은 기암절벽이 부챗살처럼 첩첩이 접혔다가 펼쳐지고, 바위틈에 뿌리박은 노송들은 이리 삐뚤 저리 빼뚤 하늘을 가리는가 하면, 모퉁이마다 말 두 필 비켜가기도 옹색한 외길을 뚫고 이어졌다. 검불랑에서 고산까지 80리 길, 한 사람이 지켜도 만 사람이 통과하기 어렵다는 천혜의 요새였다. 예부터 그곳에 국경을 지키는 초소 세 개가 있다하여 삼방협이었다.

치솟은 산비탈은 시냇물을 사납게 떠다밀고, 뿌리 깊은 바위들은 한껏 버팅기면서 몸뚱이를 뒤틀었다. 이 귀퉁이 저 모퉁이로 튕겨 나간 바위너설과 돌덩이들이 암벽에 부딪히고 깨지면서 물길을 뚫는 사이, 틈새마다 엉덩이 비비대며 눌어붙은 흙더미가 조각조각 엉겨 붙어 촌락을 이뤘다. 상방, 중방, 하방이었다.

발해의 남경남해부 도독이었던 대위소, 뒤이어 그곳을 맡았던 명귀가 함께 있으니 삼방협이 고려 땅이라고 주장해도 시비 걸 자는 없었다. 문제는 다음이었다. 발해국에서는 야율아보기와 전쟁을 치르느라 남경남해부를 비웠고, 쇠둘레에서는 왕건의 무리가 일으킨 변란 탓에 삼방협 챙길 형편이 못 되었다. 사태가 심상치 않게 돌아가자, 대위소가 명귀의 등을 떠다밀었다. 일단 남경남해부를 점령하시오. 삼방협을 틀어막으시오. 최소한의 식량과 군사를 확보해 두자는 고육책이었다.

덕분에 중방마을 북쪽 단애 아래에서 울력이 벌어졌다. 정과 망치로 바위를 쪼개고, 집채만 한 돌을 굴려 내렸다. 벼랑에 의지해 석축을 쌓는 이들도 있었고, 아름드리 소나무를 베어 다듬는 이들도 있었다.

터다짐이 웬만큼 마무리되자, 군사들이 시신을 운구해왔다. 궁예황제의 주검이었다.

궁예의 양쪽 어깨를 원종과 애노가 떠받쳐 바로 세웠다. 아무도 왜 그러느냐고 묻지 않았다. 이미 궁예의 유언이 널리 퍼진 까닭이었다. 내 주검을 백성들 오가는 길목에 세워 달라. 대위소와 명귀가 맨손으로 흙더미를 무너뜨려 궁예의 발등부터 무릎까지 차근차근 덮었다. 다음엔 우르르, 군사들의 성토작업이 이어졌다.

한 발 뒤로 물러난 대위소가 뚜벅, 입을 떼었다.

"내 손으로 궁예황제님을 삼방협에 세워놓게 될 줄은 꿈에도 몰랐소이다. 며칠 전, 명성산성 본부막사에서 회의가 열렸지요. 누군가 황제님께 말했습니다. 어제는 왕건이 쳐들어왔으니 이번에는 우리가 쳐들어갈 차롑니다, 출군을 명해주십시오. 여기저기서 청원이 이어졌습니다. 군사도 모일 만큼 모였고, 철원성의 형편도 알아볼 만큼 알아봤습니다. 국토가 사분오열되기 전에 역도들을 쳐내야 합니다. 그렇습니다, 망봉산성의 군사가 일만 명입니다, 철원성에 있는 군사도 더 많지는 못할 것입니다. 망설이지 마십시오. 황제님이 진격한다면 저쪽 군사들이 창을 거꾸로 들고 이쪽으로 달려올 것입니다. 보병대는 우리가 우세하고 마병대는 저쪽이 우세하니, 밤을 도와 공격하면 단연코 우리가 승리할 것입니다. 황제님은 끝내 입을 열지 않았소이다. 한나절이 지나도 열릴 줄 몰랐습니다. 제풀에 지쳐버린 장군들이 막사 밖으로 빠져나간 다음에도 황제님은 자세를 흐트러뜨리지 않았지요."

명귀가 그다음 말을 재촉했다.

"한데, 어찌 대위소대장군께서 황제님을 모셔 오셨소이 까."

대위소가 한참이나 고개를 끄덕이고 있다가 대답을 내놓 았다.

"다음 날 첫새벽이었지요. 황제님이 동녘 하늘에 걸린 계 명성을 바라보며 말에 올랐다는 보고를 받았습니다. 초병 이 전해준 말씀인즉 간명했지요. 혹시 누가 찾거든, 한 바 퀴 돌아보고 오겠다고 전하라. 그만해도 충분히 불안했습 니다. 초병의 말이 떨어지자마자 채찍으로 허공을 때렸지 요. 여름날의 새벽은 청량했소이다. 시원한 바람을 갈라 젖 히며 한탄강까지 달려갔지요. 쇠둘레 백성들이 모두 달라 붙어 바위를 굴려 강물을 막았다던 폭포 앞이었습니다. 황 제님은 강물에 손을 담그고 계셨습니다. 파다닥, 물새 한 마리가 물결을 박차고 날아올랐지요. 어느새 성큼 떠오른 태양이 강물 위에 반짝이는 햇빛가루 한 줌을 흩뿌렸습니 다. 황제님이 다시 말에 올랐지요. 저도 뒤를 바짝 따라붙 었습니다. 황제님이 입 밖으로 흘려내는 혼잣소리도 똑똑 히 들릴 만큼 가깝게요. 황제님은 분명히 원종대장군과 애 노대장군, 두 분을 상대로 말씀하셨습니다."

"대장군. 말인즉 옳소마는, 철원성을 공격하면 인질로 잡혀있는 장군들의 식솔은 어찌 되오. 대장군. 나도 알고 있소이다. 싸우면 이길 수도 있다는 것을……. 허나, 세상에 제 나라 제 백성을 토벌하기 위해 군사를 움직이는 임금도 있소이까. 대장군. 말은 쉽지만, 세상에서 비겁한 자와 싸우는 게 얼마나 어려운 일인지는 잘 모를 것이오. 막상 싸움이 벌어지게 되면 그자들은 무고한 백성들을 방패막이로 세워놓고 이렇게 약을 올릴 겁니다. 너희는 우리에게 손댈 수 없어. 우리는 나쁜 사람이고 너희는 착한 사람이야. 너희는 너희와 같은 착한 사람들을 다치게 하지 않고는 우리를 공격하지 못해…… 라고 말이오. 대장군. 우리 군사가 일만 명이고 저쪽이 일만 명이라면, 그리고 쇠둘레 백성이 육만 명쯤 된다면, 그리고 우리가 지든지 이긴다면, 몇 명이나 잃을 것 같소이까? 아마, 삼만 명은 목숨을 버려야 승부가 날게요……. 그때에 이르러서야 싸움에서 이긴들 무슨 소용이 있다는 말이오. 백성을 그만큼이나 잃고서야 어찌 이 땅 위에 백성들의 용화세상을 세울 수 있다는 말이오."

"볕은 점점 더 따가워지고 있었소이다. 황제님이 타고 있던 말은 어딘지 모를 산비탈에 닿아 더는 움직이지 않았지요. 황제님은 갑자기 말에서 내리더니 가파른 산비탈을 기어오르기 시작했소이다. 험한 바위산이었지요. 저도 정신없이 뒤따라 기어올랐소이다. 도끼날처럼 뾰족뾰족 날 선 돌부리가 손발을 마구 할퀴는 한편, 까닭 없이 다리가 풀렸지요. 손끝에 잡힌 바위 모서리가 부서지면 아래로 한참이나 굴러 내렸소이다. 가까스로 등성이에 올라붙었지요."

명귀가 다급하게 옥죄었다.

"그래서 어찌 되었습니까."

대위소가 흐리멍덩한 목소리를 밀어냈다.

"다시금 혼잣소리를 내시면서 자꾸만 위로 올라갔소이다. 바위너설에 긁히고 찢긴 손발에서 줄줄이 피가 흘렀지요. 얼마나 더 올라갔을까, 눈앞이 확 트였소이다. 왕재봉[1]이었지요. 보였소이다. 철원성도 보였고, 저잣거리도 보였고, 백성들의 집도 보였고, 잿더미가 된 새 대궐도 보였지요. 눈 아래 보양호수, 그 옆은 비룡성, 그런데 황제님이 보이지 않았소이다. 풀포기 사이로 털퍼덕 무너졌지요. 산비탈 저 아래에 엎어져 있었소이다. 황제님은 온통 피투성이

---

1 왕재봉(王在峰): 북한 지역, 평강군 가곡리에 있는 608m의 산. 왕이 거기에 있었다는 전설이 있음.

인 채로 혼잣말을 밀어내고 계셨소이다. 백성의 나라는 백성의 나라……. 백성의 나라는 백성의……. 바람이 불었지요. 풀잎들이 술렁거렸소이다."

명귀가 그 말을 무겁게 받았다.

"그래서 대위소대장군께서 황제님을 이리로 모셔 왔던 게로군요."

대위소가 숨을 고르고 나서 대꾸했다.

"내 주검을 백성들 오가는 길목에 세워 달라2. 황제님의 유언이었소이다. 무슨 뜻인지 아시겠지요?"

성토작업에 이어 돌탑 쌓기가 이어졌다. 가장 낮은 바위를 기반으로 하여 능침으로 50척 돌탑을 쌓고, 비바람이 스며들지 않도록 지붕을 얹는 일이었다. 그 옆에는 4척 높이의 담장을 두르고, 너와집을 앉혔다. 묘지기들이 머물 암자였다.

궁예 능침의 조성에 꼬박 열흘이 걸렸다. 좁다랗게 찢어진 삼방협곡이 토해낸 보름달이 뾰족바위에 내걸렸다. 여

---

2 내 주검을 백성들 오가는 길목에 세워 달라: 죽어서도 백성들 오가는 길목에 서서 용화세상을 기원하는 미륵이 되겠다는 궁예의 비원(悲願).

울가 너럭바위에 원종과 애노가 나란히 앉아 마무리 작업을 지켜보고 있었다. 멀리서 들려오는 삼방폭포[3] 물 쏟아지는 소리가 시원했다. 애노가 슬며시 물었다.

"어쩔 거냐."

원종이 고개를 들어 애노와 눈길을 맞췄다가 허공으로 빗겼다. 애노의 물음은 약조에 대한 다짐이었다. 왕건의 무리에 잡혀있는 식솔들은 이미 피아 구분이 무의미해진 만큼 각자의 선택에 맡길 것. 망봉산성의 군사와 장수들은 무기를 내려놓을 것. 대위소와 명귀는 남경남해부를 지키면서 하회를 기다릴 것. 원종과 애노는 궁예 능침의 묘지기가 되었다가, 백성들 오가는 길목에 나란히 서서 눈비를 맞을 것.

생각이 잠시 곁길로 흘렀다. 백성들의 나라란 무엇인가. 궁예의 용화세상이란 또 무엇인가. 칠십 평생, 한 번도 끼어들지 않았던 의문이 한꺼번에 고개를 쳐들었다. 아내와 자식을 만들고 따신 밥 먹으며 따뜻한 잠자리에 드는 안락함에 길들여졌던 탓일까. 그렇다면, 세습노비로 태어난 으

---

3 삼방폭포(三防瀑布): 북한 지역. 강원도 세포군 삼방리에 있는 높이 28m, 너 3m의 폭포. 삼방약수, 삼방단풍과 함께 삼방협의 3대 명물 중 하나로 꼽히는 천연기념물임. 북한에서는 1, 2호 샘은 주민들이 이용하고, 3호 샘은 병약수공장에서 사용한다고 함.

뜸일꾼 원종과 슬픈노비 애노가 고려의 대장군이 되기까지 줄기차게 달려온 외길은 무엇이더란 말인가. 편히 살고 싶다는 소망이야 어찌 젊은 장수들만의 것이겠는가. 만인이 우러르는 높은 관직을 대대로 자식들에게 물려주고 싶다는 유혹이 왜 젊은 장수들만의 바람이겠는가. 안락함을 취하기로 작정한다면, 지금도 아주 늦지는 않았거늘…….

달빛에 실린 바람결처럼 살갗을 간질이는 유혹을 뿌리치기라도 하듯, 벌떡 일어서서 옷깃을 털었다. 달빛이 비늘 떨어지듯 우수수 떨어졌다. 원종이 스스로를 격려하듯 말했다.

"진골도 귀족도 없고 노비도 없는 백성들의 용화세상을 바라고 평생을 달려왔거늘, 이제 와서는 도리가 없잖으냐."

애노가 따라 일어서며 툭, 받았다.

"그렇지. 우선은 궁예 능침의 묘지기나 잘하는 수밖에 없겠지?"

장편소설 궁예 해설

궁예는 누구인가

궁예의 출생

『삼국사기』 열전 〈궁예〉의 첫 줄은 이렇게 시작된다.

—궁예는 신라 사람인데 성은 김씨다. 아버지는 헌안왕 의정이요, 어머니는 헌안왕의 빈어인데 그 성명은 전하지 아니한다. 혹자는 경문왕 응렴의 아들이라고 말하였다. 5월 5일 외가에서 낳았는데 그때 지붕에서 하얀빛이 마치 무지개와도 같이 위로 하늘에 뻗치니…….

궁예는 신라 제47대 헌안왕 또는 제48대 경문왕의 아들 이라는 것이다. 헌안왕에게는 아들이 없었다. 사위가 왕위를 이어받았는데 그가 곧 김응렴(경문왕)이다. 그러니까, 헌안왕이나 그의 사위인 경문왕이 궁예의 아버지라는 것이다.

여기에 대해 일부에서는, 혈통을 중시하는 당시 고려조의 왕족과 귀족들을 배려하기 위하여 삼국사기의 저자 김부식이 나라를 세우고 왕위에 올랐던 인물 궁예의 신분을 신라의 왕자라고 적었으리라는 추측을 내놓기도 한다. 그러나 이러한 추측은 같은 삼국사기 열전에 후백제를 세우고 왕위에 오른 견훤의 신분을 농부 아자개의 아들이라 적어놓은 것을 보면 설득력이 없어 보인다.

궁예의 혈통

위에 인용한 『삼국사기』 열전 〈궁예〉 첫머리에서 '궁예는 빈어의 몸에서 태어난 신라의 왕자인데, 궁궐이 아닌 외가에서 태어났다'고 했다. 여기서 주목해야 할 점은 성명이 전하지 않는 헌안왕의 빈어, 즉 궁예의 어머니가 고구려 출신이 아니었을까 하는 것이다.

신라와 당나라의 연합군에게 고구려가 멸망한 뒤 보장왕의 외손자 안승이 고구려 수복을 위해 봉기했다. 한편, 신라의 김법민(문무왕)은 고구려 영토에 안동도호부를 설치하고 주둔해 있는 당나라 군사를 몰아낼 필요가 있었으므로, 은밀히 안승을 지원했다. 그러다가 당나라 군사에게 패한 안승과 유민들이 배를 타고 남쪽으로 피란했다. 신라에서는 이들을 받아들여 고구려의 망명정부인 보덕국을 설치했다. 안승을 보덕국왕에 봉하고, 왕의 누이와 혼인시켜 김씨성을 내렸다. 고구려 왕손이었으므로 신라에서도 진골 신분을 인정해줬던 셈이다.

공교롭게도, 외가에서 태어난 왕자의 이름이 궁예였다. '활 잘 쏘는 이의 후손'이라는 뜻으로 활 궁(弓) 후손 예(裔)자를 썼는데, 이는 고구려 시조 동명왕의 '활 잘 쏘는 사람 주몽(朱蒙)' 설화와 매우 흡사하다.

또한, 경문왕의 아우 위홍에게 쫓기다가 송악성에서 숨어 지낸 것이나, 뒤에 나라를 세우고 국호를 '고려'로 정했던 점 등은 궁예의 외가가 고구려 사람의 혈통을 이어받았으리라는 '추측'을 '확신'으로 기울게 만든다.

궁예의 성격

『삼국사기』 열전 〈궁예〉에 따르면, 궁예는 의심을 일삼았고 부인 강씨와 두 아들을 죽인 폭군이다. 그렇다면, 궁예의 성격은 과연 난폭했는가.

궁예는 일개 승려의 신분으로 수많은 부하 장수들을 휘하에 받아들여 삼한 땅의 3분의 2를 장악하고 황제가 되었다. 과연, 성격이 포악한 인물이 휘하에 수많은 부하 장수들을 거느릴 수 있었을까. 상식에 반하는 일이다. 견훤이 세운 후백제의 3배, 신라의 4배가 넘는 넓은 영토와 백성을 가진 나라를 세우자면, 그만한 포용력과 덕망을 갖춘 인물이어야만 가능했을 것이다.

물론, 법을 엄정하게 적용하고 집행하다 보면 때로는 포악하다는 비난을 받을 수도 있다. 죄를 범한 자의 신분에 차별을 두지 않고, 심지어는 왕의 친인척에게도 백성들과 똑같은 형벌을 적용했다면, 귀족들에게는 포악한 행위로 비치지 않았겠는가.

그러나 『가평군지』에는, 궁예의 부인 강씨가 강씨봉(姜氏峰, 830m) 마을로 귀양 와서 정착했다는 전설이 기록되어 있다. 전설이란 우연히 생기는 것도 아니고 누가 꾸며내기도 어렵다. 가평지역의 전설이 삼국사기의 기록과 다른 점을 어떻게 설명해야 할는지 난감하다.

궁예의 봉기

궁예는 신라의 왕자였으나 쫓겨난 뒤 세달사(世達寺, 뒷날의 흥교사)로 출가해 승려가 되었으며, 스스로 법명을 선종(善宗, 착한마루)이라 했다.

신라는 천년 동안 개개인의 능력과는 상관없이 성골, 진골, 육두품, 오두품, 사두품 따위 신분과 혈통에 따라 왕위와 벼슬자리를 나눠 가진 나라였다. 그 때문에 진성여왕 때에 이르러서는 무능한 벼슬아치들의 누적된 실정으로 나라가 쇠퇴일로를 걷고 있었다. 전정, 군정, 환곡의 문란으로 도탄에 빠져 허덕이던 백성들이 등을 돌리자 지방 수령들의 영이 서지 않았다. 그때를 틈타 힘 있는 지방의 호족들과 장수들이 백성들을 구한다는 명분을 내세워 각처에서 군사를 일으켰다.

상주에서 맨 처음 봉기한 원종-애노를 비롯하여, 송악의 왕륭, 포천의 성달, 원주의 양길, 강릉의 순식, 안성의 기훤, 충주의 청길, 괴산의 신훤, 청송의 홍술, 안동의 원봉, 영천의 능문, 상주의 아자개, 성주의 양문, 전주의 견훤, 진주의 왕봉규 등이 그들이다.

철원에 기반을 두었던 궁예는 겉모양은 비슷했으나, 신분이 승려였기에 지방의 호족이나 장수들과는 근본이 다를 수밖에 없었다.

당시 사찰의 규모는 대단히 컸다. 승려 숫자가 2천~3천 명에 이르는가 하면, 수많은 농토와 농노를 거느렸다. 사찰의 재산을 지키고 질서를 유지하기 위한 자위대가 생겨났다. 용화향도, 추향도 등으로 차차 세를 불려 간 향도대가 그것이다. 향도대의 구성원은 젊은 승려들이 주축이었고, 그들은 바깥세상의 움직임에 민감했다. 승려이면서도 재산과 처첩을 소유하는 등 진골 귀족 못지않게 부패한 원로 승려들을 몰아내자는 사찰 정화의 목소리가 터져 나왔다.

궁예가 '백성을 괴롭히는 것은 모두가 우리의 적이다'라고 외치며 군사를 일으키자 명주 관내 여러 사찰의 향도대원들이 그 휘하로 몰려들었다.

『삼국사기』 열전에는, '드디어 군사를 나누어 동쪽 땅을 침략케 하니, 이에 궁예가 치악산 석남사에서 나와 묵으면서 주천, 내성, 울오, 어진 등의 현을 습격하여 모두 항복받았다. 건녕 원년(진성여왕 8년)에 명주로 들어가 무리 3천 5백 명을 모아 14대로 나누어……'라고 되어 있다. 1년 남짓의 기간에 불어난 군사의 숫자가 3천을 넘긴 셈이니, 사찰의 향도대가 합류하지 않았던들 가능한 일이 아니었을 것이다.

궁예의 통치 행태

"이 나라 고려가 황제님 한 분만의 나라입니까. 아닙니다. 고려를 세운 것은 황제님이시지만, 목숨 바쳐 싸운 장군들의 몫도 있사옵니다……." 이것은 백성들의 나라, 미륵부처 용화세상을 고집하는 궁예 앞에서 부르짖은 왕건의 항변이다. 궁예와 왕건 두 사람의 출신 성분은 물론 각자 가슴에 품고 있는 이상마저도 충분히 미루어 짐작해볼 수 있다. 왕건은 29명의 부인과 25남 9녀의 자식을 두었을 정도로 호족세력에게 꽁꽁 묶여 있었다. 왕건의 고려가 왕권이 약화된 호족연합국가 형태로 경영되었던 점에 비춰보면 자명해진다.

궁예의 사치

『삼국사기』 열전 〈궁예〉에 따르면, '천우 2년 을축에 새로 세운 서울(철원)로 들어가 궁궐과 누대를 수축하는데 한껏 사치스럽게 하고, 연호 무태를 고쳐 성책 원년이라 했다'고 한다.

궁예가 사치를 좋아하여 백성들을 괴롭혔다는 주장이다. 과연 그러할까. 신증동국여지승람에 따르면, 궁예가 쌓은 철원성의 실체는 동서 3,711척(1.1㎞) 남북 3,500척(1㎞) 둘레 1만 4,421척(4.3㎞) 정도이다. 궁예의 명으로 왕건이 송악성에 쌓았던 발어참성과 비슷했으니, 성의 크기는 당나라 장안성의 10분의 1에 불과하고, 성벽의 높이는 그 3분의 1에도 미치지 못해, 서라벌 월성의 절반도 안 된다.

한 나라의 도성으로서 크고 호화롭다고 말할 수 없을 것이니, 궁예가 사치를 좋아했다는 주장은 받아들이기 어렵다.

궁예의 변덕

궁예는 불과 십여 년 사이에 국호를 고려, 마진, 태봉으로 바꿨다. 연호 또한 무태, 성책, 수덕만세, 정개로 바꿨다. 이를 두고 궁예가 변덕이 심하여 국호와 연호를 자주 변경했다고 지적하기도 한다.

그러나 국호와 연호의 변경은 시기와 포부에 따라 적절하게 바꾼 것이다. 처음에 정한 고려라는 국호에는 고구려를 수복하려는 꿈이, 마진이라는 국호에는 고구려뿐 아니라 삼한과 발해를 모두 통일하여 동방의 큰 나라를 세우자는 뜻이, 태봉이라는 국호에는 귀족과 평민과 노비의 차별이 없는 백성들의 용화세상을 이루자는 바람이 담겨있다.

연호의 변경 또한 같은 맥락이다. 모든 백성이 차별 없이 살아가는 용화세상을 이루자는 깃발을 내걸고 나라를 세웠건만, 휘하의 장수들은 여전히 몸에 밴 욕망과 습성을 버리지 못하여 백성들 위에 군림하려 하고, 신라의 진골 귀족들처럼 관직과 명예와 부를 자식들에게 세습하고자 했다. 이들을 끊임없이 경계하고 심기일전하기 위해서라도, 연호의 변경은 불가피했을 것이다.

궁예의 죽음

『조선향토대백과』(2008, 평화문제연구소)에 따르면, 검불랑(劍拂浪)에 이른 궁예는 강기슭에서 검을 풀어 물속에 던지고 다시 살 곳을 찾아 떠났다고 한다. 이때부터 마을 이름은 '칼 검(劍)' 자와 '아니 불(不)', '좋을 량(良)' 자를 따서 '검불량'이라고 부르게 되었는데, 검불량이 음운변화로 '검불랑'이 되면서 '불(不)' 자를 '불(拂)' 자로 표기됐다고 한다. 이는, 궁예가 '미륵부처 용화세상을 위해 백성들을 설득하여 교화하는 대신 칼(무력)로 쟁취하는 방식'을 선택했던 게 좋지 못했음을 스스로 깨달았다는 뜻이다.

고려의 도읍 쇠둘레(철원)에서 발해의 남경남해부로 가려면 추가령을 넘어야 했다. 추가령 북쪽 기슭에서 북동으로 흘러가는 남대천이 수천 년을 두고 깎아낸 단애가 삼방협(三防峽)이며, 한 사람이 지켜도 만 사람이 통과하기 어렵다는 천혜의 요새이다. 그중 중방협에 궁예황제의 능침이 있다는 기록이 여러 곳에서 보인다.

① 『국역 신증동국여지승람』의 기록

책의 부록인 「동국문헌비고」의 안변도호부 능침조에는 「태봉주 궁예묘」 기사가 있다. "안변도호부의 갈마녘[西南方] 120리 삼방로 왼쪽에 있는데, 석축(石築)이 수십 길이나 되고 높다란 형대(炯臺)가 있는데, 지금은 절반이나 허물어졌다."

② 사학자이자 문인인 최남선(崔南善, 1890~1957)의 기록

최남선이 1924년에 쓴 「풍악기유」를 보면 "삼방개울을 끼고 남으로 오리쯤 가면 조그만 전우(殿宇)가 보이는데, 태봉의 궁예왕을 숭봉한 곳으로…… 그 당우(堂宇) 뒤로 돌담 같이 보이는 것은 석축 봉분의 남쪽 면이요, 그 북서 양면은 고제(古制)가 온전하고….'라고 씌어있어 무덤과 사당의 위치를 분명히 밝혔다.

이어서 민간의 전설을 근간으로 삼아 "구레왕(궁예)은 삼방골짜기로 들어왔다. ……먹을 것을 찾고 몸을 숨겨 재기할 땅을 둘러보는데 어떤 중이 나타나…… 이 병목 같은 속에 들어와 살길을 찾는 것이 어리석다하자…… (궁예가) 아아 천지망아(天之忘我, 하늘이 나를 잊었다는 뜻)로다 하여 봉우리에서 심연을 향해 몸을 던졌는데…… 우뚝 선 채로 운명했다. 선 채로 금관(金棺)을 만들고…….'라고 적었다.

그동안의 역사책에 기록된 '보리이삭을 훔쳐 먹던 궁예 황제가 백성들에게 맞아 죽었다'는 내용과는 다르다는 것을 알 수 있다. 특히 궁예는 죽어서도 삼방지역을 지키는 구레왕으로 불리고 있다는 점을 생각하면, 백성들로부터 외면받는 존재가 아니었다는 점은 확실해 보인다.

③ 소설가 박승극(朴勝極, 1909년~미상)의 기록

삼방의 북촌! 서울의 북촌과 마찬가지로 빈궁한 사람만 모인 곳! 이들은 정말 환자로서 약수를 먹으러 왔지만 돈이 없는 탓에 이 깨끗지 못한 곳에 있게 된 것이다.

여기를 지날 때에 무슨 이상한 냄새가 코를 찌른다.

동구를 나서면 좌편으로 궁예릉이 있는데 참으로 빈궁해 보였다.

늙은 전나무가 서 있고 다 헐어진 돌담이 둘러있으며 그 안에 두어 칸이 되는 기와집 — 이것이 궁예의 능이다.

한때는 왕! 최후의 전사를 하게 된 이곳에 저것만이 최대의 유적으로 남아있을 줄이야 어찌 예측하였을까?

문 위에는 존경각(尊敬閣)이라고 쓴 조그만 현판이 걸려 있으며 내실에는 궁예 — 태봉왕의 아주 무섭게 생긴 초상이 붙어 있다.

이 구석 저 구석 검은 현판에 흰 글씨로 추억의 한시와 긴 글이 씌어있으며 그중에는 「병오년 오월 태봉전우 중건(丙午年五月泰封殿宇重建)」이니 하는 것들이 눈에 띄었다.

(하략)

윗글에서 '병오년 오월'은 궁예황제가 물러난 지 28년이나 지난 때이다. 즉 왕건이 죽은 지 3년 뒤에 사당과 무덤이 만들어졌다는 뜻이다. 궁예황제가 백성들의 손에 비참한 최후를 맞은 것이 아니라는 증거이기도 하다.

④ 궁예황제의 무덤을 기록한 청구도(靑丘圖)

청구도는 김정호(金正浩)가 만든 조선지도이다. 그 내용을 보면 '평강군 복계역 북쪽으로 하갑리, 상갑리라는 마을이 있다. 더 북쪽으로 삼방역에서 내려 약수터를 지나 북쪽 협곡을 따라 올라가면 돌무덤이 나오는데, 궁예의 무덤이다'라고 되어 있다. 삼방협은 '上, 中, 下防'을 합한 말로 북방의 적을 막은 천혜의 협곡이다. 또한 삼방역으로부터 북서로 1km 정도 떨어진 곳에 있는 '삼방약수'는 북한 천연기념물 238호로, 정확한 위치는 강원도 세포군 삼방리이다. 약수터의 앞에는 북에서 남으로 남대천이 흐르고 있다. 지질학적으로 보면 여기가 추가령지구대의 중부에 속하는 곳이다. 지금은 북한의 '병약수 공장'에서 쓰고 있는 것으로 알려졌다.

『삼국사기』 열전 〈궁예〉의 마지막 줄은 이렇다.

'왕이 듣고 어찌할 바를 몰라 미복 차림으로 도망쳐 산으로 들어갔다가 얼마 안 되어 부양의 백성에게 살해되었다. 궁예는 당 대순 2년에 일어나 주량 정명 4년에까지 이르니, 무릇 28년 만에 멸망했다.'

이 기사의 내용과 궁예 무덤의 존재는, 상식적으로 부합하지 않는다. 더욱이 궁예는 신라의 왕들이나 후백제의 견훤처럼 중국에서 벼슬을 받은 일이 없으며, 독자적인 연호를 사용한 독립국가의 황제였다. 기사에 '당 대순 2년'이니 '주량 정명 4년까지'니 하는 중국의 연호를 빌려온 것도 궁예를 폄훼하려 한 시도로 보인다. 그러므로 삼국사기 '궁예 열전'의 기사는 심히 왜곡돼 있다고 볼 수밖에 없다.

궁예는 누구인가

궁예가 신분을 따지지 않고 능력에 따라 인재를 등용하는 백성들의 나라 고려를 세우자, 그때까지 신라 땅에서 골품제도에 막혀 불만을 키우고 있던 육두품 이하 세력들이 출셋길을 찾아 귀순해 온다. 신라에서는 진골이 아닌 탓에 중용될 수 없었던 그들을, 새 나라 고려에서는 능력에 따라 관직을 맡겨 나라의 기초를 닦는 데 나름대로 기여하도록 한다. 나라의 기틀이 잡히는 사이에 어느덧 기득권 세력으로 변모한 그들은, 이번에는 자신들이 고려의 진골이 되어 자손 대대로 영화를 누리기 위해 송악의 호족 출신인 왕건을 앞세워 모반을 일으키고 사민평등, 백성들의 나라를 고집하는 궁예를 몰아낸다.

삼한 땅의 3분의 2를 평정한 궁예의 업적과 세력을, 고스란히 물려받은 왕건을 고려의 태조라고 칭하는 게 과연 합당한지, 다시금 살펴볼 필요가 있다.

궁예와 왕건은 의형제를 맺었던 각별한 사이였다. 왕건은 궁예의 특별한 총애와 보살핌 속에서 승승장구하다가 모반자들의 수령이 되어 나라를 통째로 빼앗았으니, 삼국사기 저자 김부식으로서도 웬만큼 노력해서는 아름답게 포장할 도리가 없었을 것이다. 궁예를 나쁜 놈, 폭군, 정신병자로 몰아붙이는 것 말고는 다른 방법이 있었겠는가.

궁예는 선지자였다. 귀족 신분사회에서 모든 백성은 똑같다는 사민평등을 주창함으로써, 그것을 수용할 수 없었던 기득권 호족연합 세력에게 밀려날 수밖에 없었던 혁명가였다.

궁예 연보

861년   5월 궁예(弓裔) 출생(5일).

866년   10월 궁예 외조부 김윤흥(金允興) - 미륵군사를
         조직하여 모반을 꾀하다 실패.

871년   궁예 - 위홍의 추적을 피해 이리저리 떠돌다가
         송악의 왕륭에게 의탁.

876년   5월 궁예 - 세달사(흥교사)에서 계를 받고 승려
         가 됨. 법명 선종(善宗).

877년   왕건(王建) 출생.

881년   궁예 - 발해를 비롯한 여러 고장을 여행.

891년   궁예 - 죽주 농민봉기군 기훤(箕萱)의 무리를
         찾아감.

892년   1월 궁예 - 원회(元會)와 함께 북원의 양길에 게
         로 감.
         10월 양길 - 궁예로 하여금 백오, 내성, 정선,
         삼척, 울진을 평정케 함.

894년   10월 궁예 - 명주를 평정하고 군사 3,500명을

모아 14대로 편성. 김대검(金大黔), 모흔장(毛昕
長), 귀평(貴平), 장일(張一) 등의 추대를 받아 장
군이 됨.

895년   8월 궁예 – 저족, 낭천, 광평, 철원 등 한주 관
내 10여 개 군현 점령.
궁예 – 국호를 고려(高麗)로 하고 내외관직을
설치함.
왕건(王建) – 아비 왕륭과 함께 궁예에게 투항.

896년   궁예 – 장단, 임강을 점령한 뒤 왕건에게 발어
참성(勃禦塹城)을 쌓도록 함.

898년   7월 궁예 – 패서 및 김포, 해구 등 30여 성을
취한 뒤 송악성을 도읍으로 정함. 처음으로 팔
관회를 행함.

899년   7월 북원, 중원, 괴양 등 10여 개 성이 연합,
궁예를 치다가 비뇌성에서 패함.

900년   10월 중원의 청길(淸吉)과 괴양의 신훤(莘萱), 궁
예에게 투항.

901년   3월 궁예 – 상주 일선군 등 30여 개성을 취함.

904년   궁예 – 국호를 마진(摩震) 연호를 무태(武泰)로
함.

905년	7월 궁예 - 철원으로 도읍을 옮기고 연호를 성책(聖冊)이라 함. 서원경에서 1,000호를 철원으로 이주시킴.
	공주장군 홍기(弘奇), 궁예에 투항.
	궁예, 패서에 13진을 분정.
	검용(黔用), 명귀(明貴) 등 궁예에게 투항.
909년	6월 궁예 - 금성을 나주로 바꾸고 진을 둠.
911년	1월 궁예 - 국호는 태봉(泰封) 연호는 수덕만세(水德萬歲)로 바꿈.
912년	궁예 - 견훤의 군사와 덕진포에서 싸움.
918년	6월 홍유(洪濡), 배현경(裵玄慶), 신숭겸(申崇謙), 복지겸(卜智謙) 등, 왕건을 앞세워 모반.

장편소설 궁예를 전후한 한국사 연표

860년	9월 신라 - 신라 47대 헌안왕(憲安王)의 장녀 영화공주, 응렴(膺廉)과 혼인.
861년	1월 신라 - 헌안왕 사망으로 사위 응렴 즉위, 48대 경문왕(景文王).
865년	1월 신라 - 왕자 정(晸) 출생.
867년	6월 신라 - 둘째왕자 황(晃) 출생.
868년	1월 신라 - 김예(金銳) 김현(金鉉) 등 모반에 실패. 최치원, 당에 유학.
869년	9월 신라, 공주 만(曼) 출생.
870년	발해, 건황왕(虔晃王) 사망하고 아들 현석(玄錫: 景王) 즉위.
872년	8월 서라벌, 누리떼(蝗蟲)가 곡물에 피해를 줌.
874년	5월 신라 - 이찬 근종(近宗) 모반에 실패. 최치원, 당나라에서 과거 급제.
875년	7월 신라 - 경문왕 사망. 태자 정(晸) 즉위, 49대 헌강왕(憲康王). 위홍을 상대등, 예겸(朴乂

謙)을 시중으로 함.

※ 당, 황소(黃巢)의 난 일어남.

877년   왕건(王建) 출생.

879년   3월 신라 - 헌강왕 동쪽 주와 군을 시찰함.

※ 개운포에 표류해온 처용(處容)에게 벼슬을

내림.

6월 신라 - 신홍(信弘) 모반에 실패.

지증국사, 사재로 봉암사 창건.

880년   2월 신라 - 예겸 물러나고 민공(敏恭)을 시중으

로 함.

9월 신라 - 헌강왕, 월상루에 올라 도성을 바라

봄.※ 당, 황소가 장안에 침입. 최치원이 토황

소격문을 지음.

885년   3월 신라 - 최치원, 당에서 돌아와 시독겸한림

학사병부시랑지서서감사(侍讀兼翰林學士守兵部侍

郎知書瑞監事) 벼슬을 받음.

886년   3월 신라 - 발해 흑수말갈 등이 화통할 것을 청

함.

7월 신라 - 헌강왕 사망. 아우 황(晃) 즉위,

50대 정강왕(定康王).

887년   7월 신라 - 정강왕 사망. 여동생 만(曼)공주 즉

위, 51대 진성여왕(眞聖女王).

신라 - 헌강왕의 딸 계아공주와 효종(金孝宗) 혼

인. 두 사람 사이에서 태어난 김부(金傅)가 뒷날

의 경순왕(敬順王).

신라 - 김요(金蕘) 모반에 실패.

888년   2월 신라 - 여왕, 대구화상(大矩和尙)에게 향가

집 삼대목(三代目)을 편찬케 함.

11월 신라 - 위홍 사망. 왕거인(王巨人)이 연루

된 여왕 비난사건 일어남.

889년   원종(元宗)과 애노(哀奴) 상주에서 난을 일으킴.

견훤(甄萱)과 양길(梁吉), 각기 무리를 모음.

상주장군 아자개(阿慈介), 하지현장군 원봉(元

奉), 명주장군 순식(順式), 진보성주 홍술(洪術),

명지성장군 성달(城達), 벽진군장군 양문(良文),

고울부장군 능문(能文), 강주장군 왕봉규(王逢規)

등 봉기.

892년   11월 견훤 - 무주와 전주를 점령하고 왕이 됨.

894년   2월 신라 - 최치원 시무십여조를 올림. 가야산

에 입산.

※ 발해 경왕(景王) 사망, 대위해(大瑋瑎) 즉위.

897년 6월 신라 - 진성여왕이 요(嶢)에게 선위. 52대 효공왕(孝恭王).

899년 3월 신라 - 효공왕, 예겸의 딸을 왕비로 맞음.

901년 8월 후백제 견훤 - 대야성(합천)을 공략했으나 뜻을 이루지 못함.

906년 1월 신라 - 김성(金成)을 상대등으로 함.

907년 3월 후백제 견훤 - 신라 일선군 이남의 10여 개성을 취함.

※ 발해 대위해 사망, 대인선(大諲譔) 즉위.

※ 주전충(朱全忠), 당을 멸하고 후양(後梁)을 건국.

※ 야율아보기(耶律阿保機), 거란(契丹)을 통일.

910년 후백제 견훤 - 나주성을 포위 공략했으나 궁예의 구원군에 패주.

911년 1월 발해왕 대인선 - 궁예에게 사신을 보내옴.

912년 4월 신라 - 효공왕 사망, 박경휘 즉위. 53대 신덕왕(神德王).

5월 신라 - 신덕왕의 아들 승영(昇英)을 태자로, 계강(繼康)을 상대등으로 함.

916년   8월 후백제 견훤 – 대야성을 침공했으나 뜻을
        이루지 못함.
917년   7월 신라 – 신덕왕 사망. 태자 승영 즉위, 54대
        경명왕(景明王). 큰아우 위응(魏膺)을 상대등, 작
        은아우 유렴(裕廉)을 시중으로 함.

장편소설 궁예 등장인물

강돌(姜乭): 삭주도독 김윤홍의 비장, 양길(梁吉).

검식(黔式): 기성군(김화 북부)태수.

검용(黔用): 개주(평안남도 개천)의 상인. 평양장군.

견훤(甄萱): 가선현(가은) 농부 아자개의 아들, 후백제를 세움

경포(慶浦) 대사: 동리산문 출신 승려, 백제의 국사.

궁예(弓裔): 헌안왕의 후궁 이슬낭자와 응렴(경문왕) 사이에
　　서 태어난 왕자. 세달사에 출가하여 법명을 선종(善宗, 착
　　한마루)이라 함.

귀평(貴平): 궁예의 동무. 화암사 향도대장.

기훤(箕萱): 개산군에서 봉기한 죽주장군.

김대검(金大黔): 궁예의 동무. 월정사 향도대장.

김법민(金法敏): 신라 제30대 문무왕.

김성(金成): 서남해왜구토벌대장. 견훤의 상관.

김순식(金順式): 궁예의 동무. 굴산사 향도대장.

김언(金言): 고려의 수군대장.

김요(金蕘): 신라 경문왕 때의 화랑. 요원랑(邈元郎).

김윤흥(金允興): 궁예의 외조부. 고구려 부흥운동을 주도한
보덕국왕(報德國王) 안승(安勝)의 후손. 아우 숙흥(叔興), 계
흥(季興)과 함께 미륵군사를 일으켜 서라벌로 진격함.

김응렴(金膺廉): 신라 제48대 경문왕.

김춘추(金春秋): 신라 제29대 무열왕.

능문(能文): 고울부(영천)장군.

능애(能哀): 견훤의 아우.

대위소(大瑋蘇): 발해 남경남해부 도독.

대위해(大瑋瑎): 발해 제14대 왕. 제13대 왕 대현석(大玄錫)
의 아들.

대현석(大玄錫): 발해 제13대 왕.

대인선(大諲譔 ?~926년): 발해의 마지막 왕. 제13대 왕 대
현석의 왕위를 계승했다고 알려졌으나, 대위해가 제14대
왕이었으므로 제15대 왕으로 정리됨.

도선(道詵)대사: 통일신라에 풍수지리설을 도입한 승려.
『도선비기』 등을 저술.

만(蔓): 응렴과 영화 왕비 사이에서 태어난 공주.
신라 51대 진성여왕(眞聖女王).

명귀(明貴): 증성(甑城, 평안남도 남포시 강서군)에서 활약했던
적의황의당 수령.

모흔장(毛昕長): 궁예의 동무. 신흥사 향도대장.

무설(無舌) 선사: 어린 시절 양길의 스승. 어린 궁예를 맡아
    줬던 석남사(石南寺)의 주지.

박유(朴儒): 삭주성(춘천) 마병대장.

배현경(裵玄慶): 덕수현(개풍군) 토성의 좌장.

보장왕(寶藏王): 고구려 제28대 마지막 왕.

복지겸(卜智謙): 신숭겸의 동복아우.

사월이: 궁예의 생모인 이슬낭자의 몸종. 궁예의 유모. 궁
    예의 부인 채예의 친모.

성달(城達): 견성군(포천)에서 봉기한 명지성장군.

신숭겸(申崇謙): 익성군(김화 남부)태수.

신훤(莘萱): 괴양(괴산)의 호족.

신훤(申煊): 원회의 동무, 기훤의 부하.

아자개(阿慈介): 견훤의 아비. 상주장군.

아지태(阿志泰): 서원경(청주)의 학자.

안승(安勝): 고구려 마지막 보장왕의 외손자. 고구려 부활
    운동을 주도하다가 신라로 피란하여 망명정부 보덕국왕
    이 됨.

애노(哀奴): 김요의 집 세습 노비. 음리화정에서 '원종-애노
    의 난'을 일으킴.

양문(良文): 벽진군(경산)장군.

영기(令奇): 신라 음리화정의 장군.

'원종-애노의 난' 빌미를 제공.

예겸(乂謙): 위홍이 죽은 뒤 왕실의 실권을 장악.

박혁거세 후손으로 박종휘의 아비.

왕건(王建): 송악성 성주 왕륭의 아들. 의형제를 맺은 궁예
의 아우이자 모반의 수괴.

왕규(王規): 첫째딸과 둘째딸은 왕건에게, 셋째딸은 왕건의
장남 왕무(王武, 혜종)에게 출가시켜 권력을 움켜쥔 다음,
반란을 도모하다 왕건의 사촌아우 왕식렴에게 피살됨.

왕륭(王隆): 왕건의 아비. 송악성 성주. 고려의 금성군수.

왕식렴(王式廉): 왕건의 사촌아우.

왕창근(王昌瑾): 왕규의 사촌아우.

요(嶢): 헌강왕의 아들. 신라 52대 효공왕(孝恭王).

원봉(元奉): 하지현(예천)장군.

원종(元宗): 김요의 집 세습노비. 음리화정에서 '원종-애노
의 난'을 일으킴.

원회(元會): 기훤 부하였으나 궁예와 함께 양길에게 가서 활
약.

위홍(魏弘): 김응렴의 아우. 경문왕, 헌강왕, 정강왕, 진성여

왕 등 4대에 걸쳐 권력을 전횡하였음. 진성여왕의 남편,
혜성대왕(惠成大王)으로 추존.

유권설(劉權說): 중원성 성주 유긍달의 아들.

유씨(柳氏): 정주성 성주 유천궁(柳天弓)의 딸. 왕건의 부인
29명 중 첫째부인.

윤선(尹瑄) : 남북국시대 삭정군 골암성(鶻巖城)에서 흑수
말갈 무리를 모아 노략질을 일삼던 무장.

은부(誾夫): 모흔장의 부장.

이슬낭자: 김윤흥의 딸. 헌안왕의 후궁. 궁예의 생모.

임상원(任相瑗): 흑양(진천)군수 임언의 둘째아들.

임적여(任積輿): 흑양군수 임언의 큰아들.

장일(張一): 궁예의 동무. 낙산사 향도대장.

정(晸): 경문왕의 첫째왕자. 신라 49대 헌강왕(憲康王).

종뢰(宗儡) 선사: 흥교사의 주지. 진공선사의 제자.

종희(宗希): 영안성(개성군 하남면) 좌장.

주전충(朱全忠): 오대십국 시대 후량(後梁)의 건국자.

진공(眞空) 선사: 서라벌 세달사의 주지. 뒷날 세달사를 덕
수현으로 옮겨 이름을 흥교사로 바꾸고 궁예와 강돌에게
무예를 가르침. 범교선사와 종뢰선사의 스승.

진생(陳生): 견훤의 장인, 후백제의 상좌평.

채예(彩乂): 발해국 공주. 대위해의 누이동생.

채예(彩藝): 양길과 사월이 사이에서 태어난 궁예의 부인 강씨(姜氏).

처용(處容): 표류해온 아라비아 상인. 헌강왕이 벼슬을 내림.

청길(淸吉): 중원(충주)장군.

최견삼(崔肩森): 4두품 집안에서 태어났으나 위홍에게 충성을 바쳐 6두품까지 오른 입지적 인물. 첫째형 최견일은 최치원의 아비. 둘째형은 최견이.

최우달(崔祐達): 취성군(황주) 출신 학자.

최응(崔凝): 최우달의 아들. 궁예 앞에서 헤매던 왕건에게 귀띔을 해준 광평성 서사.

최치원(崔致遠): 최견일의 아들. 당나라에서 과거에 급제한 뒤 귀국하여 병부시랑이 됨.

측천무후(則天武后): 중국 유일의 여황제(624-705). 본명은 명공(明空).

허월(許越) 대사: 굴산사 향도대장 김순식(金順式)의 아버지. 속명은 김영길(金英吉).

형미(逈微) 대사: 견훤이 관음서원을 세운 뒤 초청해 놓고 세작으로 이용한 승려.

홍기(弘奇): 웅주(공주)장군.

홍술(洪術): 진보성(청송) 성주.

홍유(洪濡): 신라 6두품 출신 장수.

환선길(桓宣吉): 원종의 부장.

황(晃): 경문왕의 둘째아들. 신라 제50대 정강왕(定康王).

참고문헌

삼국사기(김부식)

삼국유사(일연)

동국통감(서거정)

풍악기유(최남선)

한국금석유문(황수영)

단재신 채호전집(신채호)

단기고사(대야발)

동언고략(정교)

진한국마한사(김소남)

한국불교통사(정의행)

한국불교의 연구(황수영)

한국의불상(진흥섭)

한국조각사(문명대)

불교연구(최완수)

대승기신론소(원효)

한국역대고승전(이능화)

조선불교통사(이능화)

밀교(정태혁)

한국불교가사전집(이상보)

한국무가집 (김태곤)

주해가사문학전집(김성배)

한국민요집(임동권)

한국고설화론(김현용)

발해고(유득공)

아방강역고(정약용)

발해강역고(서상우)

발해왕국의성립과고구려유민(이용범)

마의태자(이광수)

제성대(김동인)

왕건(김성한)

슬픈 궁예(이재범)

궁예의 나라 태봉(김용선 엮음)

고려사

고려사절요

한국민족문화대백과사전

한국사

한국사대계

한국연표

신라김씨2천년사

강원문화연구

신증동국여지승람

철원군지

가평군지

한국불교문헌총록

문화재대관

철원(궁예)

왕륭(송악)

성달(포천)

양길(북원)

명주(순식)

죽주(기훤)

청길(중주)

신훤(괴산)

흥술(청송)

원봉(안동)

원종 애노(상주)

아자개(상주)

양문(성주)

능문(영천)

견훤(전주)

왕봉규(강주)

통일 신라 시대 지방 호족 봉기

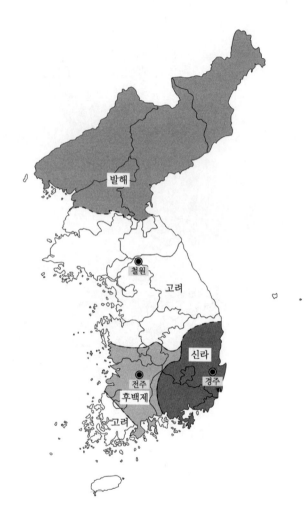

발해

철원

고려

신라

전주
후백제
경주

고려

후삼국 시대